Ilona Bulazel

Schattenleid

Über das Buch

»Ich lebe im Schatten, ich leide im Schatten und ich töte im Schatten!«

Maurice Lehbach kehrt nach über dreißig Jahren unerwartet an den Ort seiner Schulzeit zurück. Doch noch bevor er dem berühmten Neuracher Internat einen Besuch abstatten kann, wird er brutal ermordet. Das Karlsruher Ermittlerduo Kaller und Meinfeld wird hinzugezogen, kann aber weitere Bluttaten nicht verhindern.
Der Mörder begegnet seinen Opfern mit unbändigem Hass. Das grausame Töten allein genügt ihm nicht, zusätzlich verstümmelt er die Leichen und behält anschließend Trophäen für seine bizarre Sammlung.
Könnte eventuell der Tod einer Internatsschülerin vor dreiunddreißig Jahren der Auslöser für die grausame Mordserie sein? Welche Geheimnisse liegen hinter den hübschen Fassaden der Kleinstadt? Die Beamten müssen auf der Hut sein, denn nicht jeder ist daran interessiert, dass die Wahrheit ans Licht kommt. Und womöglich gibt es mehr als nur einen Mörder …

In dem Psychothriller »Schattenleid« wird der Leser wieder einmal eine Welt erleben, in der nichts so ist, wie es scheint. Nervenkitzel garantiert!

Ilona Bulazel

Schattenleid

Impressum:
Ilona Bulazel
Sinzheimer Str. 40b
76532 Baden-Baden
Deutschland
E-Mail: kontakt@autorib.de
Website: www.autorib.de
Facebook: www.facebook.com/ilonabulazel

Ausgabe 18.06/19

Korrektorat: Natalie Röllig

Umschlaggestaltung: Cover Design by James, GoOnWrite.com
Photo Images © Shutterstock / Barandash Karandashich

Buchsatz:
Corinna Rindlisbacher, ebokks.de

ISBN 9781074783266

Weitere Informationen zum Druck:
siehe Buchende

Inhalt

Kapitel 1

Im Juni 1986

Der Deckenbalken knirschte unter der Last des hin und her schwingenden Körpers. Es war eine gleichmäßige, sanfte Bewegung wie die eines langsam zur Ruhe kommenden Pendels.

Ob Melanie danach gesucht hatte? War es die Aussicht auf Ruhe, die den Tod für sie so verheißungsvoll gemacht hatte?

Noch immer knarzte das Holz und noch immer schwang der Körper vor und zurück.

Die andere Person auf dem Dachboden konnte nur schwer ihren Blick lösen. Unheimlich und faszinierend zugleich erschien ihr das Bild des toten Mädchens. Die stumme Frage nach dem Warum wurde unnötigerweise gestellt. Denn eigentlich war klar, was die Sechzehnjährige bewogen hatte, dem eigenen Leben ein so jähes Ende zu bereiten. Schuldgefühle und Wut überkamen die Gestalt, die sich nun vorsichtig dem toten Körper näherte. Der Hocker, den Melanie benutzt hatte, um hinaufzusteigen und den Strick zu befestigen, lag umgestoßen auf dem Dielenboden.

Die Dachfenster waren zwar staubig, aber gewährten dem Mondlicht trotzdem großzügig Einlass. Sie waren um diese Jahreszeit meist gekippt, damit der laue Juniwind die vielen Bettlaken trocknen konnte, die in einer Internatsschule nun einmal anfielen. Melanie schien mit den weißen Leintüchern, die um sie herum an den Wäscheleinen hingen, eins zu werden. Was vermutlich daran lag, dass das Mädchen immer schon eine ungewöhnliche Reinheit, Frische und Leichtigkeit besessen hatte.

Tränen liefen der einzigen Person über die Wangen, die bisher von Melanies Tod wusste.

»Das hättest du nicht tun dürfen. Ich hätte dir beistehen müssen«, flüsterte sie dem Leichnam zu und hob dann schnell die Hand vor den Mund, sich bewusst werdend, dass sie vielleicht jemand hören konnte. Eigentlich wäre es Zeit gewesen zu gehen, aber sich abzuwenden, fiel schwer. Das unendliche Bedauern über die verlorene Liebe, unbändige Wut auf diejenigen, die dafür verantwortlich waren, und ein tiefes Gefühl von Schuld wirkten wie Ketten, die jede Bewegung unmöglich machten. Das Knarzen wurde leiser und das Schwingen schwächer. Nicht einmal der schmerzhafte Erstickungstod hatte das blasse Gesicht des Mädchens entstellen können. Melanie war immer noch bezaubernd und vermutlich wäre sie auch im hohen Alter eine Schönheit gewesen. Sie hätte sich nicht wie die anderen die Lippen in ordinärem Rot anmalen müssen, um Aufmerksamkeit zu erregen. Das zarte, altmodische Nachthemd, das sie für ihren letzten Weg gewählt hatte, ließ ihre makellosen Konturen erahnen. Einem plötzlichen Bedürfnis folgend, machte die Gestalt vor der Leiche einen Schritt nach vorne, so als wollte sie das hier beenden, den Körper losschneiden, auf die Erde legen und zudecken, damit niemand anders Melanie so sehen konnte – aber im letzten Moment wurde in der Bewegung innegehalten. Die Angst war zu groß. Alle würden Fragen stellen, unangenehme Fragen. Die Antworten darauf konnten eine Kettenreaktion auslösen, die nicht leicht zu ertragen wäre.

Es folgte ein Seufzen, eine leise Entschuldigung, bevor sich das Augenpaar von der Toten abwandte. Im Mondschein entging ihm jedoch nicht das Glitzern auf dem dunklen Holz. Dort lag Melanies Kette mit dem goldenen Anhänger, ein kleines Kreuz. Sie hatte es stets getragen, jedoch vermutlich aus Scham vor ihrem Freitod abgelegt. Melanie war sehr gläubig gewesen, mit ein Grund, warum ihr das Weiterleben so schwergefallen war, und ein weiterer Hinweis dafür, wie sehr sie gelitten hatte. Um allem zu entkommen, hatte sie sogar die Sünde des Selbstmords begangen.

Das Schuldgefühl verstärkte sich. Kurz waren da Zweifel und der Wunsch, zu beichten und den Direktor aufzusuchen, die Bereitschaft, sich den befremdlichen Begierden zu stellen und damit die Lügen und die Heimlichkeiten ein für alle Mal zu beenden. Nur einmal Stärke zeigen und den eigenen Weg gehen. Aber es war lediglich ein kurzes Gedankenspiel. Es fehlte an Kraft und Selbstbewusstsein. Schnell fand sich die Rechtfertigung für das Nichtstun, so wie immer.

»Wenn ich es erzähle, würde es nichts mehr ändern«, erklang ein weiteres Flüstern.

In Melanies starren, toten Augen schien mit einem Mal etwas Verächtliches, Anklagendes zu liegen. Etwas, das zu einem hektischen Aufbruch führte. Zitternde Hände griffen nach der Kette am Boden und das goldene Kreuz wurde von einer geballten Faust umschlossen.

»Ich werde dich nie vergessen, aber ich muss schweigen«, folgte ein letzter Gruß, doch blieb es nicht still.

Ganz leise begann erneut das Knarzen des Deckenbalkens und die bislang schlaff an der Leine hängende Bettwäsche blähte sich auf wie die Segel eines Schiffes. Für einen Augenblick wirkte es so, als hätte die Tote eine Antwort gegeben, und zwar eine, die nicht von Freundlichkeit zeugte.

Ein heiseres Krächzen entwich der Kehle der trauernden Gestalt, die nun getrieben von Furcht und dem irrationalen Gedanken, der wütende Geist des toten Mädchens könnte Rache fordern, davonrannte.

In Wahrheit entwickelte sich die leichte Sommerbrise lediglich zu einem nächtlichen Sturm und der aufkommende Wind, der durch die Fenster wehte, hatte der traurigen Szene auf dem Dachboden für einen kurzen Moment Leben eingehaucht.

* * *

September 1986, kurz nach Beginn des neuen Schuljahres

»Und du bist sicher, dass sie uns nicht verdächtigen werden?« Die Furcht, die zu dieser Frage geführt hatte, war spürbar.

»Was spielt das für eine Rolle? Wir hatten doch alles besprochen. Es wird Zeit, denen einmal eine Lektion zu erteilen«, kam eine heftige Erwiderung.

»Aber wenn sie uns entdecken?«

»Du tust gerade so, als wäre das Zischen der Spraydosen ohrenbetäubend, dabei hört man es nicht einmal im nächsten Flur.«

»Ich bin nur vorsichtig, vielleicht sollten wir …«, folgte erneut ein zaghafter Einwand.

»Hör auf, ich habe genug von deiner Vorsicht. Wohin hat uns die gebracht? Ich habe dir gesagt, dass man sich wehren muss.«

»Und wenn sie die Polizei verständigen?«

»Das wollen wir doch. Höchste Zeit, dass die sich den Laden etwas genauer ansehen.«

»Wir haben ein Fenster eingeschlagen«, wurden weitere Bedenken vorgebracht.

»Na und? Glaubst du, so eine teure Schule hat kein Geld für neue Scheiben?«

»Aber man wird nach dem, der das getan hat, suchen, oder?«

Als Antwort erklang ein wütendes Knurren. »Das ist unser Ziel. Wenn sie suchen, dann finden sie nicht nur uns.«

Die Entscheidung war getroffen. Konzentriert wurde der

feine Farbnebel nun auf dem Mauerwerk verteilt. Es war eine mühsame Arbeit, die mit viel Hingabe ausgeführt wurde. Dabei ging es nicht um detailgetreue Nachbildungen, sondern vielmehr um die Botschaft, die das Bild am Ende vermitteln sollte. Es war eine Huldigung, eine Drohung und ein Versuch, für Gerechtigkeit zu sorgen.

* * *

Am nächsten Morgen

Gustav Rotach verfluchte die unruhige Nacht, die hinter ihm lag. Seine kaputten Bandscheiben hatten ihn von Mitternacht bis fünf Uhr morgens geplagt und so war er froh gewesen, als der Tag angebrochen war. Ein kleiner Spaziergang sollte gegen die Steifheit und die Schmerzen helfen.

Der Neunundfünfzigjährige war nun schon seit beinahe vierzig Jahren Hausmeister des Internats. Die Schule lag in einem Ort namens *Neurach,* circa fünfzig Kilometer von der Stadt Karlsruhe entfernt, hatte einen guten Ruf und lange Wartelisten. Gustav hätte aufgrund seiner körperlichen Beschwerden längst in Rente gehen können, aber er wollte durchhalten. Zumindest bis sein Enkel Olaf alt genug war, um sich selbst zu versorgen. Im Stillen hoffte er darauf, dass ihn der Junge als Hausmeister beerben würde; der Schulleiter Gerd Altendorf schien nicht abgeneigt. Aber Olaf war erst dreizehn Jahre alt und natürlich wusste man nicht, was für Pläne er einmal haben würde.

Gustav holte tief Luft. So hatte er sich seinen Lebensabend eigentlich nicht vorgestellt. Aber man bekam ja selten das, was man sich wünschte. Anstatt mit seiner Frau in Ruhe alt zu werden und gelegentlich die Familie um sich zu scharen, trug er jetzt die Verantwortung für seinen dreizehnjährigen Enkel. Gustavs Frau, ihre gemeinsame Tochter, der

Schwiegersohn und Olafs jüngerer Bruder waren bei einem Verkehrsunfall vor vier Jahren ums Leben gekommen. Seither kämpfte sich der Hausmeister durch die Tage und bedauerte, nicht mit in dem Fahrzeug gesessen zu haben. Aber Olaf zuliebe machte er weiter. Über den Jungen konnte er sich nicht beklagen. Ganz im Gegenteil: Er war fügsam und half seinem Großvater gerne bei den Reparaturen im Gebäude. Nie ein freches Wort oder sonstige Unartigkeiten. Vielleicht war es gerade das, was Gustav beunruhigte, und er ertappte sich dabei, zu glauben, mit Olaf würde etwas nicht stimmen.

Er hatte den kleinen Fußweg, der von der Schule hinunter in die Stadt führte, genommen. Das Internatsgebäude stand auf einer Anhöhe, erinnerte zwar ein wenig an eine Burg, war allerdings nur ein altes Herrenhaus, das durch die zahlreichen Anbauten verschachtelt und damit auch ein wenig geheimnisvoll wirkte. Er betrachtete in der Morgendämmerung das Neuracher Internat mit dem liebevollen Blick eines stolzen Vaters, bevor er sich auf den Rückweg machte. Der Aufstieg war steil, vermutlich etwas, das dabei half, die Heerscharen an Teenagern, die in der Schule lebten, besser unter Kontrolle zu halten. Ein anstrengender Fußmarsch konnte so manchen davon abhalten, sich fortzuschleichen.

Als Gustav zurückkehrte, stand ihm der Schweiß auf der Stirn. Sein Herz war auch nicht mehr das beste und sein Hausarzt warnte ihn ständig vor körperlicher Anstrengung, während sein Orthopäde ihm zur Bewegung riet.

»Ärzte«, brummte der Hausmeister genervt und sah auf die Uhr. Es war erst sechs und er beschloss, die unteren Räume der Schule zu kontrollieren. Die ersten Tage nach Schulbeginn musste man besonders wachsam sein, da die Neuzugänge gewöhnlich dazu neigten, anfänglich über die Stränge zu schlagen.

Als Gustav kurz darauf den Weg Richtung Aula einschlug, bemerkte er sofort den Luftzug, im nächsten Augenblick entdeckte er die Scherben. Eines der Fenster war eingeschlagen worden. Dann blieb sein Blick an der gegenüberliegenden Wand hängen. Zehn Minuten später stand er zusammen mit dem Direktor vor dem Graffiti.

* * *

»Hat das schon jemand gesehen?«, fragte Gerd Altendorf angespannt.

Er war sofort zur Stelle gewesen. Die Familie Altendorf lebte in einer der Lehrerwohnungen im Internatsgebäude. Der Hausmeister hatte telefoniert und der Direktor war, wohl wissend, dass ein Anruf zu so früher Stunde dringend sein musste, umgehend an den Apparat gegangen.

»Nein«, antwortete Rotach auf die Frage. »Das kann ich mir nicht vorstellen. Normalerweise verirrt sich keiner vor Unterrichtsbeginn nach unten.«

Ein müdes Lächeln huschte über das Gesicht des Direktors. Rotach hatte recht. Wer konnte, drückte sich bis zum Beginn der Schulstunden in den Speisesälen oder den Aufenthaltsräumen herum.

»Gut«, gab Altendorf seine Anweisungen. »Wir müssen uns beeilen. Niemand darf das sehen.«

»Sollten wir nicht die Polizei verständigen, immerhin ist eines der Fenster kaputt«, warf Rotach ein.

Altendorf starrte immer noch auf das Graffiti. Er war schockiert. Nicht, weil irgendwer die Wände seiner Schule beschmiert hatte – das kam gelegentlich vor – nein, ihn verstörte das Motiv.

Geräuschvoll atmete er aus, bevor er sagte: »Ausgeschlossen, das muss unter uns bleiben. Zu niemandem ein Wort. Nach dem Tod von Melanie hatten wir bereits genug Aufregung. Ehrlich gesagt können wir uns kein weiteres Aufsehen leisten. Also? Wie lösen wir dieses Problem schnell und unauffällig?« Seine Worte hatten ein wenig schroff geklungen, deshalb fuhr er freundlicher fort: »Ich bin froh, dass Sie das vor Unterrichtsbeginn entdeckt und mich sofort informiert haben.«

Rotach nickte und antwortete eifrig: »Selbstverständlich, Herr Direktor. Wir könnten den Schrank davorschieben, das würde fürs Erste reichen.« Er deutete auf ein altes Möbelstück nur wenige Meter entfernt, in dem man die Atlanten und Nachschlagewerke aufbewahrte.

»Ausgezeichnete Idee«, lobte der Direktor und sofort machten sich die Männer daran, den Schrank zu verrücken. Sie mussten einige der schweren Bücher herausräumen, bevor sie es schafften, das Möbelstück zu bewegen. Schließlich war das Graffiti verdeckt. »Wir werden uns später darüber Gedanken machen«, sagte Gerd Altendorf außer Atem.

Damit trennten sich die Männer. Der Direktor ging zurück in seine Wohnung und der Hausmeister verschwand, um Putzzeug zu besorgen, damit er den Boden, der durch das Umräumen in Mitleidenschaft gezogen worden war, reinigen konnte. Keiner der beiden hatte den Jungen bemerkt, der fasziniert beobachtet hatte, wie zwei erwachsene Männer mit bleichen Gesichtern vor einem Graffiti zurückgewichen waren.

Olaf dachte über die Wandkritzelei nach. Sie hätte wahrscheinlich keine Wirkung gehabt, wenn nicht im Juni ein totes Mädchen auf dem Dachboden gefunden worden wäre. Versonnen legte er den Kopf schräg. Er war ein schweigsamer Junge, hörte lieber zu, als zu reden, und beobachtete, was um ihn herum geschah. Er ging auf die Schule unten in der Stadt, hatte keine Freunde und lebte die meiste Zeit in seiner eigenen Welt. Dann träumte er davon, zu den Internatsschülern zu gehören und so zu sein wie Maurice, den er heimlich bewunderte. Im nächsten Augenblick hörte er Schritte und es wurde Zeit, zu verschwinden.

* * *

Kapitel 2

33 Jahre später, Juli 2019

Maurice Lehbach sah aus dem Fenster der kleinen Neuracher Pension. Es war, als wäre hier die Zeit stehen geblieben. Er erinnerte sich noch gut an die Jahre im Neuracher Internat und war mit gemischten Gefühlen hierher zurückgekehrt.

Von seinem Posten aus konnte er beobachten, wie Catherine, seine zweiundzwanzigjährige französische Freundin, über das Pflaster der Altstadt Richtung Drogerie stöckelte. Ihre High Heels waren gänzlich ungeeignet für den geschichtsträchtigen Straßenbelag. Sie drehte sich nicht zu ihm um, sondern konzentrierte sich völlig auf das, was ihr am meisten am Herzen lag – und das war nun einmal das Einkaufen. Er seufzte, aber es klang nicht wirklich bedauernd. Mittlerweile sah Maurice die Dinge so, wie sie waren. Catherine gab ihren wunderschönen Körper und ihre Jugend einem Mann hin, der mit seinen fünfzig Jahren ihr Vater hätte sein können. Er wiederum finanzierte dafür ihren kostspieligen Lebenswandel.

Wehmütig dachte er an die Internatsjahre. Er war ohne Frage der beliebteste Schüler und sicher auch einer der bestaussehenden gewesen. Dazu kam sein fast schon exotischer Background. Mit einer Mutter, die aus einer französischen Bankiersfamilie stammte, und einem Vater, den man damals noch als Großindustriellen bezeichnet hatte, gehörte er ganz klar zur Elite der Schülerschaft. Kein Wunder also, dass er mit dem heißesten Mädchen zusammen gewesen war. Annette hatte die letzten zwei Jahre vor dem Abitur ganz offiziell das Bett mit ihm geteilt. Natürlich war er deshalb weder anderen Internatsschülerinnen noch einheimischen Mädchen gegenüber abgeneigt gewesen. Es hatte eine wunderbare Zeit gehabt, jedenfalls bis zu jener Nacht vor dreiunddreißig Jahren …

Maurice schüttelte den Kopf, daran wollte er nicht denken. Vielleicht war es doch ein Fehler gewesen, hierher zurückzukommen. Schnell lenkte er sich mit den Erinnerungen an den frühen Morgen und Catherines Versuch, ihm im Bett etwas Besonderes zu bieten, ab. Sein Schritt schmerzte noch immer und er redete sich erst gar nicht ein, dass ihm diese Art von Stimulation gefiel.

»Das ist der Hit«, hatte Catherine behauptet und dann angefügt: »Meine Freundinnen machen das alle.«

Er hatte sich sofort unter Druck gesetzt gefühlt, während sein Ego ihn gezwungen hatte, sich begeistert zu zeigen, um nicht wie ein langweiliger alter Sack zu wirken.

Zugegeben, als sich Catherine in die Kluft einer Krankenschwester hüllte, die aus nichts weiter als aus einem schneeweißen durchsichtigen Hemdchen bestand, das nicht einmal ihre nackte Scham bedeckte, da stellte sich bei ihm sofort eine körperliche Reaktion ein. Was dann aber folgte, erschien ihm im Nachhinein fast wie eine Bestrafung. Das kleine Massagegerät, das mit leichten Stromstößen die männlichen Genitalien verwöhnen sollte, war vermutlich nur etwas für Schmerzfanatiker. Aber selbstverständlich stöhnte er lustvoll und gestattete Catherine, ihre sadistischen Neigungen an ihm auszuleben. Leider hielt er das nicht lange durch. Sein Glied erschlaffte und er sah die Ungeduld im Gesicht seiner jungen Freundin.

»Na schön«, sagte sie mit einem Schmollmund und ihrem wundervollen französischen Akzent, »machen wir etwas anderes, dann kommst du vielleicht doch noch in Fahrt.« Und schon hatte sie sich auf ihn gelegt. Ihre Schenkel umschlossen sein Gesicht, während sie sich mit ihrem Mund zwischen seinen Beinen zu schaffen machte. Sie stöhnte und schließlich kamen sie beide auf ihre Kosten.

Anschließend drückte er ihr seine Kreditkarte in die Hand und gab ihr mit einem Lächeln und einem Klaps auf den Hintern zu verstehen, dass sie die Erlaubnis hatte, ordentlich Geld auszugeben. In diesem Augenblick hatte er sich ausgezeichnet gefühlt, aber das hielt nicht lange an. Es hielt in letzter Zeit nie lange an. Egal, was er in den letzten Monaten getan, welchen Rausch er erlebt hatte, welche Risiken er eingegangen war – am Ende wurde ihm sein Alter jedes Mal wieder bewusst.

Immer noch blickte er auf die Straße. Catherine tauchte gegenüber der Pension auf, eine kleine Tüte hing an ihrem Handgelenk. Sie drehte sich suchend um, entdeckte ein Kleidergeschäft eine Gasse weiter und stolzierte mit entschlossener Miene davon.

»Was mache ich hier?«, sagte er zu sich selbst. »Werde ich mich danach wirklich besser fühlen?« Erst lag ein gequälter Ausdruck auf seinem Gesicht, dann ein zorniger, bevor er anfügte: »Ich bin niemandem etwas schuldig, aber keiner soll an meiner Großzügigkeit zweifeln.«

* * *

Maurice hatte den Rest des Tages überraschend entspannt verbracht. Nach seinem unangenehmen Erlebnis mit Catherines sexueller Experimentierfreudigkeit und ihrem daraufhin folgenden Kaufrausch beantwortete er einige geschäftliche E-Mails und führte dann ein längeres Telefonat mit dem Schulleiter des Internats, Stefan Altendorf. Stefan, der im gleichen Alter wie Maurice war, gehörte damals zu ihrer Clique und hatte, wie zu erwarten, die Internatsleitung von seinem Vater Gerd übernommen.

Maurice war ein wenig nervös gewesen, als er seinen Vorschlag unterbreitet hatte. Man wusste schließlich nie, wie die Menschen reagierten, wenn man sich nach so langer Zeit wieder bei ihnen meldete. Allerdings ließ er sich als erfahrener Geschäftsmann davon nichts anmerken. Tatsächlich schien Stefan zuerst sprachlos, willigte jedoch, offenbar angetan von Maurice' Idee, ein. Sie redeten noch ein wenig über das, was sie die letzten drei Jahrzehnte erlebt hatten, und als das Telefonat endete, fühlte sich Maurice erleichtert. So erleichtert, dass es ihm heute nicht schwerfiel, zu seiner allabendlichen Joggingrunde aufzubrechen.

»Du willst jetzt Sport machen?«, meckerte Catherine, die nur mit Unterwäsche bekleidet auf dem Bett lag und ein Modemagazin studierte. »Ich dachte, wir gehen in die Bar, in diesem Kaff ist ja sonst nichts los.«

Er ignorierte ihren Vorwurf und antwortete knapp: »Wenn ich zurückkomme, gehen wir ins Restaurant, die Küche hat bis 22.00 Uhr offen.«

Seine hübsche Freundin rümpfte ihr zierlich operiertes Näschen und entgegnete: »*Mais non*, bei der Hitze brauche ich einen Drink. Wären wir in Ibiza, dann …«

»Wenn wir hier fertig sind, fliegen wir, versprochen«, ging er beschwichtigend dazwischen, da er sich seine gute Laune nicht verderben lassen wollte.

Catherine schien versöhnt und er verließ die Pension. Sein Weg führte ihn Richtung Internat. Es war bereits kurz vor acht, und sowie er das Zentrum des Städtchens verlassen hatte, herrschte eine fast unnatürliche Stille. Momentan waren Schulferien, das erklärte, warum es nicht von Internatsschülern wimmelte, die sich der Kontrolle der Lehrerschaft entziehen wollten.

Maurice kam ins Schwitzen. Früher hatte er in Rekordzeit den Fußweg zurückgelegt, der steil den Hügel nach oben führte, aber heute blieb ihm auf halber Strecke die Luft weg. Er kam zum Stehen und ließ den Blick erst zum unter ihm liegenden Neurach, dann zu dem imposanten Gebäude über ihm gleiten. Das Internat wirkte in der Abenddämmerung wie eine lauernde Spinne in ihrem Netz. Die großen Fenster im Dachgeschoss glotzten ihn regelrecht an und ein Gefühl von Beklemmung überkam den Mann, der an den Ort seiner Schulzeit zurückgekehrt war.

Schnaufend ließ er sich auf der nächsten Sitzbank nieder, die man am Wegesrand aufgestellt hatte. Inmitten von Rebstöcken, die neben dem Internat das zweite Wahrzeichen des Ortes bildeten, kamen Erinnerungen hoch, die er längst vergessen geglaubt hatte.

Plötzlich schreckte er auf, Schritte näherten sich, er sah eine Gestalt. Die tief stehende Sonne blendete Maurice und er konnte nichts erkennen, hob aber trotzdem freundlich die Hand zum Gruß. Die Gestalt kam näher und blieb vor ihm stehen. Maurice glaubte, ein geschwätziger Winzer wäre auf der Suche nach einem aufgeschlossenen Zuhörer; allerdings war das ein tödlicher Irrtum.

Die Axt wurde mit einer beinahe schon übermenschlichen Kraft in Maurice' Schädeldecke getrieben. Sie war scharf und schwer und spaltete den Kopf des Mannes bis zur Nasenwurzel. Maurice hatte keine Chance, sich zu wehren – stattdessen spürte er noch, wie die Schneide zurückgerissen und wenige Augenblicke später erneut in die gleiche Wunde gehauen wurde. Dieses Mal steckte sie, nachdem das Nasenbein zertrümmert worden war, zwischen den Wangenknochen fest. Maurice war bereits tot, aber das allein genügte demjenigen, der die Axt hielt, noch lange nicht.

Das geflüsterte »Denkst du nicht, dass das reicht, Bruder?« wurde vom Mörder ignoriert.

Stattdessen zog er sein Opfer mit der Axt hinter sich her, als wäre es ein Holzscheit, das noch einmal auf den Hackklotz gehievt werden musste.

»Wir sollten uns beeilen«, hörte er die Ermahnung und antwortete barsch: »Wir sollten es vor allem richtig machen«, während er den Leichnam zwischen die Rebstöcke zerrte. Ihn störte es nicht, dass er blutbespritzt war, dass Maurice' Lebenssaft seine Hände rot gefärbt hatte und dass der Duft des Grases und der warmen Sommerluft dem metallenen Geruch des Blutes hatte weichen müssen. Wütend riss er die Axt aus dem Kopf des Toten und schlug wieder und wieder zu, bis auch die Kiefer durchtrennt waren und die zertrümmerten Halswirbel sichtbar wurden. Erst dann kam er zur Ruhe und sagte völlig beherrscht: »Das wäre erledigt, was sagst du nun?«

»Es hat tatsächlich funktioniert«, bekam er zur Antwort, dann folgten ein leises, zufriedenes Lachen und die Worte: »Du hattest recht, Bruder! Mit allem. Und jetzt bringen wir es zu Ende.«

* * *

Am nächsten Morgen

Hauptkommissar Michael Kaller griff nach seiner Dienstwaffe. Er war bereit zu schießen, bereit, um sein Leben zu kämpfen, aber als seine Hand das Holster berührte, musste er feststellen, dass es leer war. Normalerweise hätte sich jetzt Panik einstellen müssen, aber Kaller erstarrte, unfähig, zu fliehen oder um Hilfe zu rufen. Im nächsten Augenblick traf ihn die Kugel, prallte mit der Wucht einer Abrissbirne auf seine Brust und riss ihn von den Füßen. Auf dem Boden liegend starrte er in den Lauf einer Waffe, die direkt auf seinen Kopf gerichtet war, dann löste sich ein weiterer Schuss. Kaller schreckte auf, der Albtraum war vorbei.

Schweißgebadet setzte er sich auf die Kante seines unbequemen Bettes. Der Wohnwagen bot nicht viel Komfort. Das Polster der Sitzbank war durchgelegen, das Brett darunter steinhart. Sein Atem ging schwer, er hatte das Gefühl, keine Luft zu bekommen, und das Wort »Panikattacke« geisterte durch seinen Kopf. So hatte zumindest der Polizeipsychologe das bezeichnet, was momentan mit ihm geschah. Er verfluchte den Tag vor zwei Monaten, als er unfreiwillig in einen Schusswechsel geraten war. Alles Zufall: der Dienstplan, der Funkruf nach Verstärkung, sein schnelles Eintreffen und dann lief ausgerechnet ihm einer der Täter direkt in die Arme. Natürlich war Kallers Holster an diesem Tag nicht leer gewesen. Der Bankräuber zielte auf ihn, und der Hauptkommissar war gezwungen zu schießen. Sein Gegenüber fiel sofort zu Boden, er sicherte dessen Waffe, alles nach Lehrbuch, und näherte sich anschließend dem Körper. Als er dem Täter die Skimaske vom Kopf riss, blickte er in das verängstigte Gesicht eines Mädchens. Sie hatte gerade ihren siebzehnten Geburtstag gefeiert. Im Sterben sah sie noch jünger aus, rief nach ihrer Mutter, sagte, sie habe Angst und es tue ihr leid, während eine Träne über ihre Wange kullerte. Kaller hielt ihre Hand, als sich ihr Blick getrübt hatte und es zu Ende gegangen war.

»Scheiße«, entfuhr es dem Polizisten und mit einer ausladenden Handbewegung fegte er das Sammelsurium an leeren Bierdosen und Pizzakartons vom Tisch.

Ein lautes Klopfen ließ ihn erneut zusammenschrecken. Vermutlich hatte ihn dieses Geräusch auch geweckt.

Jemand rief: »He, Michael, ich fahre einkaufen. Soll ich dir etwas mitbringen?«

Das »Verpiss dich« schluckte der Hauptkommissar herunter, stattdessen erwiderte er freundlich: »Nein, vielen Dank!«

»Willst du vielleicht heute Mittag mit uns essen? Ich werfe den Grill an und Elga macht ihre berühmten marinierten Schweinekoteletts.«

»Bin schon verabredet«, log er.

»Vielleicht am Abend, wann kommst du zurück?«

»Wird spät«, antwortete er knapp in der Hoffnung, endlich in Ruhe gelassen zu werden.

»Und morgen?«, bohrte sein Nachbar weiter.

Jürgen und Elga waren so etwas wie das ungekrönte Königspaar des Campingplatzes. Sie wussten alles über das Campen und selbstverständlich auch über die Camper selbst. Seit vierzig Jahren kamen die beiden regelmäßig an den Wochenenden, und seitdem sie verrentet worden waren, lebten sie nun hier. Sie machten kein Geheimnis daraus, dass das eine günstige Alternative zu den teuren Mietwohnungen darstellte. So hilfsbereit die beiden sein konnten, so neugierig waren sie auch. Deshalb setzten sie alles daran, mehr über Kaller zu erfahren, seit der vor einer Woche plötzlich mit einem alten Wohnwagen – die Leihgabe eines Bekannten – hier aufgetaucht war.

Während Kaller noch über eine Ausrede nachdachte, drang Jürgens durchdringendes Organ erneut durch die Tür. »Morgen wäre doch gut, oder?«, nervte er weiter.

»Ja, in Ordnung«, gab sich der Polizist schließlich geschlagen und erinnerte sich daran, dass Jürgen früher Autoverkäufer gewesen war; bei seiner Beharrlichkeit vermutlich ein sehr guter.

Der sechsundvierzigjährige Polizist seufzte und murmelte: »Der Tag fängt ja schon mal wunderbar beschissen an.«

Dann ließ er seinen Blick über das Chaos schweifen, das in den acht Quadratmetern Wohnwagen herrschte, schnappte sich eine Mülltüte und begann aufzuräumen. Nach einer Stunde glänzten sogar die verkratzten Fenster, während Kaller schweißgebadet war. Die Sonne hatte bereits viel Kraft und er fühlte sich schon jetzt, als läge er in einem Bratschlauch. Es wurde Zeit zu duschen.

Mit Handtuch und einer Plastiktüte bewaffnet, die ihm als Toilettenbeutel diente, schlurfte er über den Platz. Direkt neben dem Sanitärblock hatte Egon seine Parzelle. Der Mann grüßte mit einem Nicken, mehr Zwischenmenschliches war von dem Siebzigjährigen nicht zu erwarten. Denn Egon wollte weiter nichts, als in aller Ruhe seine Zigarillos zu rauchen, während ihm sein altersschwacher grauer Kater auf dem Schoß lag.

Elga und Jürgen hatten Kaller erzählt, dass Egon nach dem Tod seiner Frau auf den Campingplatz gezogen sei, um dort nun auf das eigene Ende zu warten. Der Gedanke an diese Geschichte hob nicht gerade die Stimmung des Polizisten und er wusste, dass es Zeit wurde, mit seiner Vorgesetzten zu sprechen.

* * *

Zur gleichen Zeit in Neurach

»Sie haben oben eine Leiche gefunden«, eröffnete Nelly Kaufmann ihrem Mann.

Eigentlich hatte die Achtundvierzigjährige erwartet, Ansgar wäre überrascht, aber stattdessen brummte er nur, ohne aufzusehen: »Menschen sterben, so ist das nun mal.«

»Willst du denn nicht wissen, was passiert ist?«, erwiderte Nelly fassungslos, gerade als ihr Bruder Thomas die Küche betrat.

»Was ist passiert?«, rief der fröhlich und ließ sich neben seinem Schwager auf einen Stuhl fallen.

»Ein Toter in den Weinbergen, das ist passiert, aber das scheint euch ja nicht zu interessieren.«

»Ein Fremder oder einer aus dem Dorf?«, fragte zumindest Thomas, was Nelly ein wenig versöhnte.

»Sie sagen, es sei ein Hotelgast, ein Ausländer. Es heißt, seine Freundin wäre Französin.«

»Oh, là, là«, spottete Ansgar, was sein Schwager mit einem albernen Lachen quittierte.

»Ihr seid wirklich unmöglich«, giftete Nelly und fragte sich nicht das erste Mal, ob es klug gewesen war, ausgerechnet den besten Freund ihres Bruders zu heiraten.

In all den Jahren hatte sie oft das Gefühl gehabt, diese Ehe hätte mehr dazu gedient, die Verbindung der beiden Männer zu festigen, als ihr einen Partner zur Seite zu stellen. Wie so oft versank sie deshalb in irgendwelchen Tagträumen. Sie wandte sich ab und begann das Geschirr in die Spülmaschine zu räumen, während sie an einen gut aussehenden Milliardär dachte, der sie von Neurach direkt auf seine Luxusjacht bringen und dort mit Champagner, Erdbeeren und seiner Zunge verwöhnen würde. Die Bilder, die gerade in ihrem Kopf entstanden, ließen sie erröten. Die Männer am Tisch bemerkten davon nichts. Sie lachten über einen weiteren zweideutigen Witz und machten Pläne fürs Wochenende.

Nelly konnte sich nicht daran erinnern, wann sie und Ansgar das letzte Mal etwas zu zweit unternommen hatten. Und dass ihr Bruder im gleichen Haus eine Wohnung besaß, machte es auch nicht einfacher. Selbst dessen gelegentliche Freundinnen änderten daran nichts. Denn dann hockten sie abends nicht zu dritt, sondern zu viert im Wohnzimmer. Verstohlen betrachtete Nelly ihre linke Hand und den bereits abgenutzten Ehering. Sie hörte die Männer hinter ihrem Rücken flüstern, interessierte sich jedoch nicht dafür, worüber die beiden sprachen.

Eigentlich wollte Nelly Neurach immer verlassen. Als ihr dann vor über dreißig Jahren einer der Internatsschüler Avancen gemacht hatte, schien ihr das eine Chance zu sein. Sie war naiv gewesen, hatte sich von ihm ausnutzen lassen. Er hatte mit ihr geschlafen und dann einfach Schluss gemacht. Todunglücklich war sie damals gewesen und hatte alles versucht, Maurice zurückzugewinnen. Völlig aufgelöst und von Weinkrämpfen geschüttelt hatte sie in ihrem Zimmer gesessen, als Thomas besorgt bei ihr aufgetaucht war. Verzweifelt erzählte sie ihm von Maurice und davon, wie er sie verletzt hatte. Thomas war ihr beigestanden und hatte sie getröstet. Allerdings hatte sie ihm damals nicht erzählt, dass sie Maurice trotzdem immer noch liebte, das wäre ihr peinlich gewesen.

Nelly schüttelte sich kurz, so als könnte sie die Vergangenheit einfach wie einen alten Mantel abwerfen. Mit schlechtem Gewissen sagte sie sich zum wiederholten Male, dass die Tagträume von dem Milliardär, der stets Maurice' Gesichtszüge hatte, endlich aufhören mussten. Ansgar und Thomas waren ihre Familie, eine gute Familie.

Sie drehte sich um und fragte ihren Bruder freundlich: »Kommst du heute Abend zum Essen?«

»Klar kommt er«, antwortete Ansgar wie selbstverständlich an seiner Stelle.

* * *

Präsidium der Kriminalpolizei Karlsruhe am Nachmittag

Elke Wiedenhof-Meier hob überrascht die Augenbrauen, als Hauptkommissar Michael Kaller ihr Büro betrat. Automatisch verschränkte sie die Arme vor der Brust. Wenn Kaller unangemeldet hereinschneite, war es besser, gerüstet zu sein.

»Was gibt es?«, knurrte sie daher wenig freundlich, was ihn veranlasste, spitzbübisch zu lächeln.

»Kein ›Wie geht es Ihnen?‹, kein ›Schön, Sie zu sehen‹, nur ein ›Was gibt es?‹?«

Die Kommissariatsleiterin ließ sich nicht aus dem Konzept bringen, sondern erwiderte lediglich: »Warum sind Sie hier?«

Das Lächeln auf Kallers Gesicht verschwand und er antwortete ernst: »Ich will wieder arbeiten.«

Noch bevor sie Einwände erheben konnte, fügte er an: »Ich war beim Psychologen, der gibt grünes Licht!«

Ihre Augen scannten ihn. Obwohl sie gertenschlank war, wirkte sie in dieser Haltung furchteinflößend. Elke Wiedenhof-Meier konnte sich durchsetzen und hatte gute

Instinkte, wenn es um ihre Mitarbeiter ging. Ein kurzes Zucken ihrer Mundwinkel deutete an, dass sie verstand. »Sie haben vermutlich Ihren ganzen Charme eingesetzt, damit der Ihnen abnimmt, dass Sie einsatzfähig sind.«

»Ich bin einsatzfähig«, erwiderte Kaller bestimmt. »Ich muss wieder arbeiten, sonst fällt mir die Decke auf den Kopf. Außerdem ist der Laden doch chronisch unterbesetzt.«

Elke Wiedenhof-Meier rang sichtlich mit sich. Schließlich sagte sie: »Also schön. Aber vorerst nur Innendienst. Kommen Sie morgen früh pünktlich um acht Uhr. Und wenn Sie sich irgendwelche Eskapaden leisten, irgendetwas, und sei es nur der Schokoriegel eines Kollegen, der auf mysteriöse Weise abhandenkommt, dann sorge ich dafür, dass man Sie zwangspensioniert.«

Kaller war bereit, jede Bedingung zu akzeptieren, deshalb nickte er, ohne einen schnippischen Kommentar abzugeben, und bewegte sich Richtung Tür.

»Noch eines«, hielt ihn seine Vorgesetzte auf. »Sie haben sich nichts zuschulden kommen lassen. Sie hatten keine Wahl.«

Er nickte erneut, auch wenn ihm die gut gemeinten Worte der Kommissariatsleiterin keinen Trost spenden konnten.

* * *

Am nächsten Morgen

Sven Meinfeld war überrascht gewesen zu erfahren, dass sein Freund und Vorgesetzter ab sofort wieder arbeiten würde. Der zweiunddreißigjährige Kommissar, der vor Dienstantritt noch an einer Bäckerei gehalten hatte, um sozusagen als kleines Willkommensgeschenk ein Frühstück zu besorgen, war jedoch noch überraschter, als Kaller bereits zehn vor acht an seinem Schreibtisch saß und irgendwelche Akten studierte.

»Jetzt ist es amtlich, du bist garantiert noch nicht gesund«, sagte Meinfeld statt einer Begrüßung. »Hauptkommissar Michael Kaller hat das Gebäude noch nie um diese Zeit betreten«, witzelte er weiter und reichte seinem Kollegen die Tüte mit den belegten Brötchen. »Herzlich willkommen«, sagte er mit ehrlicher Freude und setzte sich Kaller gegenüber.

»Ich bin zu Hause verrückt geworden«, gab der Hauptkommissar offen zu.

»In welchem *Zuhause* genau?«, hakte Meinfeld ein wenig angriffslustig nach.

Kaller stieß geräuschvoll die Luft aus. »Du bist sauer, weil ich mich nicht gemeldet habe. Aber mir ging es nicht gut und …«

»Oh, bitte verschone mich. Warum hast du mir nichts gesagt, als dich Sarah rausgeschmissen hat? Stattdessen bist du auf einen Campingplatz gezogen, wo du vermutlich wie ein Penner haust.«

»Das ist unfair«, erwiderte Kaller gespielt empört, »dort gibt es mehr Regeln als in einem Nonnenkloster. Wer seine Parzelle nicht sauber hält, wird exekutiert.«

»Arschloch«, entgegnete Meinfeld und biss grimmig in sein Brötchen.

Kaller stöhnte. »Meine Güte, was willst du hören?«

»Dass du dich wie ein Idiot benommen hast, dich Sarah in deiner Stammkneipe mit einer Stripperin auf dem Schoß erwischt und dich daraufhin rausgeworfen hat. So was in der Art.«

»Das war ja klar. Sarah hat es deiner Frau erzählt und die hatte natürlich keine Scheu, dich einzuweihen. Und jetzt bist du auf deren Seite.«

»Ich kenne ja nur eine Seite, weil mein guter Freund und Kollege mich weder kontaktiert hat noch die Güte besaß, auf meine Anrufe zu reagieren.«

Kaller schwieg, sah Meinfeld einen Moment an und

sagte dann sehr leise: »Verdammt, das war mir eben peinlich, über so etwas redet man nicht gerne.«

»Wie lange kennen wir uns, ich …« Weiter kam Meinfeld nicht, denn die Kommissariatsleiterin Elke Wiedenhof-Meier betrat ohne Vorwarnung den Raum.

Ihr Blick wanderte zu Meinfelds aufgeräumtem Schreibtisch, zu dem angebissenen Brötchen in seiner Hand und schließlich zu Kaller, der sie, ihrem Gesichtsausdruck nach zu schließen, nur durch seine bloße Anwesenheit reizte.

»Erste Amtshandlung Frühstückspause? Na, meine Herren, das wird der Verbrechensbekämpfung sicher zuträglich sein.«

Keiner der beiden Männer ging auf den Vorwurf ein. Wenn ihre Vorgesetzte in dieser Stimmung war, konnte es nämlich überlebenswichtig sein, den Mund zu halten.

Elke Wiedenhof-Meier blähte kurz die Nasenflügel auf und schien sich danach wieder beruhigt zu haben.

»Sie bekommen einen neuen Fall«, sagte sie wenig begeistert.

»Außendienst?«, fragte Kaller hoffnungsvoll.

»Freuen Sie sich nicht zu früh!« Ihre Erwiderung wirkte ähnlich wie eine Faust in der Magengrube. »Man hat über meinen Kopf hinweg beschlossen, Sie einzusetzen. Die wollten den mit der höchsten Aufklärungsrate. Ich habe gesagt, Sie bräuchten noch Zeit.«

»Brauche ich nicht«, krähte Kaller dazwischen und die Kommissariatsleiterin bedachte ihn mit einem vernichtenden Blick, bevor sie süffisant anfügte: »Ich bin jedenfalls fein raus. Falls Sie versagen, rollt Ihr Kopf, nicht meiner.«

»Und um was geht es?«, versuchte Meinfeld, das Gespräch in eine andere Richtung zu lenken.

Elke Wiedenhof-Meier wandte sich dem Kommissar zu. »Mord. Ein gewisser Maurice Lehbach.«

»*Der* Maurice Lehbach?«, rief Meinfeld erstaunt und auf Kallers fragenden Blick hin erklärte er: »Stammt aus einer bedeutenden Bankiersfamilie, führt einen internationalen Konzern und ist stinkreich.«

»Ja«, stimmte ihm seine Vorgesetzte zu. »Außerdem ist er jetzt tot, hat einen gespaltenen Schädel und wird wohl ohne seine Testikel beerdigt werden.«

* * *

Etwa zur gleichen Zeit

»Siehst du, es ist ganz einfach«, sagte der Mörder von Maurice Lehbach und füllte zwei Einmachgläser mit Formalin.

»Denkst du nicht, dass das zu stinken anfängt?«, wurden Einwände geäußert. »Leichengeruch kann sehr penetrant sein.«

»Nicht, wenn wir uns an die Anweisungen aus dem Internet halten«, entgegnete er geduldig. Behutsam schlug er das Tuch zurück und betrachtete das, was er dem Toten entnommen hatte. Mit einem spitzen Messer stach er ein paar Mal auf das etwa tischtennisballgroße Gewebe ein. »Das ist wichtig. Durch die Einschnitte kann das Formalin eindringen und sich überall verteilen, je mehr es das Fleisch durchtränkt, desto besser ist die Haltbarkeit.«

Fasziniert nahm er nun den ersten abgetrennten Testikel von Maurice Lehbach und ließ ihn in eines der Behältnisse mit der durchsichtigen Flüssigkeit gleiten. Langsam sank der Hoden und zog dabei eine rostrote Schliere hinter sich her, wie eine überreife Kirsche, die in einem Longdrinkglas nach unten glitt.

Schweigsam wurde das zweite Präparat zwischen die behandschuhten Finger genommen und vorsichtig in das andere Einmachglas bugsiert. Am Ende verschloss der Mörder die Gefäße sorgsam und stellte sie auf ein Regalbrett, während er sagte: »Wir werden sie uns jederzeit ansehen können und dann stets wissen, dass ein Unrecht gesühnt wurde.«

* * *

Später am gleichen Tag

»Wir sollten uns eine Zeit lang nicht mehr sehen«, sagte Ansgar Kaufmann gerade, als er den Reißverschluss seiner Hose zuzog.

»Machst du dir Sorgen um deine Frau? Die kleine Nelly wird schon nichts erfahren«, erwiderte Regina, die nackt auf dem Bett lag, nun ihre Beine spreizte und dabei schrill auflachte. »Was ich dir bieten kann, wird dich immer wieder zu mir führen.«

Ansgar rollte mit den Augen, tat so, als könnten ihn ihre Worte nicht beeindrucken, musste allerdings zugeben, dass der Ausblick einfach zu verlockend war. Nach kurzem Zögern stürzte er sich schließlich wie ein liebestoller Jüngling auf Regina und drückte seinen Kopf zwischen ihre Schenkel.

»Du bist eine Hexe«, warf er ihr vor.

»Nein, ich bin eine gute Schwester«, begann sie in verführerischem Tonfall. »Soll ich dir das Himmelreich zeigen, Bruder?«

Ansgar fiel es schwer, sich loszureißen, aber er hatte einen Termin.

»Ich muss gehen«, sagte er und wollte sich aufrichten.

Schnell griff ihm Regina mit der Hand zwischen die Beine und drückte fest zu. »Dann lass mich dich zuvor noch segnen«, säuselte sie unschuldig.

»Ich muss wirklich gehen«, riss er sich schweren Herzens von ihr los und sie lachte erneut ihr schrilles ordinäres Lachen, das sie für die Stelldicheins mit Ansgar reserviert hatte.

Schließlich sah sie ein, dass ihre Zeit vorbei war, und erhob sich ebenfalls. Ohne Scham ging sie nackt durchs Zimmer und sammelte die Utensilien ein, die sie für ihr Liebesspiel gewöhnlich benutzten. Ansgar hätte sich gewünscht, solche Dinge auch einmal mit Nelly anstellen zu können, aber seine Frau war dafür zu schüchtern. Regina hingegen brachte ihn um den Verstand. Eine ganze Weile fanden diese heimlichen Treffen schon statt, zwischendurch gab es Unterbrechungen, er schwor sich, standhaft zu bleiben – aber am Ende landete er doch immer wieder im Bett dieser Frau. Nelly hatte nie Verdacht geschöpft, aber Thomas, sein Schwager, erschien ihm manchmal misstrauisch. Wenn er ehrlich war, dann wäre es für ihn nicht sonderlich tragisch gewesen, sich von Nelly zu trennen, aber einen Streit mit Thomas konnte er nicht riskieren. Dafür gab es vielerlei Gründe. Als ihm die wieder einfielen, sagte er erneut: »Wir müssen zumindest eine Pause machen.«

Regina, die ihm den Rücken zugewandt hatte und sich gerade bückte, reagierte wenig überzeugt: »Natürlich, wenn das dein Wille ist, Bruder!«

»Ja, das ist es, Schwester!«, fiel er automatisch zurück in ihr Rollenspiel und wusste bereits, als er jetzt lüstern ihr pralles Hinterteil betrachtete, dass er auch nächste Woche wieder hier sein würde.

* * *

Kapitel 3

Präsidium der Kriminalpolizei Karlsruhe

Bevor Hauptkommissar Kaller und Kommissar Meinfeld nach Neurach aufbrechen konnten, mussten sie zuerst noch der Gerichtsmedizin im angrenzenden Gebäude einen Besuch abstatten. Man hatte die Leiche von Maurice Lehbach bereits obduziert. Auch wenn den Beamten die Ausführungen ihrer Vorgesetzten ausgereicht hätten, waren sie doch gezwungen, sich dem ganzen brutalen Ausmaß des Verbrechens zu stellen.

Einzig die angenehme Kühle der Keller entschädigte sie für das, was nun vor ihnen lag.

Der Gerichtsmediziner begrüßte sie mit verhaltener Freundlichkeit, er war sichtlich genervt. »Seit gestern dreht sich alles nur noch um diesen Toten, als hätte ich sonst nichts zu tun«, machte er seinem Ärger Luft. »Man sollte doch meinen, dass im Tod alle gleich sind. Aber selbst da gibt es neuerdings Unterschiede.«

Der Arzt bemerkte, dass er die beiden mit seinem Ausbruch überfahren hatte, und entschuldigte sich. »Tut mir leid, aber als junger Student bin ich auf die Straße gegangen, um für die Chancengleichheit zu demonstrieren. Und keine vierzig Jahre später ist das Wort *Elite* wieder in aller Munde.«

Meinfeld überlegte schnell, wie alt der Mediziner wohl war, schätzte ihn auf sechzig und konnte sich den untersetzten Mann, der wie ein netter Opa wirkte, nicht als jungen Revolutionär vorstellen.

»Und unser Toter?«, tastete sich Kaller vorsichtig an den Grund ihres Hierseins heran.

»Hatte wohl einige wichtige Verbindungen, jedenfalls wurde ich von mehreren Seiten gedrängt, die Obduktion vorrangig und mit größter Sorgfalt vorzunehmen. Als wäre das nicht selbstverständlich. Ich bin immer sorgfältig, ungeachtet der Geschichte des Mordopfers«, entgegnete er immer noch aufgebracht.

Weitere Schimpftiraden schluckte er jedoch herunter und begann wieder mit der sachlichen Art zu sprechen, die man von ihm gewohnt war: »Folgen Sie mir, ich zeige Ihnen das Opfer.«

Für einen Augenblick war Kaller versucht, abwehrend beide Hände zu heben und zu sagen: »Das wird nicht nötig sein«, aber den Anblick des toten Maurice Lehbach zu ertragen, gehörte nun einmal zu seinem Job.

Kurz hörte der Hauptkommissar das Rauschen des eigenen Blutes, als das Laken zurückgeschlagen wurde. Meinfeld ging augenblicklich einige Schritte zurück, während der Gerichtsmediziner ein bedauerndes »Tja« von sich gab.

Plötzlich erlebte Kaller alles ganz intensiv: Der Geruch der Chemikalien und Desinfektionsmittel reizte seine Nasenschleimhäute. Das Plätschern des Wassers im gekachelten Nebenraum, den man gerade mit einem Schlauch ausspritzte, hörte sich wie das Dröhnen eines gewaltigen Wasserfalls an und die Überreste des Opfers wirkten vergrößert, so als hätte der Hauptkommissar eine starke Brille auf. Jedes zerrissene Stück Gewebe, jeder gespaltene Knochen, selbst ein zerbröselter Eckzahn und der zerfetzte Zungenmuskel fielen ihm auf. Vermutlich lag das einfach daran, dass sein Auge längst darin geschult war, Leichenbesichtigungen vorzunehmen, Tatorte zu scannen und Abweichungen von der Norm zu erkennen. Allerdings kam es Kaller selbst so vor, als wollte ihm sein Unterbewusstsein auf diese Weise signalisieren, dass er noch nicht bereit war. Dass er mit dem Schuss auf die siebzehnjährige Bankräuberin die Abgebrühtheit verloren hatte, die er für seinen Beruf so dringend benötigte.

Der Gerichtsmediziner musste ihn zweimal beim Namen nennen, bevor er reagierte.

Endlich wandte sich Kaller ab und begegnete Meinfelds besorgtem Blick. »Alles in Ordnung«, murmelte er automatisch und sah dann den Arzt auffordernd an.

»Also schön«, begann der nun mit seinen Ausführungen, während er die Leiche wieder zudeckte. »Mindestens sechs oder sieben Schläge mit einer Axt.«

»Er hat den Kopf halbiert«, warf Kaller ein wenig geistesabwesend ein.

»Ja, wobei wir nicht feststellen können, ob das Zufall oder die Absicht des Mörders war«, ging der Mediziner darauf ein und wollte fortfahren.

»Wie konnte man ihn identifizieren?«, unterbrach Kaller den Mann jedoch.

Der runzelte zwar die Stirn, antwortete aber geduldig: »Laut meinen Informationen hatte er einen Ausweis dabei.« Dann blickte er zu dem Hauptkommissar und meinte: »Sollten Sie das nicht besser wissen?«

»Wir sind gerade erst hinzugezogen worden. Fahren Sie fort, Doktor«, sprang Meinfeld ein, der befürchtete, sein Kollege würde mit solchen Fragen den Verdacht erwecken, er sei nicht einsatzbereit.

»Es gibt keine Abwehrverletzungen, keine Spuren eines Kampfes, man muss ihn überrascht haben. Die einzigen Verletzungen, die ich fand, waren einige Hämatome auf den Innenseiten seiner Schenkel.«

Gnädigerweise deckte der Arzt den Toten nicht noch einmal auf, sondern verwies auf die Fotografien, die er auf seinem Rechner aufgerufen hatte.

»Wie Sie hier sehen, hat man ihm die Hoden abgeschnitten.«

Meinfeld verzog das Gesicht und konzentrierte sich auf die blauen Flecken. »Woher stammen die?«

Der Arzt zuckte mit den Schultern. »Vielleicht die Folge sexueller Stimulation.«

Das Gesicht von Meinfeld schien bei dieser Auskunft noch ein wenig mehr zu entgleisen.

»Das ist noch gar nichts«, ließ sich der Mediziner hinreißen, aus dem Nähkästchen zu plaudern. »Sie würden nicht glauben, zu welchen Verstümmelungen Menschen aus Lust bereit sind. Wenn man so lange im Beruf ist, überrascht einen nichts mehr.« Er deutete erneut auf die Fotografie.

»Und seine Hoden wurden ihm vor oder nach dem Tod abgeschnitten?«, hakte dieses Mal Kaller nach.

»Wie gesagt, keine Abwehrverletzungen, keine Betäubungsmittel in seinem Blut. Alles deutet darauf hin, dass er zu diesem Zeitpunkt nicht mehr am Leben war. Man hat ihn erst erschlagen und dann verstümmelt.«

Damit hatten sie vorerst alle Informationen, die sie brauchten, und verabschiedeten sich.

* * *

Kaller steuerte den Wagen, während Meinfeld neben ihm saß, ein Laptop auf den Beinen balancierte und die vorläufigen Berichte las, die ihnen von Kriminaltechnik und Gerichtsmedizin zugegangen waren. Außerdem hatte ihnen Elke Wiedenhof-Meier die Protokolle der ersten Vernehmungen, die von der Neuracher Polizei durchgeführt worden waren, besorgt.

Die Streifenbeamten vor Ort warteten nun auf die Verstärkung durch die Kriminalpolizei.

»Also«, begann Meinfeld, die Unterlagen zusammenzufassen. »Catherine Dubois war mit dem Opfer in Neurach. Sie ist seit zwei Jahren seine Freundin. Die kamen einen

Tag vor dem Mord an. Laut ihrer Aussage hat er am Tag nach der Anreise im Hotelzimmer gearbeitet und einige Telefonate geführt. Handy und Laptop des Opfers werden bereits ausgewertet«, ergänzte der Kommissar. »Am Abend ging Lehbach joggen und hat versprochen, anschließend mit ihr das Restaurant zu besuchen.«

»Wann hat sie ihn als vermisst gemeldet?«, warf Kaller ein.

»Gar nicht«, antwortete Meinfeld irritiert. »Merkwürdig, oder?«

»Wie erklärt sie das?«, hakte Kaller ungeduldig nach.

»Sie sagt aus, er sei nicht gekommen, sie besuchte daraufhin die Bar, hat getrunken, war beschwipst, ging zurück aufs Zimmer, hat eine Schlaftablette genommen und ist erst wieder am Morgen aufgewacht. Sein Handy hatte er im Hotel gelassen, also konnte sie ihn auch nicht anrufen.«

»Das ist alles? Er kommt nicht vom Joggen zurück und sie besäuft sich, bis sie bewusstlos ins Bett fällt?«

Achselzuckend antwortete Meinfeld: »Mehr steht da nicht.«

Kaller, der gerade viel zu dicht seinem Vordermann auffuhr, fluchte laut. »Was war das denn für eine Vernehmung?«

Meinfeld klammerte sich instinktiv an den Türrahmen, als sein Vorgesetzter ein gewagtes Überholmanöver ausführte.

»Du solltest sowohl deinen Fahrstil als auch dein Auftreten gegenüber den Kollegen vor Ort überdenken«, ermahnte er ihn.

»Seit wann hast du denn etwas an meinem Fahrstil auszusetzen?«, entgegnete Kaller gereizt.

»Eigentlich immer schon, und das weißt du auch«, konterte der Jüngere. »Und was die Kollegen angeht … Die haben das vermutlich noch nie gemacht und sich trotzdem alle Mühe gegeben. Wir sind auf deren Kooperation angewiesen, vergiss das nicht.«

Wilma Janson sah auf die Uhr. »Ich hoffe, die kommen bald«, wandte sie sich an den jüngeren Kollegen. Die Streifenbeamtin hatte schon einige Dienstjahre auf dem Buckel. Sie liebte ihren Beruf und hatte selbst nach der Geburt ihrer Tochter nicht aufgehört zu arbeiten. Sie kannte sich aus mit Randalierern, Ladendieben, Verkehrssündern und angetrunkenen Jugendlichen. Aber der Mord an diesem Maurice Lehbach, das war eine andere Hausnummer. Da sie in dem Neuracher Polizeiposten den höchsten Dienstgrad hatte, war es selbstverständlich gewesen, die bisherigen Ermittlungen zu leiten. Die Anforderung nach Verstärkung war umgehend nach Karlsruhe gegangen, aber die hatten wohl Probleme, sich auf jemanden zu einigen. Jedenfalls hätte Wilma am liebsten gestern als heute das Kommando abgegeben. Die Stadt stand kopf und ständig kamen Anrufe von besorgten Bürgern. Viele kannte Wilma persönlich, das machte es schwierig, mit dem nötigen kühlen Abstand zu agieren. Die Presse hatte sich bereits eingefunden und diese bescheuerte Französin erzählte jedem, der sie hören wollte, ihre Geschichte. Am liebsten hätte sie diese Catherine verhaftet, aber das lag nicht in ihrer Macht. Wilma kratzte sich das krause, kurze Haar. Wie ärgerlich, dass sie den Friseurtermin so lange hinausgeschoben hatte. Jetzt war sie in allen Reportagen mit grauen Strähnen zu sehen und sah aus wie ihre eigene Großmutter.

»Wilma«, rief ihr Kollege, der gerade aus dem Fenster blickte, aufgeregt, »ich glaube, das sind sie.«

* * *

Zur gleichen Zeit in einem Karlsruher Pflegeheim

»Er ist tot!«, hauchte die zarte Gestalt, die in dem überdimensionalen Fernsehsessel – ein gut gemeintes Geschenk – verloren wirkte. Ihre blasse Haut war so durchsichtig, dass man an manchen Stellen die darunterliegenden feinen Adern erkennen konnte. Die glasigen Augen starrten auf den Fernseher, wie jeden Tag. Niemand konnte sagen, ob die Frau wirklich den Geschehnissen auf dem Monitor folgte, ob sie nur fasziniert war von den Bewegungen und den bunten Bildern oder ob ihr die Stimmen das Gefühl gaben, nicht allein zu sein. Jedenfalls half ihr der Fernseher, in einem angenehmen, ruhigen Gemütszustand den Tag zu verbringen.

Eine der Pflegekräfte hatte das Gemurmel gehört und trat zu der Frau. Ihr Blick fiel auf den Bildschirm und sie erkannte die Nachrichtensprecherin, die gerade die Öffentlichkeit darüber informierte, wer Maurice Lehbach gewesen war und welche guten Taten er vollbracht hatte. Die Pflegerin kannte weder einen Maurice Lehbach noch hatte sie jemals von dessen Taten profitiert, also verschwendete sie keinen weiteren Gedanken an den Mann, sondern widmete sich der Patientin.

»Alles in Ordnung?«, fragte sie fürsorglich und schaltete sicherheitshalber in ein anderes Programm, nicht dass die Nachrichten zu aufregend für die Frau waren.

Sie erhielt keine Antwort, was nicht ungewöhnlich war. Allerdings stellte sie erleichtert fest, dass ein schwaches Lächeln über das Gesicht der Kranken huschte, die für einen kurzen Moment nicht mitleiderregend hilflos, sondern so zufrieden aussah wie eine vollgefressene Katze. Doch das dauerte nicht lange an. Schon kehrte die Ausdruckslosigkeit zurück.

Die Pflegerin tätschelte wohlwollend den Arm der Frau und eilte mit einem hektischen Blick auf die Uhr zum nächsten Leidenden.

Als sie außer Hörweite war, entglitt der Patientin im Fernsehsessel ein leises Krächzen. Kein Mensch hätte deuten können, ob es ein Ausruf der Erleichterung oder der

Qual war. Und als sie leise sagte: »Ich hätte es verhindern müssen«, hörte dieses Mal niemand zu.

* * *

Polizeihauptmeisterin Wilma Janson reichte Kaller die Hand und betrachtete ihn mit unverhohlener Neugier. Sie hatte jemanden im Anzug erwartet, jemanden, der seriöser wirkte, aufgeräumter. Kommissar Meinfeld nahm sie den Kriminalbeamten sofort ab, aber Kaller irritierte Wilma. Spontan dachte sie, dass der Mann etwas Selbstzerstörerisches an sich hatte.

Der Hauptkommissar hielt sich nicht mit Höflichkeiten auf, trotzdem erinnerte er sich an die Ermahnungen seines Kollegen, deshalb vermied er kritische Kommentare und ließ sich von Wilma Janson ins Bild setzen. Das meiste wussten die Kriminalbeamten bereits, aber die Verbindung zwischen der Stadt Neurach und Maurice Lehbach war ihnen neu.

»Maurice Lehbach war auf dem Internat«, sagte die Polizeihauptmeisterin gerade.

»Welches *Internat?*«, fragte Kaller.

»Na, *unser* Internat, oben auf der Anhöhe«, antwortete ihm Wilma Janson, als wäre das klar.

»Das Opfer war also nicht zufällig hier«, mischte sich Meinfeld ein. »Gab es vielleicht ein Klassentreffen oder so etwas?«

»Er wollte sich mit dem Direktor der Schule treffen. Stefan Altendorf. Ich habe bereits mit ihm gesprochen, Lehbach hat ihn am Tage seines Todes kontaktiert. Offensichtlich ging es um die Einrichtung eines Stipendiums.«

»Wir müssen mit Herrn Altendorf reden.«

»Das dachte ich mir schon. Stefan« – sie verbesserte sich – »Herr Altendorf steht uns zur Verfügung. Ich habe mit ihm einen Termin um 18.00 Uhr oben in der Schule vereinbart. Er wird auf uns warten.«

»Das ist sehr freundlich von dem Mann«, konnte sich Kaller nicht verkneifen und Wilma errötete leicht, erwiderte daraufhin jedoch nichts.

Meinfeld griff schnell ein und fragte: »Was ist mit der Freundin des Opfers?«

Die Polizeihauptmeisterin rollte mit den Augen: »Catherine Dubois, Berufsbezeichnung *Model*, Französin, zweiundzwanzig Jahre alt. Ich habe mich in der Pension umgehört. Niemand hat das Paar streiten hören, falls Sie darauf anspielen. Wir haben natürlich das Zimmer durchsucht, die Kriminaltechnik war bereits zugange. Kein Blut, keine Waffen, keine ...« Sie suchte nach den richtigen Worten, wollte nicht, dass es pietätlos klang, und sagte schließlich: »Keine Körperteile.«

Sie holte tief Luft, überlegte, ob es ihr überhaupt zustand, zu spekulieren, ermahnte sich, zu schweigen, da sie die Erfahrung gemacht hatte, dass es im Leben meist besser war, die Klappe zu halten, aber Hauptkommissar Kaller hatte sie beobachtet. »Na los, raus damit, was wollten Sie noch sagen?«

Trotzig das Kinn nach vorne reckend, gab sie ihm Antwort: »Ich weiß, ich bin nur von der Streife, aber ich habe den Autopsiebericht gelesen und bezweifle, dass dieses dürre Gerippe in der Lage ist, eine Axt mehrfach in den Schädel eines kräftigen Mannes zu rammen. Wenn sie mit dem Mord zu tun hat, dann war sie nicht allein. Aber das ist nur meine Meinung.«

Kaller entgegnete lediglich: »Guter Einwand.«

Dann gab er seine Anweisungen. Meinfeld sollte im Polizeiposten ihr Büro einrichten und mit Karlsruhe wegen der Telefonlisten des Opfers Kontakt aufnehmen, während er der trauernden Catherine Dubois zusammen mit Wilma Janson einen Besuch abstatten wollte.

»Sie denken, wenn eine Frau dabei ist, wird sie sich sicherer fühlen?«, hakte die Polizeihauptmeisterin auf dem Weg zur Pension der Französin nach.

Kaller nickte und Wilma lachte. Er sah sie fragend an.

»Diese Frau braucht niemanden, der ihr Sicherheit gibt. Sie werden schon sehen. Die weiß genau, was sie will, wann, wo und mit wem.«

Diese Äußerung amüsierte Kaller erneut und er betrachtete Wilma genauer. Keine Frage, niemand würde sich unsterblich verlieben, wenn er Kollegin Janson das erste Mal traf. Sie war nicht der Typ, der Männerfantasien anheizte. Dazu kam, dass die Uniform nicht gerade schmeichelhaft für ihre kräftige Statur war und sie außerdem keinen Wert auf Make-up oder eine stylishe Frisur legte. Allerdings hatte sie etwas an sich, das Kaller mochte. Vermutlich war es ihre Direktheit.

Sie gingen zu Fuß durch den Ort. Der kleine Stadtkern mit dem unebenen Kopfsteinpflaster erinnerte Kaller an einen Ausflug, den er mit Sarah gemacht hatte, und schon bedauerte er, nicht den Wagen genommen zu haben. Unfreundlicher als gewollt sagte er schnell: »Ist ja nicht viel los in dem Nest.«

Wilma verzog ärgerlich das Gesicht. »Dieses *Nest* ist mein Zuhause. Die Menschen hier sind in Ordnung.«

»Bis auf den, der einen Touristen getötet hat.«

»Sie gehen davon aus, dass es ein Einheimischer war?«, erwiderte sie pikiert.

»Solange wir nicht mehr wissen, werde ich gewiss nichts ausschließen«, gab er barsch zurück.

Er hätte diese Debatte gerne noch ein wenig weitergeführt. Streiten half ihm, wenn er sich von Sarah und der eigenen Dummheit ablenken wollte, aber da hatte er die Rechnung ohne Wilma Janson gemacht.

»Sie haben recht«, gab sie nämlich nach, ohne unterwürfig zu klingen. »Ich bin voreingenommen. Ich bilde mir ein, eine gute Menschenkenntnis zu haben. Mein Stolz wäre verletzt, wenn ich all die Jahre zwischen einem Mörder gelebt hätte, ohne es zu bemerken.«

Kaller blieb stehen und sah sie ernst an. »Was ich jetzt sage, klingt vermutlich boshaft, aber es ist ein gut gemeinter Rat. Stellen Sie sich besser darauf ein, dass Sie, was Ihre gute Menschenkenntnis angeht, enttäuscht werden könnten. Denn mein Gefühl sagt mir, dass der Mörder von Maurice Lehbach niemand ist, den wir auf den ersten Blick erkennen werden.«

»Dann tauge ich also nicht für eine Mordermittlung, wollen Sie mir das damit sagen?« Sie klang angriffslustig.

Er zuckte lässig mit den Schultern, setzte sich wieder in Bewegung und antwortete: »Vermutlich taugen Sie nicht dazu, genauso wenig wie ich. Niemand ist dafür geboren, Mörder aufzuspüren. Aber irgendwer muss es ja tun, und Sie haben bisher gute Arbeit geleistet, also bin ich froh, Sie dabeizuhaben.«

Während er das sagte, betrat er mit schnellen Schritten die Pension und Wilma konnte kaum mithalten.

Deine Art, mit Kollegen umzugehen, hat dir sicher bisher nicht viele Freunde eingebracht, Herr Hauptkommissar, dachte Wilma Janson kopfschüttelnd, hatte allerdings den Eindruck, dass Kaller nicht ganz ehrlich zu ihr gewesen war. Irgendetwas sagte ihr nämlich, dass dieser Mann durchaus für seinen Job geboren war.

* * *

Catherine Dubois öffnete die Tür und bot ein rührendes und zugleich atemberaubendes Bild. Sie hatte sich in ein schwarzes, enges *Etwas* gequetscht und ihre unbedeckten schlanken Arme und Beine, die von einem alabasterartigen Weiß waren, bildeten dazu einen harten Kontrast. Trotzdem oder gerade deshalb sah sie umwerfend aus. Sie trug eine große dunkle Sonnenbrille, tupfte mit einem Taschentuch ihre Wange ab und wirkte wie ein Filmstar aus den Sechzigern.

»Kommen Sie herein«, bat sie die Beamten mit einem bezaubernden französischen Akzent und deutete auf zwei Stühle, während sie sich huldvoll in einem kleinen Sessel niederließ. Es gab nur einen Raum und das Bett, das mittendrin stand, war voller Tüten und Schachteln aus Neuracher Modegeschäften.

Kaller kam nicht umhin, Catherine sehr anziehend zu finden. Er hätte sie auch nicht als Gerippe bezeichnet und ihr Mund mit den vollen Lippen, die mit einem rosafarbenen Lipgloss zum Glänzen gebracht worden waren, wirkte ausgesprochen faszinierend.

»Ich muss die ganze Zeit weinen«, erklärte sie die Sonnenbrille, die sie jetzt absetzte, und jammerte: »Ich sehe schrecklich aus.«

»Aber nein«, reagierte Kaller freundlich, dem sofort auffiel, dass die großen blauen Augen unter der Brille nicht gerötet waren. Er vermutete, dass Catherine keine Weinkrämpfe gehabt hatte, aber jeder trauerte eben anders.

»Erzählen Sie uns von Herrn Lehbach«, begann der Hauptkommissar behutsam das Gespräch.

»Oh, er war ein so wunderbarer Mensch. So großzügig. Ihm hat all sein Geld gar nichts bedeutet. So war er.«

Automatisch wanderte Kallers Blick zu den Tüten auf dem Bett.

Sie bemerkte das und sagte entschuldigend: »Ich weiß, wie das aussieht, aber er hätte gewollt, dass es mir gut geht. Einkaufen entspannt mich.«

»Natürlich«, erwiderte Kaller, der diesen Satz schon öfter von Frauen gehört hatte, allerdings die Kombination Einkaufen und Entspannung bis heute nicht nachvollziehen konnte.

»Kannten Sie den Grund für seinen Besuch in Neurach?«, stellte Kaller seine erste Frage.

»Ja, selbstverständlich. Er hatte vorgehabt, seiner ehemaligen Schule etwas Gutes zu tun.«

»Und wieso ausgerechnet jetzt? Gab es vielleicht einen bestimmten Anlass?«

»Nein«, antwortete sie seufzend.

»Und welchen Anlass hatten Sie, Ihren Freund weder zu suchen noch vermisst zu melden, nachdem er mehrere Stunden nicht zurückgekehrt war? Ich nehme doch nicht an, dass Herr Lehbach für gewöhnlich seine Joggingrunden von der Abenddämmerung bis zum Morgengrauen drehte.« Der Sarkasmus war unüberhörbar, auch wenn Kaller die Frage mit einer geradezu übertriebenen Freundlichkeit stellte.

»Was wollen Sie mir da andichten? Ich habe ihn geliebt«, begehrte die Französin theatralisch auf.

»Und doch haben Sie seelenruhig geschlafen, während man ihn brutal ermordet hat.« Dieses Mal klangen seine Worte hart.

Catherine schrie kurz auf. »Woher hätte ich das wissen sollen?«, verteidigte sie sich. »Ich hatte doch nicht damit gerechnet, dass er stirbt.«

»Was dann?«, bohrte Kaller unbarmherzig weiter.

Die Freundin des toten Maurice Lehbach stieß geräuschvoll die Luft aus. Offenbar hatte der Hauptkommissar sie in die Enge gedrängt. Für einen Augenblick vergaß die Französin sogar die Rolle der Trauernden und verzog abschätzend das Gesicht. »Ich dachte, dass er wieder einem seiner Hirngespinste nachjagt.«

»Das müssen Sie uns genauer erklären«, bat der Hauptkommissar nun wieder freundlicher.

Sie fuhr mit der Hand durch die Luft, so als wollte sie einen Schwarm Mücken vertreiben. »Was soll's, wenn Sie es unbedingt wissen möchten. Maurice war in letzter Zeit nicht mehr er selbst. Ich habe keine Ahnung, was in ihn gefahren war, vielleicht lag es an seinem fünfzigsten Geburtstag.« Sie blickte nun zu Wilma Janson und sagte verschwörerisch: »Es heißt doch, dass Männer in diesem Alter anfangen, komisch zu werden.«

Zu Kallers Überraschung stimmte ihr die Polizistin, ohne zu zögern, zu und meinte dann: »Sie sprechen von einer Midlife-Crisis.«

»Ja, genau«, fuhr Catherine fort. »Er war wie ausgewechselt. Tat Dinge, die er noch nie getan hatte.«

»Zum Beispiel?«, unterbrach sie der Hauptkommissar.

»Fallschirmspringen, Klettern, Meditieren oder sich stundenlang mit einem Fremden in einem Pub unterhalten. Das ist bei unserem letzten Besuch in London passiert. Er blieb fast die ganze Nacht weg, obwohl er angeblich nur ein wenig frische Luft schnappen wollte. Damals habe ich im Hotel Alarm geschlagen und stand nachher wie eine hysterische Ziege da. Deshalb habe ich nicht reagiert, ich wollte mich nicht schon wieder blamieren.«

»Das leuchtet mir ein«, gestand Kaller ihr zu.

»Ehrlich gesagt war ich wütend und schäme mich jetzt dafür. Vor einer Woche kam er auf diese blöde Idee mit dem Stipendium, deshalb hat er mich hierhergeschleppt, und dann ließ er mich allein im Hotelzimmer sitzen.« Sie schüttelte wehmütig den Kopf und ihr Zorn schien verflogen, als sie seufzend sagte: »Ich weiß nicht, was er sich davon versprochen hat.«

Die Beamten stellten noch einige Fragen zu Maurice Lehbachs Privat- und Geschäftsleben, aber Catherine wusste nichts von Feinden oder Streitigkeiten. Leicht errötend bestätigte sie, was der Gerichtsmediziner aus den Hämatomen an Lehbachs Schenkeln geschlossen hatte. Allerdings versicherte sie, dass dieses kleine Experiment in Sachen Sex nur eine Ausnahme gewesen sei und ihr Freund keine außergewöhnlichen oder perversen Neigungen gehabt habe.

Am Ende verabschiedete sich Kaller mit den Worten: »Und wie geht es für Sie jetzt weiter? Werden Sie nach Frankreich zurückkehren?«

Wieder vergaß sie die Trauer und erzählte erleichtert: »Oh nein, ich habe ein Penthouse in Frankfurt. Maurice hat mich für den Fall seines Todes abgesichert, auch finanziell, das war ihm wichtig.« Um nun nicht zu euphorisch zu klingen, presste sie ein leises Schluchzen aus ihrer Kehle. »Das beweist doch, dass er ein guter Mensch war, oder?«

* * *

Zur gleichen Zeit machte sich Leon Wiegand auf den Weg, um mit einem Schlag all seine Probleme zu lösen; denn von denen gab es reichlich. Da waren neben seiner Sauferei und dem gelegentlichen Drogenkonsum die chronische Geldnot und der Widerwille gegen jede Art von Arbeit, sei sie nun körperlicher oder geistiger Natur. Das hatte einige Aufenthalte im Jugendarrest, Sozialstunden und eine Bewährungsstrafe zur Folge gehabt, die ihm heute das Führungszeugnis versaute. Das wiederum machte es ihm noch schwerer, eine Anstellung zu finden, und am Ende blieben nur Jobs übrig, die niemand sonst haben wollte. Jobs, mit denen man kein Vermögen verdienen und schon gar nicht so heiße Bräute wie Josefine Cordes beeindrucken konnte. Josefine arbeitete als Bedienung in der Neuracher Pension und konnte sich über mangelnde Verehrer nicht beklagen.

Der Fünfundzwanzigjährige hatte sich jedoch davor gehütet, ihr von seinen Plänen zu erzählen. Nicht, um sie vor der Mitwisserschaft zu schützen, sondern weil er Angst hatte, sie würde ihm das Geschäft seines Lebens vor der Nase wegschnappen. Er stand auf Josefine, obwohl sie ein hinterhältiges, gieriges Miststück sein konnte – daher war es besser, zu schweigen.

Jedenfalls beglückwünschte er sich zu seiner Genialität. Er hatte etwas gesehen, das ihm zuerst völlig harmlos erschienen war. Aber dann erfuhr er das mit der Leiche, bekam einen vagen Verdacht und plötzlich sah er einen Haufen Euroscheine vor seinem geistigen Auge. Also wollte er es zumindest versuchen, auch wenn ihm die Beweise fehlten. Er drohte seinem Opfer, zur Polizei zu gehen, und hoffte, dass das wirkte. Andererseits hätte ihn, falls er sich irrte, eine Anzeige wegen Erpressung in den Knast bringen können. Bei seiner Vorgeschichte ein großes Risiko. Um sich nicht selbst zu belasten, verzichtete er deshalb darauf, sein Opfer anzurufen. Die Polizei konnte doch heutzutage alles nachvollziehen, das sah man ständig im Fernsehen. Daher setzte er auf eine augenscheinlich zufällige Begegnung. Am Morgen hatte er deshalb angefangen, auf der Suche nach seiner Beute die Stadt zu durchstreifen. Leon war gemütlich über den kleinen Marktplatz gewandert, hatte den Blick über die Stuhlreihen vor den Cafés schweifen lassen und durch die Schaufenster der Geschäfte gelinst, bis er schließlich fündig geworden war. Er hatte versucht, so cool wie möglich zu klingen, wenige Worte hatten genügt und sein Gegenüber war einverstanden gewesen.

Leon hatte sich zwar auf das erste Gespräch mit seinem Opfer vorbereitet, aber nicht weiter darüber nachgedacht, wie es anschließend weitergehen sollte. Er hielt sich für schlau, auch wenn seine Mitmenschen ihm nicht viel zutrauten. In seiner Überheblichkeit hatte er deshalb auch nicht bemerkt, wie man ihn bezüglich des Ortes der Geldübergabe manipuliert hatte. Am Ende war er sogar davon überzeugt gewesen, dass die Baustelle hinter der Kirche, dort, wo das neue Gemeindehaus entstehen sollte, seine eigene, wohlüberlegte Idee gewesen wäre.

Nun schlich er über den alten Friedhof, der bis zu den Resten der historischen Stadtmauer reichte und sogar einige Touristen anlockte, weil hier das Grab eines berühmten Dichters und Denkers lag. Leon interessierte sich nicht für Geschichte, und über Menschen zu sprechen, die schon mehr als hundert Jahre tot waren, fand er langweilig. Aber sollte ihn jemand nach dem Grund seines Hierseins fragen, hatte er zumindest eine Ausrede. Da ihm niemand begegnete, konnte er sich ungehindert dem Treffpunkt nähern. Die Baustelle zwischen Friedhof und Kirche lag quasi direkt im Stadtkern; allerdings schützte der sie umgebende Zaun hervorragend vor neugierigen Blicken. Freitagmittag wurde dort nicht gearbeitet, damit gab es auch keine Handwerker, und sollte doch irgendwer auftauchen, konnte man immer noch behaupten, am Vorankommen des Neubaus interessiert zu sein. Obwohl Leon sich hätte bewusst sein müssen, dass die Person, die er gleich treffen sollte, äußerst gefährlich war, verschwendete er kaum einen Gedanken an die eigene Sicherheit. Er hielt sich für schlau, weil er sein Klappmesser eingesteckt hatte. Während er sein Ziel ansteuerte, träumte er bereits davon, Josefines fantastischen Körper mit Geldscheinen zu bedecken, was sie ihm mit zügellosem Sex danken sollte.

Etwas ungelenk zwängte er sich durch eine Lücke im Zaun, hatte die ganze Zeit ein lüsternes Grinsen im Gesicht und malte sich aus, wie er nun den Rest seines Lebens, ohne nur einen Finger krumm machen zu müssen, reichlich Kohle abkassieren konnte. Endlich war auch er, Leon Wiegand, auf der Gewinnerstraße.

So in Gedanken versunken zuckte er erschrocken zusammen, als ihn jemand ansprach: »Da bist du ja endlich«, hörte er die Stimme seines Opfers, die zu seiner Überraschung nicht eingeschüchtert, sondern ungeduldig klang.

Leon wollte gleich einmal klarstellen, wer hier das Sagen hatte. Deshalb stellte er sich breitbeinig auf und verschränkte die Arme vor der Brust, während er geräuschvoll auf den Boden spuckte.

Sein Gegenüber wagte es tatsächlich, abfällig zu sagen: »Du bist also ein starker Mann.«

»Das bin ich, im Gegensatz zu dir. Nichts für ungut«, reagierte Leon großkotzig und versuchte mit finsterem Blick Stärke zu demonstrieren.

»Gut möglich, dass du gewisse Qualitäten hast, aber du vergisst eines: Du bist allein und wir sind zu zweit.«

Leon fuhr erschrocken herum, konnte niemand anderes entdecken und atmete erleichtert aus, überzeugt, dass der Mann ihm gegenüber bluffte. Der jedoch nutzte die Unachtsamkeit seines Erpressers, griff nach einem Eisenrohr und schlug zu. Leon taumelte, tastete sofort nach seinem Messer, konnte es auch noch aus der Hosentasche ziehen, aber um es zu benutzen, reichte die Zeit schließlich nicht mehr. Durch den nächsten Schlag stürzte er zu Boden. Er hatte die Situation völlig falsch eingeschätzt und geglaubt, er wäre in einem Kampf der Überlegene, aber das spielte jetzt alles keine Rolle mehr. Leon lag mit dem Gesicht im Dreck. Jemand setzte sich auf ihn, griff von hinten in seine Haare und riss seinen Kopf zurück, nur um ihn sofort wieder mit voller Wucht auf die ausgetrocknete Erde zu schmettern. Leons Stirn platzte auf, er stöhnte, spürte erneut den Ruck nach hinten und wieder landete sein Gesicht mit unglaublicher Härte auf dem Boden. Die Nase brach und die Oberlippe riss auf. Beim nächsten Aufprall wurden Leon die Schneidezähne ausgeschlagen und das Jochbein zertrümmert. Nach unzähligen Wiederholungen dieser brutalen Tortur erlag Leon schließlich seinen Verletzungen und starb. Sein Gesicht war eingeschlagen und blutüberströmt. Der Mann, der auf dem Rücken des Toten saß, konnte nicht genug davon bekommen, die Knochen brechen und das Fleisch aufplatzen zu hören.

»Du kleiner Mistkerl, du willst dich mit mir anlegen? Du glaubst, du wärst stark? Siehst du jetzt, wie stark du bist?«

»Das reicht, Bruder, sonst hört uns noch jemand«, wurde seine Raserei unterbrochen.

»Du hast recht, wir haben, was wir wollen. Er kann uns nicht mehr schaden.«

»Und wenn er jemand von seinen Beobachtungen erzählt hat?«

»So ein Typ hat keine Freunde und viel zu viel Angst, dass man ihm etwas wegnehmen könnte. Vertraue mir, der wird uns keine Schwierigkeiten mehr machen.«

»Er hatte ein Messer dabei, vielleicht ist er doch schlauer, als wir annehmen. Was, wenn er eine Nachricht hinterlassen hat für den Fall, dass etwas schiefgeht?«

Aber Leons Mörder zuckte nur mit den Schultern, schien nicht beunruhigt, sondern nahm langsam das Messer auf, das dem Toten aus der Hand gefallen war, und sagte: »Ich hatte eigentlich nicht vor, etwas für unsere Sammlung mitzunehmen, aber ich denke, wir haben uns eine kleine Belohnung verdient.«

»Du willst dasselbe tun wie bei Maurice?«

Ein heiseres Auflachen ging der Entgegnung voraus. »Nein, ich denke nicht, dass das passend wäre. Dieser kleine Drecksack geriet in Schwierigkeiten, weil er uns beobachtet hat. Sollten wir ihn da nicht von den Organen befreien, die ihm letzten Endes den Tod gebracht haben? Frei nach der Bibel: Reiße dir dein Auge aus, wenn es dich in Bedrängnis bringt, sonst landest du in der Hölle.«

»Das ist geradezu poetisch, Bruder«, erhielt er anerkennend Antwort, während er bereits das Messer aufspringen ließ und begann, die Augäpfel von Leon Wiegand aus ihren Höhlen zu pulen. Die zwei glitschigen Kugeln wickelte er in ein Stück Stoff, das er vom T-Shirt seines Opfers abgerissen hatte.

»Willst du ihn einfach hier liegen lassen? Wäre es nicht besser, ihn zu verstecken?«, wurde Leons Mörder besorgt ermahnt.

»Ich habe diesen Treffpunkt nicht willkürlich ausgewählt«, reagierte der daraufhin gereizt und im nächsten Moment deutete er auf die wenige Meter entfernte Grube, die das Fundament einer der Außenmauern bilden sollte. »Das Loch dort wurde heute mit Beton ausgegossen. Bis Montag wird der ziemlich ausgehärtet sein und niemand bekommt diesen miesen Erpresser je wieder zu Gesicht.« Und mit einem freundlicheren Tonfall fügte er an: »Keine Angst, ich sorge für unsere Sicherheit.«

Kurze Zeit später fiel Leons Körper mit einem Geräusch, das an ein lautes Schmatzen erinnerte, in den noch flüssigen Beton. Fast schien es so, als würde sich der Tote weigern, den Platz in dem für ihn vorgesehenen Grab einzunehmen, denn er tauchte nicht gleich unter. Erst als der Körper mit einer langen Metallstange in die graue, zähe Masse gedrückt wurde, versank er langsam. Der Beton umschloss ihn wie ein Ungeheuer, das genüsslich seine Beute verschlang, warf dabei noch einige Blasen auf, bevor sich die Oberfläche wieder glättete und nichts mehr an das ungewöhnliche Begräbnis erinnerte.

Die Blutspuren auf der trockenen Erde wurden beseitigt, indem der Mörder einen Eimer mit dreckigem Wasser darüber goss. Auf der Baustelle fanden sich genug Hilfsmittel, die es möglich machten, die Hinweise auf die Tat zu verwischen. Leons Blut vermischte sich mit der trüben Flüssigkeit und der braunen Erde und würde niemand mehr auffallen.

Es folgte ein Blick auf die Uhr: »Wir müssen gehen«, sagte der Mörder nun mit einer Ruhe, als würde er lediglich eine gemeinsame Mittagspause beenden.

»Ja, das sollten wir«, lautete die Antwort, die ebenfalls frei von jeglicher Aufregung war.

* * *

Kapitel 4

Im Polizeiposten Neurach, zur gleichen Zeit

Meinfeld begrüßte seinen Kollegen mit den Worten: »Die Auswertungen von Lehbachs Handy und Laptop sind da.«

Kaller nickte, studierte die Ausdrucke und stellte genervt fest, dass sich daraus nichts Neues ableiten ließ.

»Sein letzter Anruf galt dem Schulleiter Stefan Altendorf, ansonsten nur Gespräche mit Mitarbeitern«, fasste Meinfeld trotzdem zusammen. »Außerdem keine Anzeichen von Droh-E-Mails oder etwas in der Art.«

»Was ergaben die Befragungen in seiner Firmenzentrale in Frankfurt?«, hakte Kaller nach, der wusste, dass bereits Kollegen vor Ort waren, um mit den Mitarbeitern zu sprechen.

»Bislang keine Hinweise auf schwelende Feindschaften, die zu einem Mord führen könnten. Keine entlassenen Mitarbeiter mit Rachegefühlen, keine Auffälligkeiten in seinem Privatleben, keine Konkurrenten, die Lehbach vorwerfen könnten, er hätte sie ruiniert.«

»Ich hatte eigentlich auch nicht erwartet, dass ein gestürzter Konzernchef oder ein betrogener Investmentbanker seinem Konkurrenten mit einer Axt zu Leibe rückt. Brechen die ihren Gegnern nicht mit feindlichen Übernahmen und hirnrissigen Spekulationen das Genick?«

Neben ihm gab Wilma Janson ein undefinierbares Grunzen von sich, ihre Art, Kaller zuzustimmen.

»Dieser Mord war meiner Meinung nach sehr persönlich, da ging es nicht um Rache wegen einer Kündigung oder eines verlorenen Auftrags. Dem Mann wurden die Hoden abgeschnitten, da denkt man doch als Erstes an einen sexuellen Hintergrund.«

»Seine Akte ist sauber. Keine Anzeigen wegen sexueller Belästigung oder Übergriffen«, informierte Meinfeld seinen Vorgesetzten.

Dieses Mal klang das Grunzen aus Wilma Jansons Kehle ungehalten. Gereizt warf sie ein: »Bei jemand mit so viel Geld kommt es doch nie zu einer Anzeige. Da einigt man sich außergerichtlich.«

»Na, Sie haben ja nicht gerade viel Vertrauen in unser Rechtssystem«, erwiderte Kaller mit gespieltem Ernst.

Sie machte eine abfällige Handbewegung und sagte: »Sie wissen doch genau, dass ich recht habe. Wenn sich Lehbach etwas hat zuschulden kommen lassen, dann ist das vertuscht worden. Jedenfalls würde das erklären, warum er regelrecht hingerichtet wurde.«

»Aber warum jetzt?«, hielt Meinfeld dagegen. »Warum ausgerechnet hier und nicht in Frankfurt. In so einem Dorf muss der Mörder doch damit rechnen, als Fremder aufzufallen.«

»Hallo?«, unterbrach ihn die Polizeihauptmeisterin. »Wir sind kein Dorf, wir sind eine Stadt! Immerhin haben wir fast 14.000 Einwohner.«

Der Kommissar hob entschuldigend die Hände, kam aber nicht zu Wort.

»Das Argument mit dem auffälligen Fremden können Sie gleich wieder vergessen. An manchen Tagen haben wir Scharen von Touristen hier. Reisebusse mit Gruppen, die bei einem der Winzer Weinproben gebucht haben. Es gibt Führungen durch die Reben oder den historischen Stadtkern. Auch am Mordtag fanden diverse Veranstaltungen statt.« Sie eilte zu ihrem Schreibtisch und kam mit einer Liste zurück. »Hier, das sind die Busunternehmen, von denen wir wissen, dass sie Gruppen hergebracht haben.

Nicht bekannt sind uns natürlich die zahlreichen Personen, die mit dem eigenen PKW in die Stadt kamen.«

»Die Kollegin hat recht, vielleicht hat unser Täter schon lange auf eine günstige Gelegenheit gewartet und ist seinem Opfer hierher gefolgt. In den Touristenmassen wurde er unsichtbar. Die Kollegen in Frankfurt sollen vorsichtig ihre Fühler ausstrecken und sich auf die Suche nach Tratsch über Lehbach machen, denn in einem Punkt widerspreche ich Ihnen« Er wandte sich an Wilma. »Selbst wenn es Vorfälle gab, die außergerichtlich geregelt wurden, sickert etwas durch. Auf das Rechtssystem können Sie sich vielleicht nicht immer verlassen, aber auf die Geschwätzigkeit der Menschen auf jeden Fall.«

Die Polizeihauptmeisterin wiegte zwar zweifelnd den Kopf hin und her, erhob jedoch keine weiteren Einwände, auch nicht, als Kaller fortfuhr und sagte: »Trotzdem besteht durchaus die Möglichkeit, dass es kein Fremder war und das Motiv für den Mord in Neurach liegt.«

* * *

Etwas später im Haus der Familie Kaufmann

»Wo warst du denn den ganzen Tag? Ich dachte, ihr arbeitet Freitagnachmittag nicht«, fuhr Nelly Kaufmann ihren Mann an.

»Das gilt vielleicht für unsere Angestellten, aber ich kann mir den Luxus einer Vierzig-Stunden-Woche nicht leisten«, reagierte er schroff.

Ansgar Kaufmann und sein Schwager Thomas hatten zusammen ein kleines Bauunternehmen gegründet und waren in den letzten Jahren damit sehr erfolgreich gewesen. Nelly wusste zwar, dass sie den großen Auftrag für den Neubau des Gemeindehauses hinter der Kirche hatten und es noch weitere Baustellen gab, die ebenfalls betreut werden mussten, aber mehr vertrauten ihr die Männer nicht an.

Deshalb nahm sie die Erklärungen ihres Mannes ohne Kommentar hin und fragte stattdessen: »Ist Thomas nicht bei dir gewesen?«

Ansgar schien ein wenig aus dem Konzept, wunderte sich über ihre Frage, denn normalerweise erkundigte sie sich selten nach ihrem Bruder. Eigentlich machte sie kein Geheimnis daraus, dass ihr die enge Freundschaft zwischen Ansgar und Thomas auf die Nerven ging.

»Vermutlich ist er noch im Büro, warum?«, hakte er deshalb nach.

»Nichts weiter«, ließ es Nelly dabei bewenden und widmete sich wieder dem Kuchenteig, den sie jetzt schwungvoll auf die Arbeitsplatte klatschte.

Ansgar beobachtete sie dabei. Nelly hatte ihm den Rücken zugewandt, den Kopf gesenkt und wirkte in ihrer altmodischen Schürze sehr bieder. Er stellte sich vor, sie wäre darunter nackt, und war augenblicklich erregt. Langsam ging er auf seine Frau zu und schloss sie in die Arme. Sein Mund streifte ihren Nacken, er roch die Seife mit dem zarten Lavendelduft und schob eine seiner Hände vorsichtig an ihren Busen.

»Ansgar«, rief Nelly geziert, was ihn noch mehr erregte.

Schon wanderte seine Hand zu ihren Schenkeln. »Komm, lass es uns gleich hier machen«, säuselte er ihr ins Ohr und fasste sie fester an.

»Ansgar«, reagierte Nelly nun empört. »Das ist unsere Küche, nicht das Schlafzimmer. Was, wenn Thomas plötzlich kommt, und überhaupt …« Sie hatte sich aus seinem Griff befreit und er sah sie enttäuscht an.

»Heute Nacht, wenn du willst, richte ich mich darauf ein«, versuchte sie, ihn zu beschwichtigen.

Um Himmels willen, dachte Ansgar, *sie kann es noch nicht einmal aussprechen.* Am liebsten hätte er sie beschimpft und ihr an den Kopf geworfen, dass sie eine langweilige verklemmte Frau sei, aber natürlich tat er das nicht. Stattdessen erinnerte er sich an die Vergangenheit. Sie wusste nicht, dass Thomas ihn eingeweiht hatte. Damals war sein Freund zu ihm gekommen und hatte um Hilfe gebeten: »Ich muss einem von oben eine Lektion erteilen, es geht um meine Schwester, aber das muss unter uns bleiben«, war Thomas an Ansgar herangetreten.

Ansgar wäre Thomas damals schon überallhin gefolgt. Und dass einer dieser eingebildeten Internatsschüler Nelly unglücklich gemacht hatte, schien ihm vor über dreißig Jahren ausreichend Grund zu einem Gegenschlag. Vielleicht war Nelly deshalb so. Immerhin hatte sie sich von Maurice Lehbach freiwillig entjungfern lassen, ihr hatte es vermutlich gefallen. Das Problem war nicht der Sex gewesen, sondern Maurice' Desinteresse, nachdem er sie im Bett gehabt hatte. Im Nachhinein hatte sie die eigene Freizügigkeit natürlich bereut und jetzt bestrafte sie ihren Ehemann dafür. Möglich, dass Nelly nur bei ihm die Keusche spielte. Sicherlich hätte sie mit Lehbach bereitwillig in der Küche gevögelt. Ansgar fühlte sich mehr denn je wie die zweite Wahl. Eifersucht regte sich in ihm.

»Der Tote aus den Weinbergen ist einer der ehemaligen Internatsschüler«, sagte er lauernd. Seit heute Morgen kam es in allen Nachrichten, ausgeschlossen, dass sie es nicht längst wusste.

»Hab ich gehört«, antwortete sie knapp, drehte sich aber nicht zu ihm um.

»Ein Maurice Leitbach«, sagte er den Namen absichtlich falsch.

»Er hieß Lehbach«, korrigierte sie ihn, ohne zu überlegen.

»Wie auch immer«, fuhr Ansgar fort, »jedenfalls hat man ihn ordentlich zugerichtet. Na ja«, tat er desinteressiert, »er wird es verdient haben.«

Sie hielt in ihrer Bewegung inne, erstarrte regelrecht, besann sich dann aber und murmelte leise ihre Zustimmung. Ansgar war jedoch nicht überzeugt, dass sie seine Meinung wirklich teilte. Wütend und ohne ein weiteres Wort verließ er die Küche. Es war gut, dass Lehbach tot war, vermutlich wäre es jedoch besser gewesen, er hätte schon damals das Zeitliche gesegnet.

* * *

Etwa eine Stunde später machten sich die Beamten auf den Weg zum Leiter des Neuracher Internats Stefan Altendorf. Dieses Mal begleitete Meinfeld Hauptkommissar Kaller, der schlechte Laune hatte. Sie waren einen Happen essen gegangen, nachdem sich Kaller in der Pension eingemietet hatte. Meinfeld wäre ebenfalls über das Wochenende geblieben, aber sein Kollege hatte abgewunken.

»Nicht nötig, wenn ich dich brauche, bist du ja schnell hier. Außerdem habe ich Wilma Janson zur Unterstützung.« Ansonsten schwieg der Hauptkommissar das ganze Essen über, bis Meinfeld es nicht mehr aushielt und fragte: »Was ist los?«

Erst druckste Kaller herum, dann rückte er schließlich mit der Sprache heraus: »Ich habe bei Sarah angerufen.«

»Und?«, hakte sein Kollege ungeduldig nach, der sich gewünscht hätte, die Beziehung der beiden würde wieder ins Lot kommen.

»Sie hat mich weggedrückt, das x-te Mal. Sie will nicht mit mir sprechen.«

»Wundert dich das?«, entgegnete Meinfeld und schlürfte seinen heißen Espresso.

Kaller wurde ärgerlich. »Natürlich wundert mich das. Immerhin hat sie für ihre Schäfchen ständig ein offenes Ohr, egal, was die anstellen. Aber den eigenen Freund hört sie nicht einmal an.«

Meinfeld wusste, was sein Kollege meinte. Sarah Weber

war Pfarrerin in einer Karlsruher Gemeinde und engagierte sich sehr in der Jugendarbeit. So hatten sich die beiden auch kennengelernt.

»Du kannst dich doch nicht ernsthaft mit ihren Schützlingen vergleichen.«

»Nein, aber ich kann zumindest ein bisschen Verständnis erwarten«, giftete Kaller ungehalten zurück.

»Du spinnst!«, erwiderte Meinfeld völlig ruhig und versuchte umständlich den Keks auszupacken, den man ihm zusammen mit dem kleinen Kaffee gebracht hatte.

»Ich spinne?«, wurde Kaller laut und die Gäste am Nachbartisch drehten sich zu ihnen um.

Meinfeld, immer noch mit der widerspenstigen Verpackung beschäftigt, bejahte das und fügte an: »Sie hat dich mit einer Stripperin auf dem Schoß erwischt und du warst völlig betrunken. Die Frau, die dafür Verständnis hat, muss erst noch geboren werden.«

»So war das nicht«, antwortete Kaller unwirsch.

»Wie dann?«

»Ich war fertig, die Sache mit dem Banküberfall, der Schusswechsel … Ich musste Dampf ablassen. Zugegeben, es ist ausgeartet. Ich habe gesoffen, ja! Aber ich hätte nie etwas mit einer anderen Frau angefangen, nie.«

»Sie saß auf deinem Schoß«, ließ Meinfeld nicht locker.

»Wer bist du? Meine Ehefrau? Herrgott, wenn ich sage, da war nichts, dann ist das auch so. Das *Puders* ist eines meiner Stammlokale. Die kennen mich dort alle. Wir sind wie eine Familie.«

»Unsere Familientreffen laufen anders«, stichelte sein Kollege weiter, woraufhin ihm Kaller wütend den verpackten Keks aus der Hand riss, die Folie öffnete und sich den rechteckigen Spekulatius auf einmal und äußerst demonstrativ in den Mund stopfte.

»Haha, sehr erwachsen«, schnauzte ihn Meinfeld daraufhin an. »Jetzt bin ich definitiv auf Sarahs Seite.«

»Als wäre das je anders gewesen«, hatte der Hauptkommissar daraufhin kauend erwidert und der Kellnerin gewunken, um zu bezahlen.

Die darauffolgende Autofahrt war schweigend verlaufen, aber nun, kurz vor dem Parkplatz des Internats, wagte Meinfeld den Versuch, Kaller einen Ratschlag zu geben.

»Vielleicht solltest du Sarah einfach eine Nachricht auf die Mailbox sprechen. Aber nicht den Scheiß von wegen, sie hätte kein Verständnis, sondern eher so etwas wie eine Entschuldigung und eine Erklärung.«

Überraschenderweise reagierte Kaller dieses Mal nicht gereizt. »Wie kann ich ihr das erklären?«

»So wie du es mir erklärt hast.«

»Ich kann sie da doch nicht mit hineinziehen.«

»In was hineinziehen?«, fragte Meinfeld überrascht.

»Die Polizeiarbeit. Was im Job passiert, hat keinen Platz im Privatleben, das weißt du doch selbst.«

Sein jüngerer Kollege nickte zwar, sagte jedoch: »Ja, aber manchmal gibt es Dinge, mit denen man alleine nicht fertigwird, und du machst es schlimmer, wenn du zu Hause darüber schweigst. Gelegentlich muss man die Regel brechen.«

Kaller erwiderte daraufhin zwar nichts, wusste aber, dass er darüber nachdenken musste. Gegenüber einem anderen Menschen so offen zu sein, würde ihm schwerfallen, besonders, wenn es sich dabei um seine Partnerin handelte. Er käme sich schwach vor. Seinen Schutzpanzer abzulegen, war ihm bisher noch nie gelungen.

»Wir sind da«, riss ihn Meinfeld aus seinen Gedanken und der Hauptkommissar war froh, durch die Arbeit vorerst abgelenkt zu sein.

Wilma Janson hatte ihnen bereits einiges von Stefan Altendorf erzählt. Es war offensichtlich, dass die Polizeihauptmeisterin den Mann sehr mochte. Laut ihren Ausführungen war der Schuldirektor jemand, der gerne neue Wege ging. Im Gegensatz zu seinem Vater hatte er in den letzten Jahren stets versucht, zwischen Neurach und der Schule eine stärkere Bindung zu schaffen. So richtete er in jedem Schuljahr eine gewisse Anzahl von Plätzen für Kinder aus Neurach ein, und zwar für ein Minimum des sonst üblichen Schulgeldes. Er beteiligte sich am Leben der Stadt und hatte einen großzügigen Betrag für das neue Gemeindehaus gespendet.

»Herr Altendorf ist wirklich ein anständiger Mann. Er versucht den Kindern nicht nur Wissen einzutrichtern, sondern möchte ihnen auch Werte vermitteln. Toleranz, Eigenständigkeit, Mitgefühl, so etwas eben«, hatte Wilma Janson ihnen erklärt. »Meine Tochter besucht auch den Unterricht im Internat, natürlich als Externe, daher konnte ich mir selbst ein Bild machen.«

»Scheint ein netter Kerl«, hatte sich Meinfeld genötigt gesehen, auf die Lobeshymnen zu reagieren.

»Oh ja, das ist er.«

Als die Beamten nun den Kiesweg zu der breiten Eingangstür entlanggingen, hörten sie nichts außer Vogelgezwitscher und in einiger Entfernung das Motorengeräusch eines Rasenmähers.

Die Doppeltür war nicht verschlossen und die Polizisten nahmen das als Aufforderung einzutreten.

»Schulen riechen alle irgendwie gleich«, war die erste Bemerkung, die Kaller machte, als sie den großzügigen Flur betraten.

»Nur dass diese eingerichtet ist wie ein Schlosshotel«, entgegnete Meinfeld, der fasziniert die kunstvollen Gemälde an den Wänden betrachtete und die Vitrinen mit Ausstellungsstücken, die sich mit Jahrgangsbildern und Sportpokalen abwechselten. Die großen Pflanzenkübel in den Ecken hauchten dem Gebäude Leben ein, ebenso wie das Dreihundert-Liter-Aquarium, das eine bunte Vielfalt an schuppigen Bewohnern beherbergte.

Moderne Beschilderungssysteme gaben Aufschluss darüber, wo sich das Sekretariat befand. Nach weiteren interessant gestalteten Gängen mit schweren antiken Schränken und futuristischen Regalen erreichten sie das Büro des Direktors. Die Türen standen offen und als Altendorf die Männer erblickte, kam er sofort hinter seinem Schreibtisch hervor und ging mit ausgebreiteten Armen auf die beiden Beamten zu, so als wären die alte Bekannte.

»Es tut mir leid, ich habe die Zeit vergessen«, sagte er statt einer Begrüßung, »sonst hätte ich Sie am Eingang abgeholt.«

Er streckte erst Kaller, dann Meinfeld die Hand entgegen und hieß sie herzlich willkommen. »Frau Janson hat mir mitgeteilt, dass Sie mich wegen Maurice befragen müssen. Schreckliche Geschichte.« Er schüttelte den Kopf, als könnte er das Geschehene immer noch nicht begreifen, fasste sich dann aber wieder und sagte: »Ich dachte, Wilma würde Sie begleiten.«

»Wir teilen uns die Arbeit auf«, entgegnete Kaller jovial.

Er hatte die Polizistin nicht dabeihaben wollen, da ihre Freundschaft mit Altendorf womöglich bei den Befragungen hinderlich gewesen wäre. Zeugen sprachen manchmal lieber mit Fremden.

Altendorf wirkte sehr sympathisch. Er trug einen teuren Anzug, schien sich aber keine Sekunde am lässigen Outfit des Hauptkommissars zu stören. Der fragte sich, ob Altendorf einfach nur so vornehm war, dass er über solche Dinge hinwegsah, oder wirklich im Zuge der Toleranz darauf keinen Wert legte.

Neugierig betrachtete der Beamte sein Gegenüber genauer. Stefan Altendorf hatte ein ansprechendes Gesicht, er war etwas größer als Kaller, ging allerdings ein wenig gebeugt. Im ersten Moment war es dem Hauptkommissar gar nicht aufgefallen, was vermutlich dem Schneider des

Anzuges zu verdanken war: Stefan Altendorf hatte einen körperlichen Makel. Ein wenig wirkte es, als hätte er sich ein kleines Kissen im Schulterbereich unter die Jacke gestopft – die Fehlbildung war nicht stark ausgeprägt, aber dennoch sichtbar. Der Schuldirektor hatte das, was man gemeinhin als Buckel bezeichnete.

Meinfeld tat sich etwas schwerer, als er das bemerkte; der Kommissar hätte sich eine Vorwarnung gewünscht. Jetzt bemühte er sich krampfhaft, so zu tun, als wäre ihm das nicht aufgefallen.

»Treten Sie ein«, fuhr Altendorf freundlich fort. »Kann ich Ihnen etwas anbieten? Latte macchiato, Grünen Tee, Bitterlimonade?«

»Ich nehme das Letztere«, antwortete Kaller schnell, der sich die Gelegenheit, auch einmal etwas anderes als stilles Wasser kredenzt zu bekommen, nicht entgehen lassen wollte.

»Ich auch«, schloss sich Meinfeld an.

Der Direktor des Internats reichte die Getränke und bat die Beamten, in einer Sitzecke Platz zu nehmen. Die Möbel waren mit dunklem Leder bezogen und bei der momentanen Sommerhitze angenehm kühl.

»Wie kann ich Ihnen denn nun behilflich sein?«, begann Altendorf das Gespräch, nachdem er sich ein wenig umständlich in eine bequeme Sitzposition gebracht hatte.

»Wir möchten alles über Maurice Lehbach erfahren. Wie war er als Junge, als Schüler und wie als Erwachsener?«, entgegnete Kaller ohne Umschweife.

Altendorf lehnte sich zurück und machte ein angestrengtes Gesicht. »Wie er als Erwachsener war, das kann ich Ihnen eigentlich gar nicht sagen. Wir haben uns über dreißig Jahre nicht mehr gesehen. Ich war selbst überrascht, als ich den Anruf bekam und erfuhr, dass er sich in Neurach aufhielt.«

»Kein Kontakt? Keine Klassentreffen?«

Altendorf lächelte ertappt. »Ehemaligentreffen sind innerhalb unseres Kollegiums ständig ein strittiges Thema. Die einen halten es für eine gute Sache, um für die Schule die Werbetrommel zu rühren. Ich denke, wer Kontakt halten will, tut es ohnehin. Außerdem sind solche Veranstaltungen nicht gerade billig. Das Geld investiere ich lieber anderweitig.«

»Kann ich daraus schließen, dass Sie keinen Kontakt zu Maurice Lehbach halten wollten?«, stieg Kaller sofort darauf ein.

Das herzhafte Lachen, das folgte, wirkte fast ansteckend. »Ihre Lehrer hatten sicher ihre Freude mit Ihnen«, entgegnete der Direktor. »Sie waren vermutlich nie um eine Antwort verlegen, und ein guter Zuhörer sind Sie auch. Offenkundig eignen Sie sich hervorragend für Ihren Beruf.«

Kaller, der weder Bitterlimonade noch nette Komplimente gewohnt war, wenn er eine Befragung durchführte, verstand plötzlich, warum Wilma Janson diesen Mann so mochte. Er gehörte offensichtlich zu den wenigen Menschen, die die Stärken anderer Personen sofort erkannten und ihnen so das Gefühl gaben, etwas Besonderes zu sein. Sicher eine hilfreiche Eigenschaft für einen Lehrer, aber auch eine, die man sehr manipulativ einsetzen konnte.

»Und ich bin hartnäckig«, ergänzte Kaller deshalb mit einem Lächeln und wiederholte: »Wollten Sie keinen Kontakt zu Maurice Lehbach halten?«

Altendorf, immer noch amüsiert, antwortete: »›Nicht wollen‹ wäre der falsche Ausdruck. Es hat sich nicht ergeben. Weder Maurice noch ich taten etwas dafür, um es zu forcieren. Wir hatten als Klassenkameraden unsere Zeit, aber die Freundschaft war wohl nicht so tief, dass sie regelmäßige Treffen gefordert hätte.«

»Was war Maurice Lehbach für ein Mensch?«

»Er hat einen Außenseiter in seine Clique aufgenommen, das bedeutet schon etwas. Ihnen ist die Fehlbildung meiner Wirbelsäule sicher nicht entgangen. Für Kinder wie mich ist es normalerweise schwer, Freunde zu finden, noch dazu, wenn man der Sohn des Direktors ist. Dazu kommt, dass mein Vater kein zimperlicher Mensch war, er überging meine Probleme einfach.« Ein mildes Lächeln erschien auf dem Gesicht des Schulleiters. »Er war im Prinzip ein sehr einfacher Mann. Meine Mutter starb früh, eine seltene Erbkrankheit.« Er wollte offensichtlich nicht mehr erzählen. »Und mein Vater vergrub sich in Arbeit. Trost spendete er mir mit den Worten, es käme lediglich auf die inneren Werte und die Intelligenz an.« Sein Lachen wurde breiter. »Maurice bot mir endlich die Möglichkeit dazuzugehören. Und es war ja nicht so, dass er selbst einen Freund gebraucht hätte.« Sein Blick wanderte über Kaller, bevor er sagte: »Ich übe diesen Beruf schon sehr lange aus und habe festgestellt, dass die Welt aus Stereotypen besteht. In jeder Schule gibt es so etwas wie das Traumpaar, Prinz und Prinzessin, die von allen beneidet werden.«

»Und Maurice war der Prinz«, unterbrach ihn der Hauptkommissar.

»Ja, natürlich. Die Mädchen waren verrückt nach ihm und er hat etliche Herzen gebrochen.«

»Und seine Prinzessin?«

»Annette.« Er dachte kurz nach. »Sie sah fantastisch aus. Zumindest für die damaligen Verhältnisse.« Altendorf schmunzelte. »Sie wissen schon, Dauerwelle, Schulterpolster und so weiter.«

»Was wurde aus ihr?«

»Sie ging gleich nach dem Abitur für ein Jahr in die USA, dort ist sie dann, soviel ich weiß, geblieben.«

»Kein Kontakt?«, hakte Kaller interessiert nach.

Altendorf hob bedauernd die Hände.

»Sie sagten, Maurice hätte Sie in seine Clique aufgenommen. Wer gehörte noch dazu?«

»Natürlich sein bester Freund Armin. Studierte Medizin

und starb vor zwei Jahren an einem Herzinfarkt«, antwortete der Schuldirektor prompt. »Das weiß ich, weil mir das Maurice bei unserem Telefonat erzählt hat. Außerdem gab es noch jemanden, sozusagen unseren *Hofnarren*, Nicklas, wir nannten ihn jedoch nur Nicki. Der hatte immer Blödsinn im Kopf, manchmal grenzwertig, aber er kam damit durch.«

»Wissen Sie, wo sich dieser Nicklas zurzeit aufhält?«

»Nein, tut mir leid.«

»Wie lautet der Nachname des Mannes?«

»Frey, Nicklas Frey.«

»Noch jemand?«, fragte Kaller, der irgendwie das Gefühl hatte, es könnte sich lohnen, mit den ehemaligen Schulkameraden von Maurice Lehbach zu sprechen.

»Wir waren zu fünft«, erklärte Altendorf und sein Gesichtsausdruck hellte sich auf. Ihm war etwas eingefallen. »Tanja Schmidt gehörte ebenfalls zu unserer Truppe und dieses Mal weiß ich sogar, wo Sie sie finden können. Tanja arbeitet nämlich hier in der Schule. Sie wohnt in einer der Angestelltenwohnungen.«

»Könnten wir die Frau vielleicht sprechen?«

»Sicher, allerdings ist sie gerade verreist. Sie haben sie um eine knappe Stunde verpasst. Tanja verbringt einen Tag in Frankfurt, ihr Bruder Benjamin hat dort ein Vorspielen. Er ist Musiker.« Während Altendorf bei seiner Beschreibung von Tanja einen wohlwollenden Gesichtsausdruck zeigte, änderte sich das, als er deren Bruder erwähnte.

Kaller war das nicht entgangen und deshalb hakte er nach. »Sie schätzen Frau Schmidts Bruder nicht?«

Der Schuldirektor änderte seine Sitzposition, drehte dem Hauptkommissar beinahe ganz den gekrümmten Rücken zu und sagte entschuldigend: »Langes Sitzen ist für mich etwas anstrengend«, bevor er erklärte: »Ich halte den Kerl für einen Schmarotzer, da bin ich ehrlich. Er lebt auf Tanjas Kosten, hat sich vor drei Jahren bei ihr eingenistet, angeblich nur vorübergehend, bis er Fuß fassen würde, und jetzt tyrannisiert er sie.«

»Warum schmeißt sie ihn nicht raus?«, meldete sich nun Meinfeld das erste Mal zu Wort.

Altendorf verzog den Mund. »Weil sie zu gutmütig ist. Sie hat sich immer schon alles gefallen lassen. Vermutlich meint sie, dass sie Benjamin etwas schuldet.« Er seufzte. »Tanja unterrichtet bei uns Erdkunde und Musik. Sie ist eine ausgezeichnete Lehrerin, die Schüler mögen sie. Das ist wichtig.«

Er hatte das Gefühl, die Beamten könnten nicht verstehen, und holte weiter aus. »Wenn Sie Kinder unterrichten wollen, müssen Sie sich immer darüber im Klaren sein, dass die meisten nicht freiwillig im Klassenraum sitzen, sondern mehr oder weniger unter Zwang jeden Morgen erscheinen. Wenn dann auch noch dazukommt, dass sie denjenigen, der den Lehrstoff vermittelt, ablehnen, haben Sie ein echtes Problem. Wir setzen hier auf Vertrauen und Respekt, und zwar in beide Richtungen. Tanja ist eine ausgezeichnete Lehrerin, auch wenn sie sich privat nicht durchsetzen kann.«

»Und sie wohnt hier in der Schule. Wer noch?«

»Wir bieten unseren Lehrkräften Dienstwohnungen an. Wer weiter entfernt wohnt, fährt nur am Wochenende und in den Ferien nach Hause. Tanja und ich sind jedoch die Einzigen, die das ganze Jahr hier leben. Außerdem gibt es noch eine Hausmeisterwohnung, die nutzt Olaf Rotach. Er ist schon seit einer Ewigkeit bei uns, hat die Stelle quasi von seinem Großvater übernommen.« Nachdenklich sah er an den Beamten vorbei. »Olaf hat fast sein ganzes Leben hier verbracht, nachdem seine Eltern und sein Bruder bei einem Autounfall starben.«

»Kannte Herr Rotach auch Maurice Lehbach?«, fasste Kaller nach.

»Natürlich, jeder kannte Maurice. Olaf ist zwar zwei oder drei Jahre jünger gewesen als wir, aber er lebte im Internat, auch wenn er die öffentliche Schule in Neurach besucht hat. Wenn Sie möchten, bringe ich Sie anschließend zu ihm.«

Kaller stimmte zu und kam noch einmal auf den Schüler Maurice Lehbach zu sprechen. »Selbst wenn jemand ausgesprochen beliebt ist, gibt es doch immer Neider und Konkurrenten. Erinnern Sie sich vielleicht an Zwischenfälle, Streitereien?«

Altendorf überlegte. »Zugegeben, bei den Neuracher Jungs war Maurice nicht besonders hoch angesehen. Natürlich ging es stets um Mädchen. Maurice liebte es zu erobern. Man hat ihm öfter Prügel angedroht und ab und an gab es tatsächlich Keilereien.« Wieder änderte er seine Position, dieses Mal drehte er Meinfeld den Rücken zu. »Maurice kam meistens gut dabei weg. Er war sehr sportlich, groß und kräftig. Nur einmal, da hat er ordentlich einstecken müssen.« Offensichtlich empfand der Schuldirektor nun doch ein wenig Schadenfreude. »Zwei Wochen lang hatte sein Gesicht alle Farben. Die Internatsschüler haben ihn dafür noch mehr bewundert. Mein Vater stellte ihn zur Rede, aber Maurice hat geschwiegen. Wir wussten natürlich, dass er von Thomas Schuster und dessen Freund verprügelt worden war, und zwar, weil er die kleine Nelly unglücklich gemacht hatte.« Altendorf grinste. »Nichts Schlimmeres als Teenager und deren Hormone. Daran hat sich in den letzten Jahrzehnten nichts geändert.«

Als Meinfeld nach der Adresse von Thomas Schuster fragte, stutzte der Direktor. »Sie denken doch nicht ernsthaft, dass diese alte Geschichte etwas mit dem Tod von Maurice zu tun hat.«

Wie gewohnt wiegelte Kaller die Frage mit der Antwort »Alles Routine« ab und wechselte zu einem weiteren Thema. »Ich würde Sie nun bitten, uns das Telefonat mit Maurice so genau wie möglich wiederzugeben.«

»Sicher«, erklärte sich der Internatsleiter einverstanden und begann konzentriert zu wiederholen, was ihm noch im Gedächtnis war. »Maurice rief an und ich gebe zu, dass er mich damit vollkommen überrascht hat. Er bat um ein Treffen, sagte, er habe ein Anliegen, und dann machte er mir den Vorschlag mit dem Stipendium. Das sollte begabten Kindern aus mittellosen Familien zur Verfügung stehen. Sein Angebot war äußerst großzügig.«

»Warum wollte er das tun? Ging es darum, Spendengelder abzusetzen, oder um persönliche Gründe?«, unterbrach ihn Kaller.

»Er hat mir versichert, er wolle der Schule etwas zurückgeben, dafür, dass er hier eine glückliche Zeit gehabt hatte.«

»Haben Sie ihm das geglaubt?«

Altendorfs Zögern war dem Beamten Antwort genug, trotzdem sah er auffordernd zu seinem Gegenüber.

»Ehrlich gesagt hatte ich Zweifel, dass nicht steuerliche Zwecke dahintersteckten. Allerdings äußerte ich die nicht. Welche Gründe er auch immer hatte, die Idee fand ich dennoch ausgezeichnet. Und Maurice ist ein reicher Mann, er hätte auf diese Weise Gutes tun und gleichzeitig Steuern sparen können, mir wäre es gleichgültig gewesen. Außerdem versicherte er mir, dass er nur das Geld zur Verfügung stellen wollte, jedoch alle Entscheidungen zwecks der Verwendung bei mir lägen. Dagegen hätte ich ja kaum protestieren können.«

»Sie waren also einverstanden?«

»Ich habe natürlich signalisiert, dass ich nicht abgeneigt wäre. Er wollte sich wieder melden, einen Termin vereinbaren.«

»Und dann?«

»Wir sprachen kurz über das, was wir in den letzten Jahren gemacht haben, er erzählte mir von Armin und das Gespräch endete. Wie gesagt, wir hätten uns ja sowieso bald getroffen.«

»Haben Sie sich auf das Wiedersehen gefreut?«, stellte Kaller eine Frage, die Altendorf sichtlich überraschte.

»Spielt das eine Rolle?«, versuchte der, der Antwort mit einer Gegenfrage auszuweichen. Jedoch ließ Kaller nicht locker und der Direktor gab sich geschlagen. »Sie verstehen wirklich etwas von Ihrem Job. Ich gebe zu, dass ich dem Treffen mit gemischten Gefühlen entgegensah. Maurice war als junger Mann schon sehr beeindruckend gewesen. Vermutlich empfand ich ein gewisses Unwohlsein bei dem Gedanken, nach all den Jahren wieder in seinem übergroßen Schatten zu stehen. Trotzdem erfreute mich sein Vorschlag und der Schule zuliebe hätte ich diese kleine Schmach sicher tapfer ertragen«, fügte er mit einem Augenzwinkern an.

* * *

Kapitel 5

Etwa zur gleichen Zeit in Frankfurt

Die Hotelzimmer waren schlicht, aber sauber und ordentlich. Die Bettwäsche roch frisch gewaschen und in den Fugen des kleinen Badezimmers gab es nicht den Hauch von Schimmel.

Tanja Schmidt verdiente in der Privatschule von Stefan Altendorf zwar überdurchschnittlich gut, musste aber trotzdem haushalten. Auf Erspartes konnte sie auch nicht zurückgreifen, denn das meiste war für die Beerdigung ihrer Mutter und das Tilgen von deren Schulden draufgegangen. Ein Versprechen, das sie ihr auf dem Sterbebett gegeben hatte.

»Lass mich nicht als Frau sterben, die anderen etwas schuldig geblieben ist«, hatte die alte Dame gefleht und dann noch angefügt: »Und kümmere dich um deinen Bruder. Versprich mir das! Du weißt ja, wie sensibel der Junge ist. Die Welt da draußen ist nichts für Benjamin.«

Tanja hatte unter Tränen allem zugestimmt. Sowieso hätte sie ihrem Bruder Benni nie etwas abgeschlagen. Nach dem Tod der Mutter, bei der er die letzten Jahre gewohnt hatte, zog er wie selbstverständlich bei Tanja ein. Seither investierte sie ihre ganze Energie und auch ihr Geld in das Wohl des einzigen Verwandten, den sie noch hatte.

»Das ist ja eine ekelhafte Absteige«, sagte der gerade zornig. »Wenn es schon so losgeht«, fuhr er aufgebracht fort. »Ich komme doch nicht hierher, um wie ein Penner behandelt zu werden. Die hätten uns wenigstens ein angemessenes Hotel zur Verfügung stellen können. Ich frage mich, ob die alle ihre Künstler so behandeln.«

Tanja drehte ihm verlegen den Rücken zu. Sie hatte ihm nicht gesagt, dass die Agentur überhaupt kein Hotel zur Verfügung gestellt hatte. Über einen alten Studienfreund, der ein wenig Einfluss im Musikgeschäft besaß, war es ihr gelungen, diesen Termin für Benjamin zu ergattern. Es war nicht einfach gewesen und sie fühlte sich immer noch schlecht, weil sie ihrem Bekannten dafür so hartnäckig zusetzen musste. Aber für Benni wäre sie auch durchs Feuer gegangen. Bisher hatte ihm niemand eine Chance gegeben. Oft verstanden ihn die Menschen nicht und er wurde schlecht behandelt. Das hatte schon im Kindergarten angefangen. Ihrer Mutter war schließlich nichts anderes übrig geblieben, als das Kind zu Hause zu behalten. In der Schule hatte es viele Probleme gegeben. Die Lehrer waren ungerecht zu ihm gewesen und dann hatten sie auch noch diese Lügen verbreitet. Man hatte doch tatsächlich behauptet, Benjamin habe eine sadistische Ader. Diverse Schulwechsel waren gefolgt, über das Neuracher Internat, das auch Tanja besucht hatte, wurde nachgedacht, aber das hatte ihr Bruder strikt abgelehnt und sich in einen hysterischen Anfall hineingesteigert. Ihre Eltern hatten schließlich zum Wohl des Jungen nachgegeben. Irgendwie hatte er seine Mittlere Reife geschafft und sich danach in mehreren kleinen Jobs versucht, bis er sich dazu entschlossen hatte, Musiker zu werden.

»Am liebsten würde ich sofort wieder zurückfahren«, meckerte er weiter.

»Nein«, rief Tanja entsetzt aus, »das darfst du nicht, Bruder. So eine Chance musst du nutzen. Mein Bekannter hat sich extra dafür eingesetzt, dass man dir …«

»Ach, dir geht es wieder einmal nur um dich. Hast wohl Angst, vor deinem Bekannten schlecht dazustehen. Offensichtlich ist es dir gleichgültig, wie ich mich dabei fühle.«

Er ließ sich aufs Bett fallen, stützte die Ellenbogen auf die Oberschenkel und verbarg sein Gesicht in den Handflächen. »Wie es mir geht, ist dir doch völlig egal. Du weißt ja nicht, unter was für einem Druck ich stehe. Ich halte das nicht mehr aus.«

Sie eilte zu ihm, stürzte besorgt vor ihm auf die Knie und versuchte ihn zu beruhigen. »Du bist der wichtigste Mensch in meinem Leben. Es geht nur darum, dass es dir gut geht, Bruder! Um nichts anderes.«

»Warum schleppst du mich dann hierher? Dieses miese, kleine Hotel. Irgendein Vorspielen aufgrund von erbettelten Gefälligkeiten. Das ist wie Almosen empfangen. Bin ich das für dich? Ein Bettler?«

»Du bist ein fantastischer Musiker, das weißt du doch. Dieser Termin ist kein Almosen, das ist eine Chance.«

Ehrlich gesagt wusste Tanja nicht, wie gut oder schlecht ihr Bruder wirklich war. Sie hörte ihn gelegentlich die Songs bekannter Popstars nachspielen und dazu singen, das klang gut. Seine eigenen Kompositionen waren meist nicht mehr als wahllos aneinandergereihte Akkorde, untermalt mit Textschnipseln unfertiger Gedichte von düsterem und verstörendem Inhalt. Trotzdem glaubte sie an ihn. Auch jetzt unterstützte sie Benjamin und sagte: »Wir werden dort hingehen und du zeigst denen, was du kannst. Ich bin sicher, das nächste Mal wirst du in einer Luxussuite untergebracht.«

Er begann leise zu schluchzen. »Und was, wenn denen meine Kompositionen nicht gefallen?«

»Unsinn«, bemühte sich Tanja, zuversichtlich zu klingen, »die werden begeistert sein. Du hast nur Lampenfieber, das ist doch völlig normal.«

Er nahm die Hände vom Gesicht, tat so, als würde er sich Tränen von den Wangen wischen, und flüsterte schließlich: »Ich habe kein gutes Gefühl bei der Sache.«

Tanja kniete immer noch vor ihm und sah ihn fragend an.

»Dieser späte Termin, kommt dir das nicht seltsam vor? Wieso bestellen die mich gegen Mitternacht in so eine komische Kneipe?«

Sie richtete sich mühsam auf und setzte sich neben ihn aufs Bett. Sanft schlang sie ihren Arm um ihn und drückte seinen Kopf an ihre Schulter, wie es eine Mutter mit einem traurigen Kind tun würde. Geduldig sprach sie auf ihn ein: »Mein Studienfreund hat das doch erklärt. Das ist keine gewöhnliche Kneipe, sondern ein angesagter Klub. Irgendeine Größe aus der Musikbranche hört sich dort heute eine Nachwuchsband an und war bereit, sich anschließend mit dir zu treffen.«

»Und was soll das bringen? Er wird müde und besoffen sein, nachdem er stundenlang den Singsang irgendwelcher dämlicher Teenies ertragen musste, und seine schlechte Laune an mir auslassen. Das könnte ich nicht verkraften.« Benjamin riss sich los und stürzte ins Bad. Hinter sich verriegelte er die Tür und rief panisch: »Ich halte das nicht mehr aus, ich halte das nicht mehr aus!«

Tanja hatte ihren Bruder schon lange nicht mehr so erlebt. Als Kind und Jugendlicher neigte er häufig zu solchen Ausbrüchen. Ihre Eltern hatten diese stets als Panikattacken bezeichnet und auf seine Sensibilität geschoben. Ständig waren sie in Sorge gewesen, er könnte sich in diesem Zustand etwas antun. Also hatte man versucht, es erst gar nicht so weit kommen zu lassen, indem man Benjamin stets seinen Willen ließ.

Tanja überlegte daher krampfhaft, welchen Wunsch sie ihm erfüllen konnte.

»Ich halte das nicht mehr aus«, drang es erneut aus dem Badezimmer und es klang bereits wie eine Drohung.

Tanja rief in Panik: »Wir ziehen sofort in ein anderes Hotel um. Eines mit großen Zimmern.« Alles, was sie sagte, glich einem Flehen. Sie machte sich bereits Vorwürfe, bei der Wahl der Übernachtungsmöglichkeit so geizig gewesen zu sein. Aber ihr Vorschlag wurde abgelehnt.

Im Bad fiel etwas auf den Boden und zerbrach. Sie hörte Glas splittern, dachte sofort an Scherben, mit denen man sich die Pulsadern aufschneiden konnte, und rief verzweifelt: »Du musst doch gar nicht dort hingehen, wenn du nicht willst. Vermutlich sind das sowieso nur Idioten.«

»Meinst du?«, erwiderte Benni und schien wie verwandelt.

»Natürlich«, sprach sie erleichtert weiter. »Du hast völlig recht. Weder der Treffpunkt noch die Uhrzeit wirken besonders vertrauenerweckend. Du solltest nicht gehen.«

»Wenn du meinst«, erklang es von der anderen Seite der Tür. Im gleichen Augenblick drehte sich der Schlüssel im Schloss und Benni trat aus dem Badezimmer. »Jetzt fühle ich mich aber schlecht, weil du doch extra den Termin ausgemacht hast.«

Sie winkte ab, empfand die Peinlichkeit gegenüber dem Studienfreund als gering im Vergleich zum möglichen Verlust des Bruders und sagte verständnisvoll: »Lass uns auschecken, wir fahren nach Hause.«

Aber das war nicht in Benjamins Sinn. »Jetzt?«, fuhr er sie gereizt an. »Ich bin müde von der Fahrt, die ganze Zeit im Auto hocken ist doch öde.«

Sie wies ihn nicht darauf hin, dass sie die Fahrerin gewesen war.

Bevor sie etwas erwidern konnte, sagte er jedoch lauernd: »Weißt du was? Ich denke, heute ist ein guter Abend, um gemeinsam die Stadt zu erkunden.«

Sie runzelte die Stirn, wollte schon Einwände erheben, erinnerte sich dann jedoch an die Szene von eben und hielt es für klüger nachzugeben.

Als er ihr Nicken sah, lachte er vergnügt, drückte einen Kuss auf ihre Wange und flüsterte: »Wunderbar, Schwester!«

* * *

Am späten Abend

Hauptkommissar Kaller saß in dem Gastraum der Neuracher Pension, der zugleich, Bar, Restaurant und Treffpunkt der Einheimischen war.

Obwohl versucht, sich ein frischgezapftes Bier zu bestellen, begnügte sich der Beamte mit einem alkoholfreien Fitnesscocktail, dessen gut gemeinte Dekoration in Form eines Plastiksäbels mit aufgespießten Früchten ihm beim Trinken fast ein Auge gekostet hätte.

Die Lautstärke in dem kleinen Raum störte ihn nicht, denn er hing seinen eigenen Gedanken nach. Sven Meinfeld war bereits wieder in Karlsruhe bei Frau und Kindern. Die Suche nach Nicklas Frey, dem ehemaligen Klassenkameraden des Opfers, lief bereits und morgen würde Kaller noch mit Tanja Schmidt sprechen.

Der Fall war verzwickt. Der Hauptkommissar konnte sich bislang keinen Reim darauf machen, warum man Maurice Lehbach ausgerechnet hier und dann noch auf diese brutale Weise umgebracht hatte. Ihm irgendwo anders aufzulauern, vielleicht in den Straßen einer Großstadt, dann mit dem Messer zuzustechen und alles wie einen Überfall aussehen zu lassen, hätte es dem Täter sicher einfacher gemacht, mit dem Mord davonzukommen. Womöglich hätte man ein zufälliges Aufeinandertreffen von Opfer und Täter vermutet. Aber jetzt wies alles darauf hin, dass es eine Verbindung zwischen beiden gab, eine, die zu großem Hass geführt und den Mörder risikobereit gemacht hatte.

Der Hauptkommissar ließ gedanklich den Besuch bei Stefan Altendorf Revue passieren. Der Schuldirektor hatte kooperativ gewirkt. Nach ihrem Gespräch war er sofort einverstanden gewesen, den Beamten das Schulgelände zu zeigen. Kaller konnte sich selbst davon überzeugen, dass der Fußweg, der von der Stadt nach oben führte, nur von wenigen Stellen aus einsehbar war. Die Rebberge erschwerten die Sicht, und auch wenn man vom Tal hinaufblickte, verdeckte der Bewuchs den Tatort. Der Hauptkommissar erwärmte sich deshalb für die Theorie, dass sich Maurice mit seinem Mörder auf dem Fußweg verabredet hatte und nicht von ihm dort abgefangen worden war – aber wann und wie? Meinfeld sollte Lehbachs Festnetz-Telefonate der vergangenen Tage prüfen und außerdem veranlassen, dass dessen Bürocomputer untersucht wurde. Irgendwo musste es schließlich eine Spur geben. Kaller nahm den letzten Schluck seines Cocktails, wobei ihm beinahe eine Himbeere im Hals stecken geblieben wäre, und erinnerte sich an das Treffen mit Olaf Rotach.

Der Internatsdirektor hatte die Beamten wie vereinbart zu der Hausmeisterwohnung geführt und seinen Angestellten über den Besuch der Polizei informiert. Dabei war dem Hauptkommissar aufgefallen, dass Altendorf mit Rotach per Du war. Die beiden schienen einen freundschaftlichen Umgang zu pflegen, trotz der unterschiedlichen Stellungen, die sie bekleideten. Etwas, das ihm den Direktor noch sympathischer machte. Olaf Rotach bat die Beamten einzutreten, während sich Altendorf verabschiedete.

»Ich habe nichts gesehen«, begann der Hausmeister ungefragt, eine Antwort zu geben, »das habe ich bereits Wilma gesagt.«

Kaller betrachtete den Mann genauer. Er sah nicht schlecht aus, hatte aber die Angewohnheit, ständig den Blick abzuwenden – wie ein Hund, der versuchte, seinen wütenden Herren zu beschwichtigen. Rotach wirkte, als wäre er ein Leben lang das Opfer gewesen.

»Sie wohnen hier allein?«, begann Kaller das Gespräch, ohne auf die Aussage des Mannes einzugehen.

»Ja«, kam eilig die Antwort, wobei dem Hauptkommissar nicht entging, dass der Blick des Mannes zu einem Regal wanderte, auf dem Familienfotos standen.

Kaller schritt darauf zu und nahm einen der Rahmen in

die Hand. Er wusste, dass das unhöflich war, aber schließlich wollte er nicht die Freundschaft des Mannes, sondern Informationen. Manche Menschen wurden gesprächiger, wenn man sie ein wenig provozierte.

»Stellen Sie das hin«, entgegnete Olaf zornig, nur um sich in der nächsten Sekunde für seinen Ton zu entschuldigen. »Es tut mir leid, aber diese Aufnahmen sind alles, was mir von meiner Familie geblieben ist.«

Kaller reichte ihm den Bilderrahmen, den Rotach schnell und mit den Worten: »So, Bruderherz, jetzt bist du wieder an deinem Platz«, an die vorgesehene Stelle rückte, bevor er erklärte: »Ich spreche manchmal mit ihnen.« Er wurde noch deutlicher: »Mit den Bildern beziehungsweise mit meiner Familie. Das klingt für Sie vermutlich verrückt.«

»Es klingt einsam und das sind wir doch gelegentlich alle«, entgegnete Kaller daraufhin mit einem Mitgefühl, das Meinfeld aufhorchen ließ.

Olaf Rotach schien versöhnt und bat die Männer, Platz zu nehmen.

»Ich habe nichts gesehen, ich …«, begann er erneut, aber Kaller unterbrach ihn.

»Uns geht es auch vor allem um Ihre Erinnerungen an Maurice Lehbach. An die Zeit, als er hier Schüler war.«

»Ich war aber jünger als er und bin auch nicht hier zur Schule gegangen«, antwortete Rotach ausweichend.

»Aber Sie haben hier gelebt.«

»Ja, bei meinem Großvater, er war damals Hausmeister«, erklärte er überflüssigerweise.

»Sie sind Maurice Lehbach doch sicher in dieser Zeit begegnet, was hatten Sie für einen Eindruck?«

»Er war toll«, gestand Olaf, ohne zu zögern. »Ich bin ganz ehrlich. Ich hätte meinen rechten Arm gegeben, um mit ihm befreundet zu sein. Ich habe mir die Haare wie er gekämmt und seine Art zu gehen imitiert. Ich fand ihn super, aber das habe ich natürlich für mich behalten. Mein Großvater, der sich gewiss alle Mühe gegeben hat, hätte mich ausgelacht, vielleicht sogar Angst bekommen, sein Enkel könnte schwule Tendenzen zeigen.« Er seufzte. »Mein Bruder war, seit ich denken konnte, mein bester Freund gewesen und auf einmal gab es ihn nicht mehr.« Seine Miene änderte sich, wurde hart, fast abweisend, als er nun sagte: »Sie hatten sicher nie Schwierigkeiten, Freunde zu finden.«

Diese plötzliche Wendung in Olaf Rotachs Verhalten verwunderte den Hauptkommissar. Jetzt schien sein Gegenüber nicht mehr zaghaft, sondern selbstbewusst.

»Sie gehörten sicher zu den Beliebten und hielten das vermutlich für selbstverständlich.« Gerade klang sogar eine Spur Feindseligkeit in Rotachs Worten mit, bevor er geistesabwesend an den Polizisten vorbeisah und schließlich traurig sagte: »Als Kind ist es einem so verdammt wichtig dazuzugehören, nicht wahr?«

Kaller überging den kleinen Ausbruch und fragte stattdessen: »Hatte Maurice mit jemandem Streit?«

»Woher hätte ich das wissen sollen? Mir hat ja niemand etwas erzählt.« Seine Haltung hatte sich wieder geändert und er ließ den Kopf sinken. »Mein Großvater sprach mit mir nicht über die Belange der Schule und hätte mir auch keinen Kontakt mit den Schülern erlaubt. ›Du musst wissen, wo dein Platz ist, Junge‹, pflegte er für gewöhnlich zu sagen. Tja, die Zeiten haben sich zum Glück geändert.« Als hoffte er, von dort eine Bestätigung zu erhalten, wanderte sein Blick erneut zu dem Regal mit den Familienfotos.

Kaller erkundigte sich noch nach Lehbachs Clique, aber erfuhr nichts Neues.

Ganz zum Schluss, die Beamten standen schon vor der Tür und hatten sich verabschiedet, stellte Olaf dann noch eine Frage: »Passiert es eigentlich öfter, dass Mörder ihren Opfern den Schädel in zwei Hälften teilen? Es heißt, man hätte Maurice auf diese Weise …« Er brach ab.

Der Hauptkommissar war überrascht. Nicht wegen der

Neugier des Mannes – Menschen waren nun einmal so und viele konnten von den schaurigen Details einer Mordermittlung gar nicht genug bekommen –, sondern wegen der Formulierung.

»*Wir können dazu noch keine offizielle Stellungnahme abgeben*«, wollte Kaller antworten, entschied sich dann aber um und sagte: »Wir haben es hier mit einem ausgesprochen brutalen Tathergang zu tun, der sicher nicht die Regel ist. Warum interessiert Sie das?«

Rotach hatte verlegen reagiert und gestammelt: »Reine Neugier. Tut mir leid, das war wohl unangebracht.«

Kaller hatte es dabei belassen, fragte sich aber gerade erneut, was wirklich hinter Rotachs Wissbegierde gesteckt hatte. Eine angenehme Stimme riss ihn jedoch aus seinen Grübeleien.

»Nanu, Herr Hauptkommissar.« Der französische Akzent gehörte Catherine Dubois. »Sie sitzen ganz alleine an der Bar?«

Der Gastraum war brechend voll und Kaller hatte die letzte halbe Stunde ständig von links und rechts Ellenbogen, Handtaschen und Hinterteile zu spüren bekommen; deshalb war die Formulierung eigentlich nicht zutreffend, aber er wusste, wie es die Französin meinte, und antwortete freundlich: »Jetzt sind wir ja schon zu zweit.«

Sie lächelte und winkte der Bedienung, einer schwarzhaarigen, gebräunten Zwanzigjährigen, die einer exotischen Südseeschönheit glich und die Blicke der männlichen Gäste auf sich zog. Sie trug ein Namensschild, auf dem *Josefine Cordes* stand, und war Kaller gegenüber sehr zuvorkommend gewesen. Mit wesentlich weniger Elan bediente sie jetzt jedoch Catherine. Das Glas Weißwein knallte sie ihr fast vor die Nase, bevor sie sich liebenswürdig an den Hauptkommissar wandte und fragte, ob er denn noch etwas bestellen wolle.

Er orderte einen Espresso, um die Süße des Fruchtcocktails loszuwerden, woraufhin Catherine säuselte: »Kein Alkohol? Sie sind wohl immer im Dienst?«

Kaller grinste. »So ist es.«

»Verurteilen Sie mich, weil ich versuche, so zu tun, als wäre nichts passiert?«, fragte sie geradeheraus.

»Nein«, antwortete er prompt.

»Aber Sie sind der Meinung, dass ich schluchzend in meinem Zimmer sitzen sollte.«

Wenn er ehrlich gewesen wäre, hätte er das bejaht. Zumindest wünschte er sich, dass seine Freundin, sollte sie von seinem Ableben erfahren, weniger gefasst und kalt reagieren würde als Catherine. Und im nächsten Augenblick traf es ihn wie ein Schlag in die Magengrube: Er hatte gar keine Freundin mehr. Sarah wartete nicht auf seinen Anruf, schmiedete keine Pläne für ein gemeinsames Wochenende und schon gar nicht für eine gemeinsame Zukunft. Was ihm immer Angst gemacht hatte, nämlich die Beziehung selbst, gab es nun nicht mehr. Allerdings fühlte er sich jetzt nicht erleichtert, sondern so elend wie noch nie zuvor in seinem Leben.

Catherine hatte ihren Wein in zwei Zügen ausgetrunken. »Hier ist es so voll und die Bedienung mag mich nicht«, hauchte sie. »Würden Sie mich nach oben bringen? Ich fürchte, mir ist etwas schwindlig.«

Kaller signalisierte Josefine, die Rechnung auf sein Zimmer zu schreiben, und half der Französin, die sich an seinem Arm festhielt, nach draußen. In dem Gebäudeteil, in dem die Gästezimmer untergebracht waren, herrschte im Vergleich zur Bar eine wohltuende Ruhe.

* * *

Etwa zur gleichen Zeit in Frankfurt

»He, ich kenne den«, grölte Nicklas und starrte auf den Fernseher über der Theke.

Linda, die Wirtin, eine resolute Frau Anfang vierzig, warf

ihm einen kritischen Blick zu. »Nicht so laut«, wies sie ihn zurecht, »hier sind noch andere Gäste.«

Tatsächlich war die kleine Eckkneipe gut besucht, wenn man auch nicht davon sprechen konnte, dass sich die anwesende Klientel an Nicklas' lautstarkem Auftritt gestört hätte. Die Stammgäste, meist einsilbige Männer mit gleichgültigen Gesichtern, empfanden es sogar als angenehme Abwechslung, den wilden Geschichten von *Nicki*, wie er allgemein genannt wurde, zu lauschen. Später, wenn er dann längst besoffen nach Hause gegangen war, machten sie derbe Witze über den Mann, der nicht müde wurde, alle daran zu erinnern, dass er eigentlich nicht hierhergehörte.

Linda, die sich mit einem Tablett voller Bier- und Schnapsgläser gerade auf den Weg zum Stammtisch machte, schüttelte genervt den Kopf, als ihr Gast erneut rief: »Doch, im Ernst, das ist Maurice!«

»Maurice?«, reagierte der Mann neben Nicki und betonte den Namen übertrieben gedehnt, »wer heißt denn so?«

Daraufhin begann irgendeiner der Anwesenden auf seinem Barhocker zu kichern.

»Ja«, sagte ein anderer, »erzähl uns eine deiner Geschichten.«

Nicklas war beleidigt. »Das sind keine Geschichten, wir waren auf der gleichen Schule.«

»Tatsächlich«, neckte ihn sein Nachbar, »du und der Milliardär wart also dicke Kumpel.«

»Lasst ihn in Ruhe«, ging Linda, die nun geschäftig am Zapfhahn hantierte, dazwischen. Sie hatte die Kneipe von ihrem Vater übernommen und noch nie etwas anderes machen wollen. Jeder, der ihren Laden betrat, wurde automatisch von ihr unter die Lupe genommen. Sie brauchte meist keine zwei Minuten, um zu erkennen, ob sie einen gutmütigen oder grausamen Kerl vor sich hatte. Wer öfter kam, saß irgendwann einmal auf dem Barhocker vor ihr und erzählte seine Geschichte. Dabei hatte sie eines gelernt: Egal wie absurd das klang, was man ihr auftischte, für gewöhnlich steckte irgendwo ein Fünkchen Wahrheit dahinter.

Sie war klug genug, um zu erkennen, dass Nicklas nicht aus ärmlichen Verhältnissen stammte. Er sprach ohne Dialekt und wenn er nicht ganz so betrunken war, dann konnte man die gute Schulbildung sogar heraushören.

»Das ist doch nur Spaß«, blökte einer der Kerle über die Theke und fügte beschwichtigend an: »Mach unserem Nicki noch ein Bier auf meine Rechnung.«

Die Wirtin nickte. Sie mochte Nicki und hätte sich für ihn ein Leben ohne Suff gewünscht. Aber praktisch, wie sie war, konnte sie es sich nicht leisten, ihre Gäste vom Trinken abzuhalten, schließlich verdiente sie so ihren Lebensunterhalt.

Mit wenigen Handgriffen füllte sie das Glas und stellte es vor Nicklas, der sie anlächelte. Linda vermutete, dass er früher einmal ganz attraktiv gewesen war, aber der Alkohol ließ den Fünfzigjährigen zehn Jahre älter aussehen. Seine graue Haut war von roten Flecken übersät und in den fettigen Haaren hingen Schuppen. Außerdem fehlten ihm einige Zähne. Ob die durch einen Sturz, einen Schlag oder durch extreme Karies verloren gegangen waren, ließ sich jedoch nicht sagen.

»Es stimmt«, wandte er sich jetzt an die Wirtin. »Ich habe Maurice gekannt, wir waren Freunde.«

Im Fernsehen wurde immer noch über den Mord an dem reichen Industriellen berichtet.

»Den hat jemand kaltgemacht«, meckerte jetzt ein anderer Gast. »Ist wohl besser, nicht so reich zu sein.«

»Wird es verdient haben«, erwiderte ein trübsinnig dreinblickender Kerl. »Vielleicht hat er einen zu viel entlassen und dafür die Quittung bekommen.«

»Maurice war der beliebteste Schüler. Alle haben sich darum gerissen, mit ihm befreundet zu sein«, lallte Nicki weiter, als hätte keiner der anderen etwas gesagt. »Die Weiber sind auf den geflogen. Er hat sie alle flachgelegt.«

»Klar, der hat ja auch genug Kohle gehabt.«

Der Blick von Nicklas verdüsterte sich. »Er hätte jede haben können.«

»Bei mir hat er jedenfalls nie angeklopft«, mischte sich die dicke Evi ein.

Die Männer kreischten vor Vergnügen und schlugen sich auf die Schenkel bei der Vorstellung, während Evi demonstrativ ihr üppiges Dekolleté zurechtrückte.

Auch Linda konnte kaum ein Lachen unterdrücken, hatte jedoch Mitleid mit Nicklas und stellte ihm ein gefülltes Schnapsglas vor die Nase. »Der geht aufs Haus«, sagte sie liebenswürdig, aber ihr Gast war zu aufgebracht, um sich damit versöhnen zu lassen.

»Er war mein Freund«, brüllte er und die Wirtin befürchtete, dass es gleich ausarten könnte.

»Er war mein Freund und jetzt ist er tot«, fuhr Nicklas jedoch in gemäßigterem Tonfall fort. Er wirkte plötzlich sehr traurig und das Lachen der anderen verstummte.

»Vielleicht hat er dir etwas hinterlassen«, beeilte sich einer der Männer zu sagen. Es klang nicht spöttisch. Anzunehmen, dass der Sprecher nicht wusste, was er sonst sagen sollte, und auf diese Weise Trost spenden wollte.

»Ja, genau, dann bist du bald reich«, begann das alberne Geplänkel jedoch von vorne und Evi, die Mühe hatte, mit ihren drei Zentnern das Gleichgewicht auf dem schmalen Barhocker zu halten, rief: »Wenn du Kohle hast, dann kriegst du mich vielleicht rum.«

Wieder grölten die Männer.

Jemand fragte: »Glaubst du wirklich, dass er dir etwas hinterlässt?«

Nicklas sprang auf, er war zornig. Normalerweise störten ihn die Witze der anderen nicht, aber wegen Maurice' Tod hätte er ein wenig mehr Verständnis erwartet. Sie glaubten ihm nicht und das ärgerte ihn maßlos.

»Er war mein Freund und er hat mir sehr wohl etwas

hinterlassen«, schrie er, woraufhin Linda zum Telefon griff, um gegebenenfalls die Polizei zu verständigen.

»Jawohl, er hat mir nämlich ein Geheimnis hinterlassen«, zischte Nicklas wütend, bevor er davonstapfte.

Während die Männer die letzte Bemerkung ihres Saufkumpans aufgriffen, um blöde Sprüche zu machen, sah Linda Nicklas mit einem Stirnrunzeln hinterher. Sie war besorgt. Nicht, weil er wie ein beleidigtes Kind davongerannt war, sondern weil er sein Bier hatte stehen lassen. Das passte nicht zu ihm und bedeutete, dass ihn der Spott tatsächlich getroffen hatte.

»Der kommt schon wieder«, riss sie einer der Gäste aus ihren Gedanken, »und dann wird er uns vermutlich alle Geheimnisse erzählen, die er kennt.«

Evi kicherte und Linda erwiderte zerstreut: »Ja, sicher!«

Nicklas Frey wunderte sich, dass er Schwierigkeiten hatte, gerade zu gehen, denn er selbst hätte seinen heutigen Alkoholkonsum als moderat eingeschätzt. Daher schob er seinen unsicheren Gang und die Orientierungsprobleme auf die Aufregung. Erst die Nachricht von Maurice' Tod und dann die Häme der anderen. Mit gemischten Gefühlen dachte er zurück an die Zeit im Neuracher Internat, etwas, das er schon lange nicht mehr getan hatte. Während er in Schlangenlinien über den Bordstein schwankte, hörte er Schritte hinter sich und beschloss, um die Ecke zu biegen, bevor er noch einer Polizeistreife in die Arme lief. Erschöpft hockte er sich dort auf einen Stapel Kartons, ignorierte den Gestank der Mülltonnen neben sich und kramte in seiner Tasche nach dem angebrochenen Fläschchen Magenbitter, das er sich für Notfälle aufgehoben hatte. Gerne hätte er behauptet, dass ihm die Erinnerungen an Neurach ein Lächeln aufs Gesicht zaubern könnten, aber das war nicht der Fall. Aufgrund seines alkoholisierten Zustandes fing er nun an, laut ein Selbstgespräch zu führen.

»Ich hätte es ja nicht mehr ändern können«, sagte er jammernd. Der Flachmann, an dem er nuckelte, war leer und Nicklas schmiss ihn wütend gegen die Mauer, wo er geräuschvoll zerbrach. »Trotzdem habe ich dafür bezahlt, obwohl ich unschuldig war«, fügte er mit Nachdruck an. »Was ist nur aus mir geworden?« Seine Zunge fühlte sich schwer an und er hatte Mühe, die Worte zu formulieren, trotzdem war es ihm ein Bedürfnis, sich alles von der Seele zu reden. »Ich könnte heute ein reicher Mann sein. Frau, Kinder, ein Haus und einen Hund vielleicht. Ich habe Hunde immer geliebt. So ein Hund …« Er faselte weiter, war kaum noch zu verstehen und in seine eigene Welt versunken. Die Schritte, die er vorhin gehört und für eine Polizeistreife gehalten hatte, ignorierte er jetzt. Die Gestalt, die plötzlich vor ihm auftauchte, erschreckte ihn noch nicht einmal. Das diffuse Licht einer Straßenlaterne konnte den Hinterhof kaum erhellen. Nicklas hockte immer noch auf dem Boden und sagte schleppend: »Hier ist schon besetzt.«

»Für uns beide wirst du doch noch einen Platz haben.«

»Wenn ihr etwas zu trinken dabeihabt, seid ihr herzlich eingeladen«, ging Nicklas darauf ein, ohne eine Ahnung zu haben, mit wem er da eigentlich sprach.

»Du erkennst uns nicht, oder?«, wurde er gefragt.

Sein verwirrtes »Hä?« entlockte dem Mörder ein leises Lachen, bevor er sagte: »Das macht nichts, denn ich werde deinem Gedächtnis jetzt auf die Sprünge helfen.«

Noch bevor Nicklas dieses Mal etwas erwidern konnte, vernahm er ein seltsames Knirschen. Es war sehr laut, verursachte ein Dröhnen in seinem Schädel und einen stechenden Schmerz. Gleichzeitig schien sich etwas über sein Gesicht zu schlängeln, etwas, das angenehm warm war. Nicklas kippte zur Seite. Die Axt, die das Dröhnen im Kopf verursacht hatte, steckte noch in seinem Schädel, das Blut verteilte sich schnell über seiner grauen Haut. Ungläubig starrte er in das Gesicht des Mörders, der ihn nur kopfschüttelnd ansah. »Du spürst noch nicht einmal den Tod, nicht wahr?«

Ein gurgelnder Laut entschlüpfte Nicklas' Kehle, womöglich Widerworte, vielleicht auch die Bitte, von den eigenen Sünden freigesprochen zu werden, aber seinem Mörder war das gleichgültig.

»Er lebt noch«, hörte der nun die auffordernde Stimme hinter sich. »Bring es zu Ende, wir können nicht länger warten.«

Damit war Nicklas' Schicksal besiegelt. Hände griffen nach der Axt und der nächste Schlag wurde mit einer Kraft ausgeführt, hinter der man mehr als nur zwei Arme vermuten würde.

Das Gesicht von Nicklas teilte sich in zwei Hälften. Eine glitt nach links, die andere nach rechts. Aus dem offen liegenden Schlund sprudelte das Blut wie aus einem Schokobrunnen.

»Du hast keinen weiteren Atemzug verdient«, folgte eine verächtliche Bemerkung in Richtung der Leiche. »Und wir haben dafür gesorgt, dass es für dich hier endet. Wer ist der größere Sünder? Der, der es tut, oder der, der nichts tut?«

Und im nächsten Augenblick sauste die Axt erneut durch die Luft. Die Klinge prallte hart auf Nicklas' Brustbein. Ein weiterer Schlag folgte, die Rippen brachen und zersplitterten unter der Gewalt, mit der die Hiebe ausgeführt wurden. Dann kam das Messer zum Einsatz. Irgendwann, als Nicklas' Kleidung blutdurchtränkt, die Haut zerfetzt war und das Fleisch mehr an Kleingehacktes als an eine feste Substanz erinnerte, lag frei, was dem Mörder notwendig schien, aufbewahrt zu werden.

* * *

Zur gleichen Zeit in Neurach

Catherine hielt sich immer noch an Kallers Arm fest.

»Das ist mir ein wenig peinlich. Aber offensichtlich war die Aufregung doch zu viel«, sagte sie leise und schmiegte sich kaum merklich an ihn.

Der Hauptkommissar war müde und nicht in der Stimmung, jemanden zu trösten. Deshalb sagte er lediglich: »Sie sollten ein paar Stunden schlafen.«

»Ja, vielleicht«, erwiderte sie dankbar und als sie vor ihrem Hotelzimmer standen, fügte sie noch an: »Aber eigentlich bin ich nicht müde. Möchten Sie vielleicht noch einen Moment …«

Kaller ließ sie nicht ausreden. Er wusste nicht wirklich, was sie von ihm wollte. Vermutlich hatte sie nur Angst vor dem Alleinsein. Allerdings war das Letzte, wonach dem Hauptkommissar gerade der Sinn stand, eine komplizierte Affäre mit der Freundin des Mordopfers.

Fast schon unfreundlich fertigte er sie daher vor ihrer Zimmertür ab. »Ich muss noch Berichte schreiben«, log er und wünschte eine gute Nacht.

Während ihm Catherine hinterhersah, zuckte sie mit den Schultern und murmelte: »*Bonne nuit.*«

Kaller entschied sich nun doch dafür, gegen zumindest einen seiner guten Vorsätze zu verstoßen, und begab sich erneut in die Bar, um dort ein Bier zu ordern. Josefine, die Bedienung, schien erfreut, ihn ohne die Französin wiederzusehen, und stellte das Glas mit einem bezaubernden Lächeln vor ihm ab. Ohne sie weiter zu beachten, nahm der Hauptkommissar einen kräftigen Schluck und dachte an Sarah. Sie hatte ihn verändert, das stand außer Frage. Nicht dass er das Gefühl hatte, ihm wäre etwas aufgezwungen worden. Nein, wenn überhaupt hätte man sagen können, dass durch sie Veränderungen angestoßen worden waren.

Zum Beispiel hatte er es plötzlich als bedrückend empfunden, allein zu sein. Gelegentliche Kneipenbesuche brachten nicht mehr den gleichen Spaß. Tatsächlich war Sarah zum Mittelpunkt seines Lebens geworden. Und dann wachte er eines Morgens auf und hatte Angst, sie verlieren zu können. Anfangs verdrängte er dieses Gefühl, aber seit jenem Tag, als dieses siebzehnjährige Mädchen auf ihn schießen wollte und er gezwungen gewesen war, abzudrücken, konnte er die Panik in sich kaum noch ertragen. Für einen Augenblick schloss Kaller die Augen, nur um doch wieder die junge sterbende Frau mit der Schusswunde zu sehen. Ab diesem Zeitpunkt war alles schiefgelaufen.

Meinfelds Ratschlag kam ihm in den Sinn. Er trank erneut einen Schluck seines Bieres, bevor er eilig den Gastraum verließ. Draußen schnappte er sich sein Handy und während er wie ein Tiger im Käfig die gepflasterte Straße auf und ab ging, sprach er ohne Unterbrechung alles auf Sarahs Mailbox, was er schon längst hätte sagen müssen.

Nachdem er aufgelegt hatte, fühlte er sich befreit und elend zugleich. So als hätte man ihn nackt ausgezogen und durch eine gewaltige Menschenmenge getrieben.

Er wollte gerade zurück in die Pension, als neben ihm ein Wagen zum Stehen kam. »Hauptkommissar Kaller?«, rief Wilma Janson, »noch unterwegs zu einem Abendspaziergang?«

»Ich hätte Sie ohne Uniform fast nicht erkannt«, entgegnete er freundlich.

Sie grinste. »Das ist mein Schicksal. Die Uniform verschafft mir einen fragwürdigen Wiedererkennungswert beim männlichen Geschlecht und in meinem Hausfrauenoutfit werde ich übersehen.«

Der Hauptkommissar lachte. »Sie sind witzig.«

»Und das ist alles, was ich von einem Mann hören will.«

»Kommen Sie, trinken wir ein Bier miteinander. Ich bezahle«, forderte sie der Hauptkommissar gut gelaunt auf.

»Na, wenn das so ist«, antwortete die Polizeihauptmeisterin mit einem Augenzwinkern und parkte ihren Wagen.

Wilma trug eine ausgeleierte Jeans, ein T-Shirt in Übergröße und wirkte, als hätte sie gerade den Keller entrümpelt.

»Musste meine Tochter zu einer Freundin fahren und hatte mich schon auf einen einsamen Abend vor dem Fernseher eingestellt«, erklärte sie ihren Aufzug. »Wenn ich gewusst hätte, dass mich der Starermittler Kaller zum Bier einlädt …«

»Was dann?«, konterte der Hauptkommissar, »das kleine Schwarze?«

Wilma gab sich geschlagen und antwortete: »Sie sind ebenfalls sehr witzig.«

Der Gastraum hatte sich zwischenzeitlich etwas geleert und die beiden Beamten setzten sich an einen ruhigen Tisch.

»Hallo, Frau Janson«, begrüßte Josefine die Polizistin und Kaller hatte sofort den Eindruck, die junge Frau hätte etwas auf dem Herzen.

»Josefine, wie geht es dir?«, antwortete seine Kollegin fröhlich und stutzte dann selbst, als das Mädchen zögerte.

»Ich habe gleich Feierabend, also eigentlich gut«, begann sie umständlich zu erklären. Dabei sah sie nervös auf ihre Hände.

»Aber?«, drängte sie die Polizeihauptmeisterin.

»Es ist wegen Leon, Leon Wiegand«, rückte die Bedienung schließlich mit der Sprache heraus. »Er wollte mich heute abholen, normalerweise ist er schon Stunden, bevor ich Feierabend habe, hier.«

»Verstehe«, antwortete Wilma, »du machst dir Sorgen.«

»Nein«, widersprach Josefine sofort vehement. Mit einer Härte, die selbst Kaller erschreckte, erwiderte die Bedienung: »Ist mir doch scheißegal, was mit dem Idioten ist. Aber ich wollte heute in einen Klub nach Karlsruhe, er hatte versprochen, mich zu fahren. Wenn Leon nicht kommt, muss ich mich nach einer anderen Mitfahrgelegenheit umsehen. Deshalb wollte ich fragen, ob er vielleicht verhaftet wurde oder so?«

»Das ist der Schluss, den Sie daraus ziehen, dass Ihr Freund noch nicht hier ist?«, konnte sich Kaller nicht verkneifen zu fragen.

Der ironische Unterton war überdeutlich, aber Josefine schien ihn entweder nicht zu bemerken oder kaltschnäuzig zu ignorieren, als sie antwortete: »Leon tut, was ich sage. Er traut sich nicht, mich zu versetzen. Außerdem ist er nicht mein Freund.«

»Hast du ihn schon angerufen?«, hakte Wilma hilfsbereit nach.

»Ja, nur die Mailbox.« Sie atmete genervt aus. »Na toll. Sieht so aus, als müsste ich mich tatsächlich nach einem anderen Fahrer umsehen.«

»Vielleicht kommt er ja noch«, redete ihr die Polizistin gut zu.

Josefine reagierte nicht auf Wilmas Kommentar, sondern begann bereits den Raum nach einem Ersatz für Leon zu scannen. Ohne Gruß marschierte sie davon und steuerte auf eine Gruppe Jugendlicher zu, die, zumindest was die männlichen Mitglieder anging, von der Bedienung sehr angetan schienen.

»Der arme Leon«, meinte Kaller mit einem Kopfschütteln.

»Sagen wir einmal so«, erwiderte Wilma, »die beiden haben sich verdient. Leon ist aktenkundig. Faul und dumm. Keine Chance, dass er jemals dazulernt. Vermutlich ist er tatsächlich gerade dabei, sich die nächste Fahrkarte direkt ins Gefängnis zu besorgen. Und Josefine?« Sie lächelte schief. »Berechnend und kaltherzig, aber wunderschön. Somit kann sie sich alles erlauben. Das gilt übrigens nicht nur für die Schönheiten, sondern auch für die Wohlhabenden.«

Kaller dachte über die Worte der Kollegin nach. »Sie glauben also, dass Maurice Lehbach auch so ein Mensch war. Einer, der sich alles erlauben konnte.«

Sie nippte an ihrem Bier. »Ja, das glaube ich tatsächlich.«

»Aber das Stipendium, das er einrichten wollte, wäre eine gute Sache gewesen. Das hat uns Stefan Altendorf bestätigt. Das klingt doch nicht nach einem schlechten Menschen.«

»Das klingt einfach nur nach einem Menschen, der tut, was die Allgemeinheit von ihm erwartet. Wer reich ist, spendet, das sagt aber noch nichts über den Charakter aus. Und vergessen Sie nicht, was uns Catherine gesagt hat. Dieses merkwürdige Verhalten in letzter Zeit.«

»Oh, ich vergesse nie etwas«, hielt Kaller dagegen.

Sie fluchte leise. »Kann es sein, dass Sie mich gerade testen?«

Er hob unschuldig die Hände. »Mein Kommissar hat mich über das Wochenende verlassen, da fehlt mir jemand, den ich triezen kann.« Er wurde ernst. »Aber ehrlich gesagt bin ich überzeugt, dass Sie tatsächlich einen guten Instinkt haben, deshalb helfen mir Ihre Einschätzungen weiter.«

Er wollte noch etwas anfügen, als sein Handy klingelte. Er sah, dass der Anruf von Sarah kam, und wurde sofort hektisch. »Da muss ich rangehen«, sagte er aufgeregt zu Wilma.

»Ich will sowieso los«, entgegnete sie verständnisvoll, sein Gesichtsausdruck hatte Bände gesprochen.

Schon nahm Kaller das Gespräch entgegen und marschierte nach draußen.

Wilma leerte ihr Glas, seufzte und verabschiedete sich bei Josefine mit den Worten: »Er zahlt!«

* * *

Einige Stunden später

Nicklas' Lungenflügel beziehungsweise das, was nach der unsachgemäßen Entnahme noch davon übrig war, schwammen jetzt in Einmachgläsern. Das unförmige Gewebe hatte weder Anmut noch Schönheit, sondern wirkte abstoßend, aber der Mörder sah das anders.

»Sind diese Organe nicht geradezu majestätisch? Unverzichtbar, um den kostbaren Sauerstoff, den wir zum Leben brauchen, aufzunehmen.«

»Wie du gesagt hast, Bruder, er hatte keinen weiteren Atemzug verdient. Er war ein Feigling. Ein Schwätzer, der nun niemandem mehr die Luft stehlen wird.«

»So ist es«, antwortete der Mann, der jetzt mit größter Sorgfalt die Einmachgläser auf die Regale stellte, dort, wo auch schon die Hoden von Maurice Lehbach und die Augäpfel von Leon Wiegand aufbewahrt wurden. »Ich denke, wir sollten unsere Sammlung noch erweitern.«

»Was?«, folgte eine entsetzte Erwiderung. »Ist es denn nicht genug, Bruder? Haben wir nicht getan, was notwendig war?«

Allerdings konnten die Worte nicht überzeugen, denn der Mörder entgegnete: »Man wächst mit seinen Aufgaben, das weißt du doch. Ich bin mir sicher, dass das hier noch nicht das Ende ist.«

* * *

Kapitel 6

Am nächsten Morgen

»Bruder, ich habe gesündigt!«

Ansgar Kaufmann war nicht aufgelegt für Reginas Rollenspiele. Auch wenn ihre Hand gerade sehr geschickt zwischen seine Beine wanderte, um seine Männlichkeit zu stimulieren, fand er es doch zu gewagt, direkt unter der eigenen Haustür in Stimmung zu kommen. Immerhin hätte jeder zufällige Passant ihnen dabei zusehen können.

Genervt trat er deshalb einen Schritt zurück und schnauzte: »Regina, verdammt noch mal, was willst du hier?«

»Mir stand der Sinn nach Strafe«, blieb sie in ihrer Rolle der demütigen Ordensschwester und kam einen Schritt näher.

»Hör auf damit«, blaffte er jedoch unzugänglich. »Wir hatten etwas vereinbart. Ich möchte nicht, dass Nelly von uns erfährt.«

»Wir wissen doch beide, dass sie auf dem Markt ist, also kein Grund zur Sorge.«

»Und Thomas? Was, wenn dich Thomas hier sieht? Er ist oben.«

Sie schwenkte einen Packen Prospekte. »Dann sage ich einfach, dass ich die hier verteilen will.«

Regina ließ nicht locker und säuselte: »Ich bin eben ein unartiges Geschöpf, du solltest mich züchtigen.«

»Nicht hier«, schnauzte er, »mein Zuhause ist für dich tabu, also verschwinde.« Die Abfälligkeit, mit der er diese Worte sprach, verletzte die Frau auf seiner Türschwelle.

»Ach und warum? Weil du zu Hause ein Heiliger bist?« Dieses Mal lag Kälte und kein sexuelles Verlangen in ihrem Blick. »Vielleicht ist es doch an der Zeit, Nelly die Augen zu öffnen.«

»Du kleine Schl…«

Er vermied es, die Beschimpfung auszusprechen, und sie zischte: »Pass auf, was du sagst. Die Dinge, die wir miteinander getan haben und noch tun werden, sollte besser niemand erfahren.«

»Und du pass auf mit deinen Drohungen, denn wenn du es darauf anlegst, dann reiße ich dich mit in den Abgrund.«

Regina setzte gerade an, etwas zu erwidern, als sie Schritte hinter sich vernahm. Sie fuhr ruckartig herum. Der Mann, der sie neugierig anstarrte, war nicht aus Neurach. Sie hatte so eine Ahnung, wer er war, und sagte deshalb hastig: »Hier bitte, unser Gemeindeblatt und viele Grüße an Nelly.« Damit drückte sie Ansgar den Prospekt in die Hand und nutzte die Gelegenheit zu gehen.

Hauptkommissar Kaller nickte ihr zu und wandte sich dann an den Mann auf der Treppe. Er stellte sich vor. »Ich suche Thomas Schuster und Ansgar Kaufmann.«

»Letzteren haben Sie gefunden, gratuliere«, reagierte Ansgar wenig freundlich. Er hielt nicht viel von Staatsdienern. In der Baubranche hatte er häufig mit Behörden zu tun und Ansgar war der Meinung, man würde die meisten Entscheidungen absichtlich zu seinen Ungunsten treffen. Außerdem war er immer noch wegen Regina verärgert, deshalb knurrte er feindselig: »Was wollen Sie?«

»Ich würde mich gerne mit Ihnen und Ihrem Schwager wegen des Mordes an Maurice Lehbach unterhalten«, ließ Kaller sich nicht beirren. Er war selbst gereizt. Das gestrige Telefonat mit Sarah war nicht ganz so verlaufen, wie er es sich gewünscht hatte. Sie war zwar nicht mehr wütend auf ihn gewesen, aber von Versöhnung konnte keine Rede sein. »Ich brauche Zeit, um mir über einiges klar zu werden«, hatte sie gesagt und er war enttäuscht gewesen. Ein unkooperativer Zeuge war daher genau das Richtige, um sich abzureagieren.

»Ich muss nicht mit Ihnen reden«, schnauzte Ansgar und verschränkte demonstrativ die Arme vor der Brust.

»Müssen Sie nicht, allerdings«, presste Kaller zwischen den Zähnen hervor, »wenn ich einen richterlichen Beschluss habe und Sie mit Handschellen abführen lasse, dann müssen Sie mit mir reden.« Der Hauptkommissar war weit über das Ziel hinausgeschossen und steuerte geradewegs auf eine Beschwerde wegen Einschüchterung von Zeugen zu, als jemand sagte: »Nun lass den Mann schon rein!«

Eine weitere Person war unter der Eingangstür erschienen. »Ich habe meinen Namen gehört«, sagte Thomas Schuster, machte eine einladende Handbewegung und warf seinem Schwager einen Blick zu, der entweder als Warnung oder Beschwichtigung dienen sollte.

Kaller registrierte das und nahm an, dass die beiden sich ohne viele Worte verständigen konnten. Er bedauerte, Meinfeld nicht dabeizuhaben, dann wäre das Kräfteverhältnis wenigstens ausgewogen. Aber das Glück war auf der Seite des Hauptkommissars, denn unerwarteterweise kehrte Nelly genau in diesem Moment von ihrem Marktbesuch zurück.

»Was ist denn hier los?«, fragte sie erstaunt und sah zwischen den drei Männern hin und her.

Zur gleichen Zeit kaute Wilma Janson an einem Kugelschreiber, während sie den Worten von Josef Müller lauschte. Der Siebzigjährige war einer der Winzer, die die Neuracher Weine so beliebt machten. Josef hatte nur noch wenige Hektar, in denen allerdings sein ganzes Herzblut steckte. Zwischen seinen Reben hatte man Maurice Lehbachs Leiche gefunden und jetzt berichtete er der Polizeihauptmeisterin gerade, dass sein Hilfsarbeiter, Leon Wiegand, seit gestern verschwunden sei. Wilma hätte vielleicht keine Fragen gestellt und den alten Mann am anderen Ende er Leitung erst einmal vertröstet, wenn es gestern Abend nicht das Gespräch mit Josefine Cordes gegeben hätte.

»Weißt du, Mädchen«, fuhr Josef Müller, der die Polizistin bereits als Kind gekannt hatte, fort, »der Junge ist, wie er ist.«

Wilma störte sich nicht an der vertraulichen Anrede und hakte nach: »Kannst du bitte etwas deutlicher werden?«

»Na ja, er taugt nicht viel, aber du weißt ja, wie schwer es ist, jemanden für die Arbeit in den Weinbergen zu finden. Also darf ich kaum wählerisch sein. Leon war der Einzige, der sich bereit erklärte, nach Neurach zu ziehen. Dazu kommt, dass das kleine Zimmer, das ich ihm zur Verfügung stelle, auch nicht gerade das ist, was die jungen Leute heutzutage gewohnt sind. Früher, zu meiner Zeit …«

Wilma ging freundlich dazwischen: »Warum genau machst du dir denn nun Sorgen?«

Sie hörte das Seufzen des Mannes. »Tut mir leid, ich bin vom Thema abgekommen. Es ist nämlich so: Leon ist unzuverlässig und niemals pünktlich, außer wenn ich ihm sein Geld auszahle. Immer samstags ist Zahltag, in bar, so wie es früher eben war. Dann steht er für gewöhnlich pünktlich vor meiner Tür, aber heute …«

»Er kam nicht«, fasste Wilma zusammen.

»Nein!«

»Und in seinem Zimmer ist er auch nicht?«

»Nein, ich habe nachgesehen. Sieht so aus wie immer. Unordentlich, aber seine Sachen sind alle noch da. Auch der Computer. So was lässt man doch nicht zurück, wenn man abhauen will.«

Wilma unterließ es, Josef darauf hinzuweisen, dass er eigentlich kein Recht hatte, in Leons Zimmer zu stöbern, sondern nahm die Informationen beunruhigt zur Kenntnis.

»Es war richtig, mich anzurufen«, sagte sie zu dem Winzer. »Ich werde mich darum kümmern.«

Zwischenzeitlich hatte Nelly Kaufmann dafür gesorgt, dass Hauptkommissar Kaller ins Wohnzimmer der Familie geführt worden war. Eine dampfende Tasse Kaffee und ein gewaltiges Stück Erdbeerkuchen standen vor seiner Nase. Anerkennend besah er sich die dicke Fruchtschicht, die den Biskuitboden darunter regelrecht erdrückte. Genussvoll probierte er davon und war voll des Lobes, was Nelly sichtlich freute. Er ließ sich Zeit, was die beiden Männer nervös zu machen schien. Seine Rache für die unfreundliche Begrüßung.

»Sie kannten Maurice Lehbach?«, sagte er mit vollem Mund und richtete die Frage nicht an jemanden Bestimmten. Nelly senkte verlegen den Kopf, während Thomas' Augen nervös zwischen den Einrichtungsgegenständen hin und her wanderten. Ansgar blieb reglos und beobachtete mit zusammengepressten Lippen wütend, wie der Polizist sich eine dicke Erdbeere in den Mund schob.

»Ja«, war es schließlich Nelly, die als Erste sprach. »Sie werden es ja sowieso erfahren und ich will einen Polizisten nicht anlügen. Ich war damals noch sehr jung und für eine kurze Zeit mit Herrn Lehbach liiert.«

Die umständliche Formulierung ließ keinen Zweifel daran, wie unangenehm es ihr war, das zuzugeben. Kaller hatte nicht vor, die Frau in Verlegenheit zu bringen, musste allerdings nachfragen. »Ich vermute, Sie haben sich nicht im Guten getrennt.«

Dieses Mal errötete Nelly und antwortete leise: »Er hat es nicht ernst gemeint! Als Teenager denkt man da natürlich, die Welt würde zusammenbrechen, im Nachhinein erscheint einem dann das eigene Verhalten lächerlich. Das macht es auch so schwer, darüber zu sprechen. Deshalb habe ich meinem Mann nie davon erzählt, nur Thomas wusste es, er hat mich damals getröstet.« Und an Ansgar gewandt sagte sie nun mit einem Bedauern, als würde sie ihm einen jahrelangen Ehebruch beichten: »Es tut mir leid, ich hätte das nicht vor dir verheimlichen dürfen.«

Kaller hatte bislang geglaubt, das Gespräch mit Ansgar Kaufmann und Thomas Schuster wäre nichts weiter als eine Routineüberprüfung. Der Kriminalbeamte war nicht davon ausgegangen, dass die zwei nach all den Jahren Rache an einem Mann geübt hätten, der als Teenager nicht ehrlich zu einem Mädchen gewesen war. Aber die Mienen der beiden, die Tatsache, dass Nelly die Sache sehr mitgenommen hatte und bislang nicht offen darüber gesprochen wurde, machten aus einer einfachen Teenagerverliebtheit plötzlich mehr.

»Nun«, wurde Kaller deshalb sehr ernst. »Ich gehe davon aus, dass Ihr Mann darüber längst Bescheid weiß. Warum sonst hätte er sich damals mit Ihrem Bruder zusammentun sollen?«

»Was?«, rief Nelly erschreckt aus. Ihr Blick wanderte zu Thomas. »Du hast mir doch versprochen, niemandem etwas zu erzählen!«

»Dann wissen Sie auch nicht, dass es damals einen tätlichen Angriff gegeben hat?«, fuhr Kaller unbarmherzig fort.

»Jetzt reicht es aber«, ergriff Ansgar das Wort. »Der Typ war ein Arschloch, ein hinterhältiger Scheißkerl. Wir haben ihm eine Abreibung verpasst. Eine, die er verdient hatte. Und Sie tun jetzt gerade so, als hätten wir ein Kapitalverbrechen begangen.«

»Mord *ist* ein Kapitalverbrechen«, warf Kaller völlig ruhig ein.

Zornig fuhr ihn Thomas an: »Glauben Sie im Ernst, wir hätten etwas mit dem Mord zu tun? Das liegt doch alles schon ewig zurück.«

»Manche Dinge kann man nicht vergessen«, blieb der Hauptkommissar unnachgiebig und warf einen Blick zu

Nelly, die völlig verstört auf ihre Hände blickte und murmelte: »Ich dachte, du hast es Ansgar nicht gesagt.«

»Was spielt das jetzt noch für eine Rolle?«, herrschte sie ihr Ehemann an. »Gerade hast du es einem Wildfremden erzählt. Wäre vielleicht besser gewesen, früher mit mir darüber zu reden, anstatt so zu tun, als gäbe es keine Vergangenheit.«

»Ansgar«, versuchte Thomas, ihn zu beschwichtigen, aber sein Schwager sprang auf, ging zum Wohnzimmerschrank und öffnete die Tür, hinter der man offensichtlich die Spirituosen aufbewahrte. Er schenkte sich einen Schnaps ein und leerte das Glas in einem Zug.

So viel Wut, dachte Kaller und kam jetzt nicht mehr umhin, nach Alibis zu fragen.

»Hören Sie«, übernahm es Thomas zu antworten, »Ansgar und ich waren in unserem Büro in der Firma. Wir sind die Pläne durchgegangen.«

»Am Abend?«, hakte der Hauptkommissar ungläubig nach. »War noch jemand bei Ihnen?«

»Nein, aber ich kann schwören, dass Ansgar bei mir war, und umgekehrt.«

»So ist es«, blaffte Ansgar, der sich einen weiteren Schnaps einschenkte. »Und wenn es sonst nichts mehr gibt, Herr Hauptkommissar, dann würden wir Sie jetzt bitten zu gehen«, fügte Kaufmann, ohne seinen Ärger zu verbergen, an.

Kaller stand auf und Nelly sah sich trotz der peinlichen Situation genötigt, den Polizisten anstandshalber zur Tür zu begleiten.

»Es tut mir leid, Ansgar ist normalerweise nicht so«, flüsterte sie Kaller im Flur zu.

Der verabschiedete sich höflich und nahm sich vor, Wilma Janson nach den beiden Männern zu befragen.

Im Wohnzimmer goss sich Ansgar erneut von der klaren Flüssigkeit ein. »Du hättest mich nicht verteidigen müssen«, sagte er tonlos zu seinem Schwager.

»Ich weiß«, erwiderte Thomas und verließ ohne ein weiteres Wort den Raum.

* * *

Tanja Schmidt schlenderte gemächlich durch die Gänge des Internats. Vermutlich war sie der einzige Mensch, der sich nach seinem Arbeitsplatz sehnte, so wie andere nach dem Jahresurlaub. Jeder Winkel der Schule war ihr vertraut und der gestrige Ausflug mit Benni nach Frankfurt hatte ihr wieder einmal gezeigt, dass sie nach Neurach gehörte.

Jetzt, in den Sommerferien, konnte sie sich völlig entspannt in dem Gebäude bewegen. Sie musste nicht auf Schüler achten, die sich unerlaubt im Trakt der Lehrer aufhielten oder heimlich in den Toiletten rauchten. Ganz selbstverständlich führte sie ihr Weg auf den Dachboden. Allerlei Gerümpel hatte sich in den letzten Jahrzehnten dort angesammelt. Das meiste stammte von irgendwelchen Schulaufführungen: Kulissen, Kostüme, Plastiktüten mit alten Programmheften und mehrere Kisten, die mit Dekoartikeln für die Schulbälle gefüllt waren. Im Schein eines Sonnenstrahls, der durch die Fensterscheibe drang, tanzten feine Staubpartikel wie ein Schwarm Mücken, es roch nach Holz, und Tanja überkam das angenehme Gefühl, zu Hause zu sein. Sie war schon oft hier oben gewesen.

Damals als Schülerin hatte sie den Speicher als Zuflucht empfunden, dort war die Entscheidung gefallen, selbst in den Schuldienst zu treten und als Erwachsene wieder in das Neuracher Internat zurückzukehren. Mit schlechtem Gewissen dachte sie daran, dass der alte Direktor, Stefans Vater, zum Glück früh gestorben war, denn der hätte sie niemals eingestellt. Eine ehemalige Schülerin als Angestellte wäre für ihn nicht infrage gekommen. Aber Gerd Altendorf hatte eben nicht Stefans gutmütiges Herz gehabt. Ihr kam in den Sinn, dass sie und Stefan sich sehr ähnlich waren.

Fast hätte man sagen können, es bestände eine Art Seelenverwandtschaft zwischen Tanja und ihrem Arbeitgeber. Stefan fragte sie niemals nach Benjamin und sie vermied es, seinen körperlichen Makel zu erwähnen. Keiner von ihnen beklagte sich oder hätte sich bemitleiden lassen, dennoch ahnten sie voneinander, dass die Unbeschwertheit, mit der sie sich vor ihre Schüler stellten, an manchen Tagen nur aufgesetzt war.

Tanja Schmidt seufzte, während sie die hohen Deckenbalken betrachtete und sich das Telefonat von heute Morgen ins Gedächtnis rief. Ihr Studienfreund war ungehalten gewesen und hatte ihr unmissverständlich mitgeteilt, sie solle ihn nie wieder um einen Gefallen bitten. Vermutlich war der Kontakt damit abgebrochen und das war Benjamins Schuld. Voller Zorn erinnerte sie sich an das gestrige Verhalten ihres Bruders. Dann überkam sie ein unangenehmes Schuldgefühl wie jedes Mal, wenn sie schlecht über Benjamin dachte. Das Versprechen, das sie der Mutter gegeben hatte, fiel ihr sofort wieder ein und sie ermahnte sich selbst, nicht ungerecht zu sein. Schließlich konnte Benjamin nichts dafür, er war eben sensibel. Dennoch wünschte sie sich im Augenblick nichts sehnlicher, als dass Stefan Altendorf zu ihr käme und den Auszug des Bruders fordern würde. Dann könnte sie entsetzt protestieren, müsste sich aber fügen. Immerhin war sie auf das Gehalt angewiesen. Benjamin hätte keine andere Wahl, als zu gehen. Sie würde ihm natürlich finanziell unter die Arme greifen, bis er selbst Fuß gefasst hätte. Wieder bekam sie ein schlechtes Gewissen. Ihr Bruder brauchte sie, wie konnte sie ihm da die Tür weisen?

Langsam ging sie durch den Raum, hörte das vertraute Knarzen der Holzdielen und schämte sich für ihre egoistischen Gedanken. Von einem der Fenster hatte man eine wundervolle Sicht über die Weinberge bis hinunter ins Tal. Dort blieb sie stehen und blickte hinaus. Von Weitem sah sie ein Fahrzeug, das sich langsam den Berg hinaufquälte. Tanja erinnerte sich an den Termin, der gleich mit Wilma Janson stattfinden sollte, und musste lächeln. Das Gefährt, das so mühsam, aber unaufhaltsam die Serpentinen bezwang, kündigte auf geradezu poetische Weise die Polizistin an, die Tanjas Meinung nach, ähnlich dem Wagen, selbst ein schwierig zu erreichendes Ziel niemals aus den Augen verlieren würde.

Während die Frau auf dem Speicher beobachtete, wie die Beamten immer näher kamen, bedankte sich Kaller gerade bei der Neuracher Kollegin für ihre Hilfe.

»Ich bin froh, dass Sie mich begleiten«, sagte er ehrlich. »Mein Besuch heute Morgen im Haus der Kaufmanns gab mir das Gefühl, ohne Rückendeckung in einen Hinterhalt geraten zu sein.«

»So schlimm?«, reagierte die Polizeihauptmeisterin grinsend.

Er brummte: »Ich wurde schon übler empfangen, aber auch schon freundlicher.« Bislang hatte er noch keine Gelegenheit gehabt, sie über die Befragung zu unterrichten, weil sie sich die ganze Zeit über das Vorgehen im Fall des verschwundenen Leon Wiegand beraten hatten. Am Ende waren sie zu dem Schluss gekommen, eine Fahndung nach ihm herauszugeben. »Ein Mordfall und kurz darauf verschwindet ein aktenkundiger Kleinkrimineller, das sollten wir nicht als Zufall werten«, hatte Kaller zu seiner Kollegin gesagt und ihr erneut gute Instinkte bestätigt.

Jetzt setzte er Wilma über das Gespräch mit Nelly Kaufmann, deren Ehemann Ansgar und Thomas Schuster ins Bild.

»Ansgar und Thomas waren immer schon ganz dick miteinander. Da passt kein Blatt dazwischen, die sind wie Brüder.«

»Und die Frau?«, hakte Kaller nach, der sich im Stillen

fragte, ob sie bei Wilmas reserviertem Fahrstil nicht gleich in der Zeit rückwärts reisen würden.

»Nett, aber langweilig«, erwiderte die Beamtin trocken und bremste vor der nächsten Kurve erneut ab. »Hier muss man vorsichtig sein«, erklärte sie ihrem Beifahrer, »man sieht nicht, ob ein anderes Fahrzeug entgegenkommt.«

Kaller hütete sich, eine schnippische Bemerkung zu machen, schließlich wollte er es sich mit der Frau nicht verderben, sondern sagte stattdessen: »Wir haben Nicklas Frey bisher nicht gefunden.«

»Vielleicht lebt er im Ausland. Die Schulabgänger des Internats haben doch fast alle großartige internationale Karrieren.«

»Der anscheinend nicht. Außer man gilt seit Neustem als Ausnahmetalent, wenn man den Tag mit einem halben Liter Schnaps beginnt.«

»Er ist abgestürzt?«, fragte die Polizistin überrascht.

»Scheint so«, antwortete Kaller.

Sein Kommissar Sven Meinfeld hatte mit Unterstützung der Frankfurter Kollegen bereits einiges über Nicklas Frey in Erfahrung gebracht.

Kaller fasste Meinfelds vorläufigen Bericht zusammen: »Der Kerl ist völlig abgebrannt und hat sein gesamtes Erbe verspielt und versoffen.«

»Wow, vielleicht ist er dann obdachlos«, spekulierte Wilma weiter.

»Nein, er hat eine kleine Wohnung, ist dort aber noch nicht aufgetaucht. Gestern hat es in seiner Stammkneipe eine Meinungsverschiedenheit gegeben. Laut der Wirtin war interessanterweise Maurice Lehbach der Anlass.« Er erzählte, was die Kollegen von der Frau erfahren hatten, und schloss seine Ausführungen mit den Worten: »Wir suchen bereits nach dem Mann. Auch wenn er keinen Kontakt mehr mit unserem Opfer gehabt hat, so besteht immerhin die Möglichkeit, dass er uns etwas aus dessen Vergangenheit berichten kann. Ein Geheimnis, wie er es nannte. Eventuell bringt uns das weiter.«

»Womöglich kann uns da ja auch Tanja Schmidt behilflich sein.«

»Sie kennen sich näher?«, fasste der Hauptkommissar nach.

»Die Frau unterrichtet meine Tochter, mir scheint sie eine gute Beobachterin und einfühlsam. Jedenfalls hatte sie Verständnis, als meine Ehe scheiterte und mein Kind daraufhin massive schulische Probleme bekam.«

»Tut mir leid«, murmelte Kaller, der sich stets unbehaglich fühlte, wenn ihm jemand, vor allem eine Frau, so etwas anvertraute. Er war nicht gut darin, andere zu trösten.

»Mir auch, aber was will man machen?«, reagierte Wilma gefasst und wechselte das Thema, indem sie sagte: »Die letzte Kurve, gleich haben wir es geschafft.«

Das »Dem Himmel sei Dank« verkniff sich der Hauptkommissar.

* * *

Zur gleichen Zeit

Nelly Kaufmann hatte nach Kallers Besuch keine Gelegenheit mehr gehabt, mit Ansgar zu sprechen. Erst war Thomas nach oben in seine Wohnung verschwunden, und dann hatte ihr Mann Türen schlagend das Haus verlassen. Als sie jetzt bei ihrem Bruder klopfte, war sie wütend und nervös zugleich.

Thomas fragte durch die Tür: »Was ist?«

»Ich möchte mit dir reden«, gab sie, um eine feste Stimme bemüht, Antwort.

»Wozu? Ich weiß, dass du sauer bist.«

»Wärst du das nicht auch? Immerhin hast du mir damals dein Wort gegeben, es niemandem zu sagen, und jetzt mach die Tür auf.«

Die Klinke wurde nach unten gedrückt und Thomas ließ sie ein.

Den Kopf gesenkt begann sie zu sagen, was sie zuvor im Stillen einstudiert hatte: »Es war nicht richtig, Ansgar einzuweihen, du hattest versprochen zu schweigen.«

Er unterbrach sie, und wie so oft gelang es ihr auch heute nicht, sich durchzusetzen. »Ich bin dein Bruder, es war meine Pflicht, dich zu beschützen.«

»Aber vor was? Maurice hat nichts getan, was ich nicht wollte.«

»Er hat dich unglücklich gemacht, du warst verzweifelt.« Thomas schien fassungslos. »Wie kannst du das so herunterspielen?«

»Ich war ein naives Mädchen«, hielt sie dagegen.

»Du hattest behauptet, dein Leben wäre vorbei, alles sei sinnlos geworden«, widersprach er wütend.

»Das hat dir trotzdem nicht das Recht gegeben, Maurice zu verprügeln.«

»Es hat mir jedes Recht gegeben!«, schrie er sie an.

»Du hast mein Vertrauen missbraucht und Ansgar von mir und Maurice erzählt.«

»Ansgar war und ist mein bester Freund und dein Ehemann.«

»Aber das war er damals noch nicht«, giftete sie ihm entgegen, »und vielleicht wäre er es auch nie geworden, wenn die Dinge anders geendet hätten. Du hast alles kaputtgemacht, du hast Maurice damals verschreckt.« Sie begann zu weinen.

Thomas sah sie entsetzt an. »Das ist nicht dein Ernst«, erwiderte er fassungslos. »Du glaubst wirklich, er wäre zu dir zurückgekehrt? Du wolltest ihn zurück? Obwohl er dich so mies behandelt hat? Er hat dich gevögelt, das war alles. Seine Frau wärst du garantiert nicht geworden, höchstens seine Nutte.«

Das laute Klatschen der Ohrfeige, die Nelly ihrem Bruder

gab, hallte in ihrem Kopf wie eine Explosion nach, während sie die Treppe hinunterrannte, in ihre Wohnung stürmte, die Tür verschloss und sich dann schluchzend aufs Bett warf.

* * *

Hauptkommissar Michael Kaller und seine Kollegin Wilma Janson hatten von Tanja Schmidt nichts Neues erfahren. Die Frau war den Beamten freundlich begegnet, hatte über Maurice Lehbach die gleichen Dinge gesagt, die sie bereits auch von Stefan Altendorf erfahren hatten, und wirkte im Großen und Ganzen zwar betroffen über Lehbachs Tod, aber betrauerte ihn nicht wie einen guten alten Freund.

Kaller dachte jetzt an seine eigene Schulzeit und musste zugeben, dass auch er kaum noch Kontakt zu ehemaligen Klassenkameraden hatte. Selbst die, die er mit sechzehn für seine allerbesten Freunde gehalten hatte, spielten heute überhaupt keine Rolle mehr in seinem Leben.

Während sie Richtung Ausgang marschierten, fragte er Wilma Janson deshalb: »Haben Sie noch Verbindung zu alten Schulfreunden?«

»Die, die in Neurach leben, kenne ich natürlich. Man grüßt sich, hält mal ein Schwätzchen.«

»Aber nur, weil Sie sich unweigerlich über den Weg laufen, oder?«

Sie gab ihm recht. »Ist schon komisch, wie sich die Dinge entwickeln. Während der Schulzeit hatte ich eine Freundin, Barbara. Wir waren unzertrennlich, kannten uns schon aus dem Kindergarten. Wir träumten davon, später einmal nebeneinander zu wohnen und gemeinsam unsere Kinder großzuziehen. Ich hätte mir eine Zukunft ohne Barbara gar nicht vorstellen können.«

»Und dann?«

»Sie zog nach Berlin, begann dort ein Studium und wir

schworen uns, den Kontakt zu halten. Das funktionierte drei Wochen, dann flachte unsere Freundschaft ab und irgendwann war es ganz vorbei. Vor einigen Jahren gab es ein Klassentreffen, ich habe mich auf ein Wiedersehen gefreut, aber es war enttäuschend gewesen. Wir hatten keine Gemeinsamkeiten mehr. Menschen verändern sich eben. Manche Freundschaften halten das aus, andere nicht. Warum?«

Kaller zuckte mit den Schultern. »Ich habe mich nur gefragt, ob es ungewöhnlich ist, dass die Clique von Maurice Lehbach nach der Schulzeit auseinanderbrach. Aber je mehr ich darüber nachdenke, desto natürlicher scheint es mir.«

»Das Opfer hatte immerhin noch Kontakt zu diesem Armin, dem Arzt, der gestorben ist. Und Stefan und Tanja arbeiten sogar zusammen. Da Nicklas Frey sein Leben nicht auf die Reihe bekommen hat, ist es auch kein Wunder, dass sich die anderen distanziert haben. Und was diese Annette, die Ex-Freundin von Maurice Lehbach angeht, die lebt in den USA. Außerdem tun die meisten Kerle gut daran, keinen Kontakt mit ihren Ex-Freundinnen zu halten.«

»Wohl wahr«, bestätigte Kaller grinsend, wurde dann jedoch wieder ernst und dachte an die Aussage von Tanja Schmidt.

Nach ihrer Freundin Annette befragt, hatte sie mit nachdenklicher Miene geantwortet: »Ich bezweifle, dass wir wirklich Freundinnen gewesen waren. Sie war einfach das schönste Mädchen der Schule und ich deren treue stumme Dienerin.«

»Das hört sich nicht nach einer glücklichen Schulzeit an«, war es Kaller herausgerutscht.

Tanja hatte daraufhin milde gelächelt. »Die Schulzeit ist ein Kampf und hat wenig mit Glück zu tun. Sowohl ich als auch Herr Altendorf wissen das. Man muss sich behaupten, seinen Weg finden, lernen sich zu wehren oder auch anzugreifen. Im Neuracher Internat versuchen wir so viel Hilfestellung wie möglich zu geben, aber glücklich sind trotzdem die wenigsten. Die Schulzeit lässt uns erkennen, wer wir sind und wer wir werden wollen.« Sie hatte ihn eindringlich angesehen und schließlich mit echtem Bedauern gesagt: »Nein, Glück findet man in diesem Lebensabschnitt selten.«

Sie hatten gerade den Parkplatz erreicht und er wollte Wilma diesbezüglich nach ihrer Einschätzung fragen, als er den Mann entdeckte, der lässig an ihrem Dienstfahrzeug lehnte.

»Herr Schmidt!«, sprach ihn Wilma an, »gut, dass wir Sie treffen.« Daraufhin stellte sie Hauptkommissar Kaller vor und sagte: »Ihre Schwester meinte, Sie wären unten in der Stadt. Wir würden auch Ihnen gerne noch einige Fragen stellen.«

»Ich dachte mir schon, dass Sie das möchten, deshalb bin ich früher zurückgekommen.«

Obwohl Benjamin Schmidts ganzes Auftreten hilfsbereit wirkte, hatte der Fünfunddreißigjährige etwas an sich, das bei Kaller die Alarmglocken läuten ließ. Ihm fielen die Worte von Stefan Altendorf ein, der den Bruder von Tanja Schmidt als Schmarotzer bezeichnet hatte.

»Sie sind Künstler«, ergriff der Hauptkommissar nun das Wort und musterte sein Gegenüber genauer.

Dessen Kleidung, die teuren Turnschuhe und die modische Uhr am Handgelenk deuteten entweder darauf hin, dass er mit dem, was er tat, sehr erfolgreich war, oder dass ihn jemand finanzierte, in diesem Fall die Schwester.

»Ja, das bin ich. Musiker, um genau zu sein.« Er richtete sich ein wenig auf, um seine Worte zu unterstreichen.

»Wo spielen Sie?«, fragte Kaller leutselig. »Ich bin ein Fan von Livemusik«, log er, ohne mit der Wimper zu zucken.

»Oh«, antwortete Benjamin überheblich. »Ich sehe mich nicht als jemand, der die Werke anderer kopiert. Ich bin in erster Linie Komponist.«

»Und habe ich schon einmal eine Ihrer Kompositionen gehört?«, fasste Kaller nach, obwohl er glaubte, die Antwort zu kennen.

Ausweichend entgegnete Schmidt: »Ich bin gerade in einem fantastischen Schöpfungsprozess, mehr kann ich nicht verraten.«

»Ja, dann viel Glück«, erwiderte der Hauptkommissar, ohne seine Belustigung zu verbergen.

»Das hat nichts mit Glück, sondern mit der Inspiration zu tun.«

»Und die haben Sie gefunden?«, ließ sich Kaller darauf ein. Er hatte bemerkt, dass sich Benjamin Schmidt gerne selbst sprechen hörte. Solche Menschen waren zwar unheimlich anstrengend, aber erwiesen sich manchmal auch als hilfreiche Quellen. In ihrem Bestreben, aufmerksame Zuhörer zu finden, sparten sie oft nicht daran, auch vertrauliche Dinge auszuplaudern. »Ist denn Neurach ein guter Ort für Inspiration?«, wollte Kaller deshalb wissen.

Sie standen immer noch auf dem Parkplatz und Wilma fragte sich, wann Kaller den Mann denn nun vernehmen würde.

Benjamin lächelte. Es war ein kaltes, falsches Lächeln, das in Kaller den Wunsch weckte, auszuholen und zuzuschlagen, aber stattdessen wartete er geduldig auf die Antwort.

»Bisher, das gebe ich zu, war dieses Nest der verlorenen Seelen wenig hilfreich, aber jetzt, wo das Menschliche Einzug hält, spüre ich, dass ich kurz vor einem Durchbruch stehe.«

»Das *Menschliche?*«, wiederholte Kaller verblüfft und sein Gegenüber war gerne bereit, sich zu erklären.

»Dieses ganze freundliche Kleinstadtgetue dient doch nur als Fassade«, ereiferte sich Schmidt, »aber der Mord zeigt endlich, wie Neurach wirklich ist. Man hat den Mann übel zugerichtet. Das, Herr Hauptkommissar, das ist das Leben.

So ist die menschliche Realität, grausam und kaltblütig. Und meine Musik soll ebenfalls real sein.«

»Sie haben die Leiche gesehen?«, hakte Kaller interessiert nach.

»Nein, leider nur den Tratsch gehört«, antwortete Schmidt ehrlich bedauernd. »Gäbe es denn eine Möglichkeit? Ich meine für Sie als Chef der Ermittlungen. Vielleicht würde ich mich dann auch noch an etwas erinnern, womöglich etwas Wichtiges.« Wieder endete sein Satz mit einem falschen Lächeln.

Kaller trat einen Schritt auf den Mann zu und hielt gerade so viel Abstand, dass man zwar nicht von einer Drohgebärde sprechen konnte, aber durchaus davon, dass er in Schmidts Komfortzone eingedrungen war. »Sie sollten sich darüber im Klaren sein, dass die Behinderung der Polizei eine Straftat ist. Wollen Sie im Gefängnis landen?« Kaller sprach leise, aber sehr eindringlich.

Schmidt ließ sich jedoch nicht so schnell einschüchtern und legte ein breites Grinsen auf. »Schon gut«, wehrte er mit erhobenen Händen ab. »Ich bin über das Ziel hinausgeschossen, aber wir Künstler vergessen manchmal unsere guten Manieren, wenn es darum geht, etwas zu erschaffen.«

»Haben Sie nun etwas gesehen?«, überging Kaller die Bemerkung.

»Nein«, antwortete Schmidt kleinlaut.

»Kannten Sie den Toten, Maurice Lehbach? Immerhin war er ein Schulfreund Ihrer Schwester.«

»Ich kannte ihn nicht. Meine Schwester hat es nie für nötig gehalten, mich ihren Freunden vorzustellen.«

Kaller erinnerte das an die Aussage eines trotzigen Kindes, das man nicht hatte mitspielen lassen, und fragte: »Ihre Schwester ist einige Jahre älter, oder?«

»Fünfzehn Jahre«, erwiderte Schmidt prompt, »ich sah sie nicht viel. Erst das Internat, und dann hat sie ja unbedingt studieren müssen, um anschließend in diesem Kaff zu arbeiten. Sie kam meist nur an den Wochenenden zu Besuch.«

»Aber jetzt wohnen Sie mit ihr zusammen«, warf Kaller ein.

»Ja, in dieser Bruchbude, weil sie sich weigert, in eine moderne Stadtwohnung zu ziehen. Meine Schwester ist eine Egoistin«, fuhr er unbarmherzig fort. »Wie übrigens die meisten Menschen. Das Menschliche ist so.« Er zog vielsagend die Augenbrauen in die Höhe.

»Ich finde es sehr anständig von Herrn Altendorf, Sie hier wohnen zu lassen«, sah sich das erste Mal Wilma Janson genötigt, in das Gespräch einzugreifen.

»Der ist ebenfalls ein Egoist und tut das nur für sich«, erwiderte Benjamin Schmidt abfällig. »Vermutlich will er bei Tanja einen guten Eindruck hinterlassen. Verspricht sich womöglich etwas.« Er machte eindeutige kreisende Bewegungen mit seinem Becken. »Hat ja schließlich nur mit dem Rücken Probleme, weiter unten wird wohl noch alles intakt sein.« Er lachte über seinen eigenen geschmacklosen Scherz und es klang wie das Quietschen einer schlecht geölten Tür.

Bevor die Polizeihauptmeisterin etwas erwidern und sich dabei um Kopf und Kragen reden konnte, sagte Kaller: »Ja, Sie haben recht, das Menschliche kann ekelhaft sein. Schließlich gibt es nicht nur den Egoismus, sondern auch die Undankbarkeit, die ebenfalls eine abstoßende Eigenschaft ist.« Er verabschiedete sich knapp. »Wenn wir noch Fragen haben, melden wir uns bei Ihnen.«

Wilma versagte sich einen Abschiedsgruß und stieg mit grimmiger Miene ein.

Erst nach der dritten Serpentine, die die Polizistin dieses Mal zu Kallers Entsetzen mit Vollgas nahm, fluchte sie laut: »Dieser kleine Scheißer, ich wünschte, jemand hätte *den* ermordet.«

»Manchmal erfüllen sich solche Wünsche schneller, als man denkt«, antwortete ihr Kaller nachdenklich und

Wilma Janson, die von seinen Worten überrascht worden war, blickte entgeistert zu ihm. Gleichzeitig schien ihre Wut zu verrauchen und sie bremste den Wagen ab.

»Typen wie Schmidt sind während Mordermittlungen immer gefährdet«, fuhr Kaller dankbar für die gedrosselte Geschwindigkeit fort. »Der gute Benjamin redet einen Haufen Mist. Außerdem liebt er es, sich wichtigzumachen, gleichzeitig ist er rücksichtslos und vermutlich ohne jegliches Mitgefühl. Sollte er dem Mörder in die Quere kommen, dann wird der es sicher nicht mit gutem Zureden versuchen.«

»Stimmt wohl«, gab die Beamtin zu. »Vermutlich würde er der Menschheit sogar einen Gefallen tun«, fügte sie an und sah dann beschämt auf die Straße.

Kaller atmete tief durch, bevor er die Frage stellte, die er schon längst hatte stellen wollen: »Läuft da etwas zwischen Ihnen und dem Schuldirektor?«

Wilma wurde knallrot und der Hauptkommissar fuhr hastig fort: »Das wäre völlig in Ordnung. Ich will so etwas nur wissen, damit es bei den Ermittlungen nicht zu Missverständnissen kommt.« Er beglückwünschte sich im Stillen zu seiner diplomatischen Formulierung und vermutete, dass auch das eine Folge von Sarahs gutem Einfluss war.

»Ich mag Stefan sehr, aber da ist nichts. Wir sind leider nur Freunde«, antwortete ihm Wilma ehrlich und mit Bedauern.

* * *

Kapitel 7

Am nächsten Tag

Der Rosenkranz um ihren Hals zog sich immer fester zu. Die Augen der Frau traten fast aus den Höhlen, sie keuchte, ruderte mit den Armen und schlug mit den Handflächen auf die weißen Laken. Die Kleidung, die sie trug, war verrutscht und ihre nackte, blasse Haut sichtbar. Sie versuchte zu sprechen, keuchte, aber der Druck auf ihre Kehle war zu stark. Jede einzelne hölzerne Perle schien sich in ihr Fleisch zu pressen, so als wollte sie das Gewebe durchdringen.

Das Gesicht des Mannes konnte sie nicht sehen, denn sie lag auf dem Bauch und er saß auf ihr. Mühsam brachte sie ein Röcheln hervor. Es klang wie »Aufhören!«.

Dennoch zog sich der Rosenkranz weiter zusammen. Ihr wurde schwindlig und sie drohte das Bewusstsein zu verlieren. Mit letzter Kraft stöhnte sie: »Vergebung«, da ließ er von ihr ab. Sie rang nach Atem, richtete sich auf. Saß nun auf allen vieren auf dem Bett und keuchte, als hätte sie einen schweren Asthmaanfall.

»Was sollte das?«, fuhr sie ihn an, als sie wieder sprechen konnte. »Ich musste noch nie unser Safeword verwenden.«

Er gab ihr keine Antwort, sondern streifte sich das Mönchskostüm über den Kopf, das er für gewöhnlich bei ihren Rollenspielen trug.

»Ansgar?«, rief Regina verärgert. »Was ist los mit dir? Bist du noch sauer, weil ich dich zu Hause besucht habe? Warst du deswegen so brutal?« Sie stand ihm mittlerweile gegenüber.

Er begann sich anzuziehen und ignorierte ihre Vorwürfe.

»Was sollte das?«, schnauzte sie erneut, doch bevor sie mehr sagen konnte, verlor er die Geduld.

Wütend stieß er sie zur Seite und brüllte: »Was das sollte? Du willst es für gewöhnlich auf die harte Tour. Warum beschwerst du dich? Wir haben das Safeword doch, um es zu benutzen, übrigens alles deine Idee, Schwester!« Das letzte Wort spie er fast aus, während er beinahe missbilligend die aufgeknöpfte Nonnentracht musterte, die den Blick auf ihre üppigen Brüste freigab.

»Ja und?«, giftete sie zurück. »Dir gefällt es doch auch. Du willst, dass ich dir zeige, wie man richtig vögelt, weil deine Nelly zwischen den Beinen vertrocknet ist.«

»Rede nicht so über sie«, reagierte er mit unüberhörbarer Schärfe in der Stimme, während er bedrohlich auf Regina zuging.

Sie bekam für einen Augenblick Angst, wich einen Schritt zurück und sagte kalt: »Für heute ist es besser, wenn du verschwindest. Und bilde dir bloß nicht ein, dass ich immer parat sein werde, wenn dir der Schwanz juckt.« Dann änderte sich ihr Gesichtsausdruck und die Wut wandelte sich in Boshaftigkeit, als sie sagte: »Vergiss nie, dass wir ein paar sehr dunkle Geheimnisse miteinander teilen.«

Sie drehte ihm zufrieden den Rücken zu und er stand zögernd unter der Tür, bevor er schließlich schweigend ging.

* * *

Am folgenden Morgen

Hauptkommissar Kaller hatte den gestrigen Sonntag damit verbracht, die Akten zu studieren, noch einmal den Tatort in den Weinbergen abzulaufen und sich mit seiner Vorgesetzten Elke Wiedenhof-Meier in Verbindung zu setzen.

Die Kommissariatsleiterin war beinahe entsetzt gewesen, von ihrem Mitarbeiter zu hören. Erst nahm sie an, es wäre erneut ein Verbrechen geschehen, dann, dass Kaller etwas ausgefressen hätte. Misstrauisch hatte sie daher auf seine Beteuerungen reagiert, er wolle sie lediglich über den Stand der Ermittlungen informieren.

Der Hauptkommissar sah für gewöhnlich von solchen Anrufen ab. Allerdings hatte sich der gestrige Tag unendlich in die Länge gezogen, ohne dass irgendetwas Nennenswertes passiert war, und da er mit jemandem den Fall diskutieren wollte, schien ihm die Vorgesetzte am naheliegendsten. Immerhin hatte er Meinfeld und auch die Kollegin Janson nicht dabei stören wollen, familiären Verpflichtungen nachzukommen. Von Elke Wiedenhof-Meier erfuhr er, dass die Suche nach Nicklas Frey bisher erfolglos verlief und dass von oben drängende Stimmen laut wurden, wann man denn nun den Mörder von Maurice Lehbach dingfest machen würde.

Seufzend hatte Kaller das Gespräch beendet und sich in die Bar begeben, nachdem er dem Versuch widerstanden hatte, Sarah anzurufen.

Josefine, die Bedienung, war in ein Gespräch mit Benjamin Schmidt vertieft gewesen und er hatte die beiden abfällig über Stefan Altendorf sprechen hören, den sie immer wieder als den Buckligen bezeichnet hatten. Außerdem war ihm aufgefallen, dass der Bruder von Tanja Schmidt ein äußerst großzügiges Trinkgeld gab, etwas, das Josefine verheißungsvoll hatte lächeln lassen.

Nachdem er früh zu Bett gegangen war, stand Kaller heute Morgen deshalb bereits um halb acht vor der altmodischen Kaffeemaschine im Neuracher Polizeiposten und suchte gerade nach Filtertüten, als der junge Polizeimeister Lukas Meier aufgewühlt in die Behelfsküche stolperte. In seiner Aufregung verhaspelte er sich, vergaß

Kallers korrekten Rang und stammelte: »Herr Kommissar, noch ein Toter!«

Zwei Minuten später saßen die beiden Männer in einem Streifenwagen und fuhren Richtung Baustelle. Lukas Meier hatte erst vor wenigen Wochen den Dienst in Neurach begonnen und war bemüht, alles richtig zu machen. Unsicher fragte er: »Soll ich mit Sirene?«

»Aber sicher, drück drauf«, forderte ihn Kaller schroff auf, während er gleichzeitig mit Wilma Janson telefonierte.

Als Kaller mit dem Streifenbeamten die Baustelle des neuen Gemeindehauses betrat, verstummten die anwesenden Männer und sahen unbehaglich zu Boden.

»Wo ist die Leiche?«, rief der Hauptkommissar ungeduldig.

»Ich hatte doch keine Ahnung«, meldete sich einer der Umstehenden zu Wort und trat vor. »Ich bin der Architekt«, sagte der Mann. »Heute Morgen stellte ich leider fest, dass das Fundament versetzt werden muss. Irgendwer hat anscheinend die Pläne falsch gelesen.«

»Wir befolgen nur Anweisungen, niemand hat hier irgendetwas falsch gelesen«, verteidigte jetzt einer der Arbeiter sich und seine Kollegen, die zustimmend murmelten.

»Erklären Sie mir das genauer«, fuhr Kaller den Architekten an.

Der antwortete sachlich: »Am Freitag hat man diese Grube für das Fundament ausgehoben und mit Beton ausgegossen, allerdings stimmten die Maße nicht. Das Ganze hätte vier Meter versetzt stattfinden müssen. Meine Anweisung war diesbezüglich absolut eindeutig gewesen. Allerdings kann ich nicht den ganzen Tag hier sein und Händchen halten, ich habe schließlich auch noch andere Objekte zu betreuen.« Er blickte missbilligend zu den Arbeitern, die ihn geringschätzig anstarrten. »Deshalb habe ich heute Morgen veranlasst, dass dieser Mist rückgängig gemacht wird«, sprach er ungehalten weiter. »Und dann fanden wir …« Er stockte, verlor sein selbstsicheres Auftreten und sagte mit heiserer Stimme: »Wir fanden eine Leiche.«

Kaller ging auf den Grubenrand zu, gefolgt von Lukas Meier, der blass und stumm versuchte so zu wirken, als hätte er schon oft einen Tatort betreten.

Die Gruppe der Männer schlich hinter den beiden her, als wäre man gemeinsam auf der Jagd. Bauschutt umrandete das tiefe Loch im Boden und ein Presslufthammer lag neben aufgetürmten Drahtgeflechten. Der Hauptkommissar warf einen Blick nach unten. Aufgebrochener Beton umgab den Körper, der nur teilweise freigelegt war. Ein Arm, ein Bein, der Brustkorb und der Kopf ragten aus dem Schutt. Eine graue, bröselige Schicht überzog die Überreste. Viel konnte Kaller nicht erkennen, das Gesicht war übel zugerichtet, und doch hatte er bereits eine Vermutung, um wen es sich handelte. Er dachte an Leon Wiegand, der so plötzlich verschwunden war und alle seine Sachen zurückgelassen hatte.

»Meier, absperren«, wies er den jungen Kollegen kurz darauf an. »Ich verständige die Gerichtsmedizin und die Kriminaltechnik.«

»Los, treten Sie zurück«, blaffte der Polizeimeister die anwesenden Männer an, »das ist ein Tatort. Sie haben den Hauptkommissar gehört.«

Während die Arbeiter zu ihrem Bauwagen trotteten, der ihnen als Aufenthaltsraum diente, trafen mehrere Personen gleichzeitig ein. Neben Wilma Janson, die offensichtlich direkt aus der Dusche kam, denn ihr Haar war nass und kringelte sich noch mehr als gewöhnlich; stürmte ein wütender Ansgar Kaufmann auf die Baustelle, gefolgt von Thomas Schuster.

»Was soll der Scheiß?«, schrie Ansgar schon von Weitem. Seine Laune war definitiv im Keller.

Die Polizisten ignorierte er und hielt direkt auf den Architekten zu. »Haben Sie das veranlasst?«

»Die Pläne wurden falsch umgesetzt«, entgegnete der.

»Blödsinn«, ließ sich Ansgar nicht beirren.

»Ach wirklich?« Der Architekt wurde jetzt ebenfalls wütend. »Dann sehen Sie selbst nach. Über Tatsachen brauchen wir nicht zu diskutieren. Vier Meter sind vier Meter.«

»Und dann mussten Sie gleich alles wieder einreißen? Als würde es auf vier Meter ankommen. Jetzt liegen wir hinter dem Zeitplan«, schnauzte Ansgar weiter.

»Eine Frage der Statik«, zischte der Architekt und fügte noch an: »Davon werden Sie ja schon einmal etwas gehört haben.«

Einen Moment sah es so aus, als würde diese Auseinandersetzung eskalieren, aber dann griff Thomas ein, schob sich zwischen die Männer und beschwichtigte seinen Schwager. »Lass gut sein, es spielt keine Rolle mehr.«

Ansgar blieb jedoch ungehalten und wandte sich nun an die Polizisten. »Wie lange soll das Spektakel hier noch dauern? Wir müssen Termine einhalten.«

»Ich bin überzeugt, dass der Tote in dieser Grube auch gerne seine Termine eingehalten hätte. Ich gehe nicht davon aus, dass es dessen Absicht war, Ihre Geschäfte zu stören, und langsam frage ich mich, worüber Sie sich eigentlich wirklich aufregen. Über den Baustopp oder dass diese Leiche gefunden wurde. Entfernen Sie sich nicht zu weit, wir haben sicher noch Fragen an Sie«, entgegnete Kaller ungerührt.

Daraufhin schwieg Ansgar, schüttelte verächtlich den Kopf, ließ sich allerdings von Thomas dazu bewegen zu gehen.

Ein Räuspern ließ Kaller, der sich fragte, wo die Kollegen blieben, herumfahren. Mittlerweile befürchtete er, dass sämtliche Spuren durch den Umtrieb, der hier herrschte, verwischt worden waren. Den Mann, der sich ihm genähert hatte, kannte er nicht.

Aber noch bevor er ihn auf sehr direkte und wenig freundliche Weise davonscheuchen konnte, erklärte Wilma Janson: »Das ist Herr Pfarrer Dreiner. Wir befinden uns sozusagen auf seinem Grund und Boden.«

»Jens Dreiner«, stellte sich der Neuankömmling nun selbst vor und reichte Kaller die Hand. Für einen Geistlichen hatte er einen festen Händedruck. Überhaupt wirkte Jens Dreiner sportlich und fit, obwohl er die Sechzig bereits überschritten hatte.

»Ich kam, so schnell ich konnte. Als der Architekt im Pfarrhaus angerufen hat, war ich noch bei der Morgenandacht. Meine Schwester informierte mich jedoch umgehend. Wenn ich helfen kann?«

»Wussten Sie davon, dass der Beton aufgebrochen werden sollte?«, wollte Kaller wissen.

Dreiner schien die Frage zu verunsichern. Zögernd antwortete er: »Nun ja, der Architekt hat mir mitgeteilt, dass etwas schiefgelaufen sei. Begeistert war ich natürlich nicht, aber diese Entscheidungen muss ich den Profis überlassen.« Dann wirkte es so, als fiele ihm ein, dass er nicht nur Kunde einer Baufirma, sondern auch Pfarrer war, und sagte schnell: »Die Wege des Herrn sind eben manchmal nicht so unergründlich. Vermutlich sollte die arme Seele gefunden werden.« Er sah zu der Grube. »Wie verzweifelt muss ein Mensch sein, sich so etwas anzutun?«

»Sie vermuten Selbstmord?«, hakte Kaller überrascht nach, den Leichen im Beton zuerst an Mord denken ließen.

»Ja, und ich mache mir Vorwürfe«, gab der Geistliche jetzt zu. »Vielleicht war es ein Fehler die sozialen Netzwerke für unsere Zwecke zu gebrauchen. Ich hielt es für eine gute Idee, die Baufortschritte dort zu dokumentieren und jedem zugänglich zu machen. Wenn man junge Leute erreichen will, muss man mit der Zeit gehen. Was den Bau betrifft, sind wir sehr offen. Immerhin finanzieren wir uns auch durch Spenden. Regelmäßig nutzen Gemeindemitglieder die Möglichkeit, sich hier umzusehen.« Er hob schnell die Hände und gelobte: »Natürlich achten wir streng auf die Sicherheit der Besucher, aber …«

Der Hauptkommissar unterbrach ihn: »Wann haben Sie zuletzt etwas über die Baustelle gepostet?«

»Am Freitag, ich habe sogar Bilder gemacht.« Er zog sein Handy aus der Tasche und zeigte Kaller die Aufnahmen.

Der betrachtete interessiert den Betonmischer, die gefüllte Grube mit der flüssigen grauen Masse und die Kommentare, die darauf gefolgt waren. Zwar glaubte Kaller nicht, dass der Tote aufgrund der Beiträge beschlossen hatte, sich auf der Baustelle das Leben zu nehmen, aber er war fast davon überzeugt, dass der Mörder über diesen Kanal von einem geeigneten Ort für das Verschwindenlassen einer Leiche erfahren hatte.

Das Eintreffen der Gerichtsmedizin riss den Hauptkommissar aus seinen Gedanken.

* * *

Etwas später im Neuracher Internat

»Sie sagen, es sei noch unklar, wer der Tote ist«, flüsterte Olaf Rotach.

Der Hausmeister saß in seinem kleinen Büro, in dem auch das Druckerpapier und die Tonerkartuschen aufbewahrt wurden, und betrachtete das Foto auf seinem Schreibtisch. Er wusste, dass die Schüler über ihn lachten, ihn für einen austauschbaren Dienstboten hielten. Die meisten der Lehrer sahen das genauso, gewöhnlich wurde er einfach ignoriert, außer jemand brauchte Druckerpatronen, den Schlüssel für die Multimediaräume oder eine Rolle Toilettenpapier.

Tanja Schmidt hingegen war immer sehr nett zu ihm. Außerdem fand er die Fünfzigjährige durchaus attraktiv. Er hatte sie sogar schon einmal zum Essen eingeladen. Eigentlich war es nur ein Kaffee beim Bäcker in Neurach gewesen und sie hatte eine Mohnstange gegessen und nur widerwillig akzeptiert, dass Olaf am Ende die Rechnung bezahlen wollte. Eine Verabredung war es auch nicht gewesen, vielmehr hatte Olaf die Frau abgepasst und so getan, als wäre ihr Zusammentreffen Zufall. Seit allerdings dieser Schmarotzer bei der Lehrerin eingezogen war, gelang es ihm nicht, auch nur fünf Minuten mit Tanja Schmidt allein zu sein. Er mochte Benjamin nicht und teilte damit die Meinung von Stefan Altendorf. Der Schuldirektor war neben Tanja eine weitere Person, die stets einen freundschaftlichen Umgang mit Olaf pflegte. »Ein feiner Kerl«, sagte er deshalb laut und fügte noch an: »Du magst ihn doch auch, oder?«

Natürlich erhielt er von der alten Fotografie keine Antwort, trotzdem tat er so, als wären seine Worte eben bestätigt worden, bevor er nachdenklich fragte: »Denkst du, ich sollte der Polizei davon erzählen?« Stumm lauschte er der Antwort, die nur er hören konnte, dann widersprach er heftig. »Aber nein, ich will niemandem damit imponieren. Dadurch wird sich gewiss nichts ändern.«

»Mit wem redest du denn?«, wurde Olaf plötzlich unterbrochen. Im Türrahmen stand Stefan Altendorf.

Der Hausmeister lief rot an und stammelte verlegen: »Ach, nur ein Selbstgespräch!«

Der Blick des Schuldirektors wanderte zu dem Foto auf dem Schreibtisch; zwei Kinder waren darauf abgebildet. Stefan wusste, dass es sich um Olaf und dessen verstorbenen Bruder handelte, und hakte nicht weiter nach.

Der Hausmeister schien dankbar, dass sein Gegenüber

das Thema fallen ließ, und sagte schnell: »Die haben eine Leiche gefunden. Ich habe es eben im Radio gehört. Auf der Baustelle des neuen Gemeindehauses.«

Stefan Altendorf wurde blass. »Was?«, sagte er ehrlich entsetzt, »das ist ja schrecklich.«

»Befürchtest du, dass das unserer Schule schaden könnte?«

Der Internatsleiter lächelte und zeigte damit nicht das erste Mal seine Rührung bezüglich Olafs Einstellung. Er wusste, dass der das Internat als sein Zuhause und seine Arbeit als Berufung sah.

»Wir werden das schon hinkriegen«, antwortete er dem Mann, der sich seinerseits darüber freute, von Altendorf stets das Gefühl vermittelt zu bekommen, dazuzugehören.

»Weiß man denn schon, wer es ist?«, hakte der Direktor nach. »Es hilft ja nicht, den Kopf in den Sand zu stecken. Besorgte Eltern rufen mich an und fragen, ob ihre Kinder nach den Sommerferien noch sicher bei uns sind. Gleichzeitig bekomme ich Anfragen, ob denn Plätze frei werden, jetzt, wo ein Mörder bei uns sein Unwesen treibt. Heute Morgen hat mir ein Vater versichert, dass er für die gute Ausbildung seines Kindes die Gefahr akzeptieren würde. Ist das nicht verrückt?«

»Die Menschen haben den Blick für das Wesentliche verloren«, antwortete ihm Olaf versonnen.

Nicht das erste Mal, seit sie sich kannten, musste Stefan feststellen, dass Olaf Rotach ein äußerst scharfsinniger Mensch war. Was hätte aus ihm werden können, wenn man ihn entsprechend gefördert hätte?

»Da hast du recht«, entgegnete er deshalb und wiederholte seine Frage bezüglich des Toten.

»Bis jetzt weiß ich noch nichts, aber ich könnte in die Stadt fahren, muss sowieso ein paar Einkäufe erledigen.«

Altendorf überlegte einen Moment und entschied kurzerhand, seinen Hausmeister zu begleiten. »Ich werde zwar wie ein Schaulustiger wirken, aber darauf kann ich keine Rücksicht nehmen. Innerhalb kürzester Zeit ist Neurach wieder in den Medien und weitere Eltern werden sich bei mir melden. Ich muss daher wissen, was hier vorgeht.«

* * *

Auf der Baustelle in Neurach

»Frakturen am Schädel, keine Abwehrverletzungen, so als hätte ihn der erste Schlag überrascht. Sein Gesicht wurde zertrümmert, das Nasenbein gebrochen, Zähne fehlen, Genaueres nach der Autopsie. Jedenfalls hat man ihm die Augäpfel entfernt«, fasste der Gerichtsmediziner zusammen, was seine erste Leichenschau ergab.

Vorsichtig hatte man Schicht um Schicht des harten Betons abgetragen, um den Körper möglichst unbeschadet freizulegen.

»Und es ist ausgeschlossen, dass die Arbeiter heute Morgen seine Augen mit dem Presslufthammer verletzt haben?«, hakte Kaller beinahe verzweifelt nach, da er sich wünschte, der Tote auf der Baustelle hätte nichts mit dem Mord an Maurice Lehbach zu tun.

Der Arzt winkte ab. »Es ist ausgeschlossen. Natürlich gibt es am Körper Spuren, die durch die Freilegung verursacht wurden, aber die Augen sind mit einem Schneidwerkzeug entfernt worden. Zwar nicht sehr professionell«, fügte er noch an, »aber ein Versehen, so viel steht fest, war das garantiert nicht.«

In der ramponierten Kleidung des Toten fand der Gerichtsmediziner Ausweispapiere, die auf Leon Wiegand ausgestellt waren. Obwohl der Mörder sein Opfer übel zugerichtet und das Betongrab viele Spuren verwischt hatte, konnte man doch noch genug von Leon Wiegand bergen.

Die Überprüfung der Fingerabdrücke würde letzte Zweifel auf jeden Fall ausräumen.

Kurz darauf wurde der Leichensack geschlossen und der Tote abtransportiert.

»Was hat er hier gewollt?«, wandte sich Hauptkommissar Kaller an Wilma Janson.

Die Polizeihauptmeisterin hatte das Gefühl, eine Antwort geben zu müssen. »Vielleicht war er einfach zur falschen Zeit am falschen Ort. Der Kerl war ein Kleinkrimineller, womöglich glaubte er, hier etwas zu finden, das er zu Geld machen konnte. Die Baustelle ist ja leicht zugänglich. Oder er hat sich hier mit jemandem getroffen, es gab Streit und …«

»Man hat ihm die Augen entfernt, Maurice Lehbach die Hoden«, warf Kaller ein.

»Sie denken, wir haben es mit dem gleichen Mörder zu tun«, schloss Wilma daraus.

»Ist naheliegend, oder?«, antwortete der Hauptkommissar. »Ich kann mir einfach nicht vorstellen, dass plötzlich zwei grausame Mörder in Neurach auftauchen.«

»Es sei denn«, erwiderte die Polizistin, der gerade ein Gedanke kam, »sie sind zu zweit.«

Da Kaller keine Einwände erhob, war sie nun gezwungen weiterzusprechen. »Der eine spaltet die Köpfe, der andere schlägt sie ein. Einer entnimmt die Hoden, sein Partner die Augen. Außerdem könnten sie zu zweit eine Leiche wesentlich einfacher bewegen. Maurice Lehbach wurde in die Reben gezogen, Leon hat man in die Grube geworfen. Praktischerweise könnte einer Wache stehen, während der andere den Mord begeht.«

Der Hauptkommissar lauschte nachdenklich den Worten der Kollegin und sagte schließlich: »Statistisch gesehen, sind Mörderpaare zwar selten, aber nichtsdestotrotz gibt es sie. Wir werden auch in diese Richtung ermitteln müssen.«

Jemand rief seinen Namen und er drehte sich um. Fast hätte er erleichtert einen Seufzer ausgestoßen, als er seinen Kollegen Meinfeld erblickte und sich daran erinnerte, dass der Kommissar auch sein Freund war.

»Die Wiedenhof-Meier lässt schön grüßen«, sagte Meinfeld statt eines Hallos. »Vermutlich brauche ich dir ihre genauen Worte nicht wiederzugeben.«

»Ich nehme an, die sind wegen der zweiten Leiche alle entsprechend gut gelaunt«, entgegnete Kaller mit schiefem Grinsen.

»Tja, Lehbach war einflussreich und jetzt rufen alle seine Freunde nach Aufklärung.«

»Wird sich womöglich ändern, wenn wir das Motiv haben«, erwiderte Kaller grimmig.

»Du bleibst bei deiner Theorie, dass man den Mann aus Rache umgebracht hat?«, wunderte sich Meinfeld. »Auch jetzt, nach dem zweiten Opfer?«

»Mein Bauchgefühl sagt mir, dass Lehbach nicht zufällig gestorben ist, und wenn wir das *Warum* haben, dann finden wir auch die Antwort auf das *Wer*.«

Die Beamten teilten sich auf. Wilma Janson befragte zusammen mit Lukas Meier die Arbeiter, Ansgar Kaufmann sowie dessen Geschäftspartner und Schwager Thomas Schuster. Kaller und Meinfeld wollten mit Pfarrer Jens Dreiner sprechen.

* * *

Im Pfarrhaus

Kaller nahm gerne das Kaffeeangebot an und ließ sich mit seinem Kollegen auf den Stühlen im Arbeitszimmer des Geistlichen nieder. Der schien immer noch ganz aufgelöst und sagte fahrig »Herein«, als es an der Tür klopfte.

Eine Frau betrat den Raum und brachte auf einem Tablett den Kaffee.

»Meine Schwester, Regina Dreiner«, erklärte der Pfarrer automatisch, so wie er es vermutlich schon Tausende Male getan hatte. »Sie führt mir den Haushalt.«

Die Frau nickte den Beamten freundlich zu. Sie trug einen Rollkragenpullover, der zwar dünn, aber nach Meinung des Hauptkommissars für diese Temperaturen ohne Frage zu warm war. Das Schwarz des Stoffes passte zu ihrem dunklen Haar, das sie sich im Nacken zu einem schlichten Knoten zusammengebunden hatte. Ihr wadenlanger Rock in einem undefinierbaren Braunton unterstrich das Bild der biederen Haushälterin und doch war da etwas in ihrem Blick, während sie die Beamten ansah, das Kaller irritierte. Als sie die Kaffeetasse vor Meinfeld auf den Schreibtisch stellte, streifte ihr Busen für einen Augenblick dessen Schulter. Der Kommissar schien das gar nicht zu bemerken und vermutlich war es nur ein Versehen, eine zufällige Berührung, trotzdem beschloss der Hauptkommissar, sich im Anschluss mit Dreiners Schwester zu unterhalten. Irgendetwas sagte ihm, dass diese Frau nicht war, was sie vorgab zu sein, dass sie Geheimnisse hatte. Und Menschen, die Geheimnisse hatten, kannten manchmal auch die der anderen.

Einen Augenblick rührten alle drei schweigend in ihren Kaffeetassen, dann wandte sich Hauptkommissar Kaller an den Pfarrer. »Wir vermuten, dass es sich bei dem Toten um Leon Wiegand handelt.«

»Ach herrje«, reagierte der Geistliche, seufzte schwer und bekreuzigte sich.

»Demnach kennen Sie den Mann?«, fasste der Beamte sofort nach.

Auf Dreiners Gesicht erschien ein müdes Lächeln. »Das wäre zu viel gesagt«, antwortete er. »Ich weiß nicht, wie gut Sie mit der Arbeit von uns Seelsorgern vertraut sind.«

Kaller war versucht zu antworten: »Meine Freundin Sarah gehört dazu«, aber da das nicht mehr stimmte, beschränkte er es auf den Kommentar: »Die Bedingungen sind mir nicht ganz fremd.«

»Dann ist Ihnen sicher bekannt, wie schwer es heutzutage ist, gerade junge Menschen in die Gemeinde zu integrieren. Mir kam zu Ohren, dass Herr Wiegand in seiner Vergangenheit einige Probleme hatte. Ich bat meine Hilfe an, nicht nur einmal, aber die hat er abgelehnt.«

»Was für einen Eindruck hatten Sie von Leon Wiegand? Steckte er in Schwierigkeiten? Fühlte er sich bedroht?«

»Ich sollte das vielleicht nicht sagen, aber eher erschien er mir ausgesprochen selbstbewusst.« Der Pfarrer zögerte und fügte dann schweren Herzens an: »Ich würde es gerne anders formulieren, aber der Kerl benahm sich geradezu unverschämt.« Dreiner räusperte sich. »Ich habe natürlich trotzdem versucht, ihm auch weiterhin die Hand zu reichen. Offensichtlich habe ich versagt.«

»Wir denken nicht, dass es sich um eine Selbsttötung handelt, wenn Sie darauf anspielen«, beruhigte ihn Kaller, der gespannt war, wie Dreiner auf die Tatsache reagierte, dass ein weiterer Mord in Neurach stattgefunden hatte.

Auch wenn der Pfarrer sich bemühte, gelang es ihm nicht, seine Erleichterung zu verbergen, am Tod von Leon Wiegand keine Schuld zu tragen. Dann besann er sich jedoch schnell, bekreuzigte sich erneut, bevor er sagte: »Wie schrecklich, und das direkt neben unserem Haus und der Kirche.«

»Deshalb verstehen Sie sicher, dass es wichtig ist, sich an alles zu erinnern, was den Freitag betrifft«, erklärte der Hauptkommissar.

Da Wilma Janson bereits eine Fahndung nach Leon Wiegand eingeleitet hatte, wussten sie, dass er am späten Freitagvormittag noch in der Stadt gesehen worden war, die Abendverabredung mit Josefine jedoch nicht mehr eingehalten hatte. Nichts deutete darauf hin, dass er danach noch irgendwo aufgetaucht war. Auch die ersten vagen Angaben des Gerichtsmediziners machten ein Zeitfenster zwischen ein Uhr mittags und sieben Uhr abends wahrscheinlich.

Pfarrer Dreiner rief sich den Tag in Erinnerung und machte dabei ein angestrengtes Gesicht. »Morgens wurde der Beton gegossen, ich schoss ein paar Aufnahmen und bin in mein Büro, um diese online zu stellen. Danach hatte ich ein Taufgespräch, es dauerte länger, die Eltern hatten Schwierigkeiten, sich auf einen Spruch zu einigen …«

»Wen haben Sie am Vormittag alles auf der Baustelle gesehen?«, unterbrach ihn der Beamte.

Dreiner entschuldigte sich für sein Abschweifen und schien nachzudenken. »Natürlich die Arbeiter, Ansgar und Thomas.« Er lächelte und sagte erklärend: »Ich kenne die beiden noch als Teenager. Die haben früher alles Mögliche angestellt, ich meine natürlich Herrn Kaufmann und Herrn Schuster.«

Kaller nickte und der Geistliche fuhr fort. »Sonst habe ich niemand gesehen.« Dann jedoch fiel ihm etwas ein und fast triumphierend sagte er: »Olaf Rotach war noch da.«

»Der Hausmeister vom Internat?«, fragte Kaller interessiert.

»Ja, er hat mir die Stundenpläne für das nächste Schuljahr gebracht und da er mich im Pfarrhaus nicht antraf, kam er rüber zur Baustelle.«

»Was sind das für Stundenpläne?«, wollte der Hauptkommissar wissen.

»Ich unterrichte Religion.« Er präzisierte sich: »Für die katholischen Schüler oben im Internat.«

»Seit wann?«, fasste Kaller nach.

»Seit ich die Gemeinde übernommen habe. Anfangs war noch Stefans Vater der Schulleiter, das liegt jetzt über dreißig Jahre zurück.«

»Dann kannten Sie auch Maurice Lehbach?«

»Vermutlich«, antwortete Dreiner, es wirkte ausweichend, »aber das ist alles schon lange her. So viele Schüler in all den Jahren, da erinnere ich mich nicht an jeden einzelnen. War der Mann denn überhaupt katholisch?«

Kaller sah zu Meinfeld, der das bestätigte.

»Mich wundert das ein wenig«, ließ der Hauptkommissar nicht locker. »Maurice Lehbach war, wie uns berichtet wurde, ein charismatischer, auffälliger Mensch und das bereits als Jugendlicher und Sie haben keinerlei Erinnerung an ihn?«

Der Pfarrer schien plötzlich nervös – aber das konnte auch daran liegen, dass er es nicht gewohnt war, in die Enge getrieben zu werden.

»Zu der Zeit war Religion kein Pflichtfach mehr. Er hat wie viele Schüler damals eine Freistunde dem Katechismus vorgezogen.«

»Sie erinnern sich also doch an ihn«, bohrte Kaller weiter.

Dreiners sonst so milden Gesichtszüge verhärteten sich. »Ich versuche zu helfen«, antwortete er reserviert. »Ich bin kein junger Mann mehr und habe in den letzten Jahrzehnten Hunderte Schüler unterrichtet. Nicht nur im Internat, sondern auch in der Neuracher Gesamtschule. Wenn mich mein Gedächtnis gelegentlich im Stich lässt, dann tut mir das sehr leid. Ich hoffe, Sie sehen mir das nach.«

»Natürlich«, lenkte Kaller ein und gab sich verständnisvoll. »Als Polizist gewöhnt man sich eine gewisse Hartnäckigkeit an. Ich wollte nichts unterstellen«, fügte er noch an und es klang wie eine Entschuldigung, was den Pfarrer sichtlich entspannen ließ.

Die Beamten stellten noch ihre restlichen Fragen. Dreiner sagte aus, am fraglichen Nachmittag eine Bibelstunde vorbereitet zu haben, wobei ihn seine Schwester unterstützt hatte. Beide hätten das Pfarrhaus in der Zeit nicht verlassen.

Als sich die Polizisten verabschiedeten und von dem

Geistlichen zur Tür gebracht wurden, wären sie fast mit Regina Dreiner zusammengestoßen. Kaller nahm an, dass die Frau gelauscht hatte.

»Sie wissen, warum wir hier sind?«, nutzte er die Gelegenheit, womöglich von ihr etwas zu erfahren.

Aber Regina gab sich zugeknöpft, antwortete knapp mit »ja« und »nein«, so als hätte sie ein Anwalt instruiert, und konnte am Ende keine brauchbaren Angaben machen.

Nachdem die Beamten das Pfarrhaus verlassen hatten, trat sie zu ihrem Bruder und sagte nervös: »Ich mag den Kerl nicht, er ist hinterhältig.«

»Das muss er in seinem Beruf wohl sein«, beschwichtigte sie ihr Bruder, »das hat nichts mit uns zu tun.«

»Und wenn er es herausfindet?«, fuhr Regina beunruhigt fort.

»Ich habe dir ein Versprechen gegeben und das werde ich halten, genauso wie du dich an deines hältst.« Damit legte er einen Arm um ihre Schulter und drückte ihr einen Kuss auf das dunkle Haar.

* * *

Kapitel 8

Am Nachmittag saßen die Beamten in der Neuracher Dienststelle und diskutierten über den aktuellen Stand der Ermittlungen. Der Tote von der Baustelle konnte inzwischen zweifelsfrei als Leon Wiegand identifiziert werden.

Die Mitarbeiter der Kriminaltechnik hatten sich darangemacht, das Gelände zu untersuchen. Ein schwieriges Unterfangen, nicht nur aufgrund der Größe, sondern auch weil die Arbeiter relevante Spuren unbeabsichtigt vernichtet hatten. Trotzdem fanden sie ein Stück entfernt von der Grube, die zu Leon Wiegands Grab geworden war, Blutspuren und einen Zahn. Das Labor konnte bestätigen, dass die Proben vom Opfer stammten. Damit war klar, dass man Wiegand auf der Baustelle ermordet hatte. Der Gerichtsmediziner fand in den Verletzungen des Toten Rückstände von Erde und Staub und ergänzte seine Aussagen vom Vormittag. Laut seiner Einschätzung hatte man den jungen Mann mehrfach mit dem Gesicht auf den Boden geschlagen.

»Ein weiterer Mord im Blutrausch«, kommentierte Wilma Janson den vorläufigen Autopsiebericht.

»Hört sich tatsächlich nach sehr viel Wut an«, stimmte ihr Meinfeld zu. »Aber wir wissen immer noch nicht, was Wiegand mit Lehbach zu tun hatte. Zwischen den Morden muss es doch eine Verbindung geben, vor allem, wenn wir weiter davon ausgehen sollen, dass die Opfer nicht zufällig ausgewählt wurden.« Diese Worte richteten sich an Kaller, der gerade die von Polizeimeister Lukas Meier sauber getippten Protokolle studierte. Die Zeugenaussagen stimmten darin überein, dass niemand etwas Auffälliges bemerkt hatte. Außerdem wagte niemand, nach dessen Tod schlecht über Leon Wiegand zu sprechen. Selbst Josefine Cordes, die Bedienung, der Wilma erneut auf den Zahn gefühlt hatte, behauptete nun, dass Leon eigentlich ein feiner Kerl gewesen sei, aber eben nicht ihr Typ.

»Vergessen wir diese halbherzigen Lobpreisungen auf Wiegand. Der Kerl war ein mieser Krimineller, der seine eigene Großmutter zu Geld gemacht hätte. Was sagt uns das?«, fragte Kaller in die Runde, gab sich die Antwort aber selbst. »Er muss in den Mord an Lehbach verwickelt gewesen sein. Vielleicht hat er geholfen, vielleicht aber auch nur etwas gesehen.« Ein Pfiff entfuhr dem Hauptkommissar. »Die Augen, natürlich«, sprach er aufgeregt weiter. »Man hat ihm die Augen entfernt, weil er etwas gesehen hat. Das war ein weiterer symbolischer Akt.«

»Passt zu der Vermutung, dass sich Lehbach in sexueller Hinsicht etwas hat zuschulden kommen lassen und deshalb kastriert wurde«, warf Wilma ein.

»Du denkst an Erpressung?«, fragte Meinfeld.

»Wäre doch logisch«, antwortete Kaller. »Wiegand hat für den Winzer gearbeitet, in dessen Reben man die Leiche von Lehbach entdeckt hat. Wer sagt denn, dass er nicht in der Nähe war, als der Mord geschah?«

Kaller sah zu Wilma. »Würden Sie Leon zutrauen, einen gefährlichen Mörder zu erpressen? Sie kannten ihn ja ein bisschen.«

»Es würde zu ihm passen«, antwortete die Polizeihauptmeisterin.

»Dann bleibt Maurice Lehbach der Schlüssel«, folgerte Meinfeld resigniert. »Wir haben sein Leben durchkämmt, nichts, wofür er so einen Tod verdient hätte. Gleich nach der Schule fing er ein Studium an, übernahm dann die Geschäfte und hat das Familienvermögen vervielfacht. Haben wir bisher an der falschen Stelle gesucht?«

»Nein«, entgegnete Kaller, »nicht an der falschen Stelle, sondern in der falschen Zeit.« Auf die fragenden Blicke seiner Kollegen hin erklärte er: »Ich glaube, dass der Mord etwas mit Lehbachs Zeit in Neurach zu tun hat. Warum taucht er nach all den Jahren hier auf?«

»Ich sehe das wie seine Freundin Catherine«, mischte sich Wilma ein. »Der Mann scheint eine Art Midlife-Crisis durchlebt zu haben. Er hat viele merkwürdige Dinge getan.«

»Aber wie passt das Einrichten eines Stipendiums zu einem Fallschirmsprung oder zu der Besteigung eines Viertausenders? Das hat nichts mit Jugendwahn zu tun. Womöglich wollte er sich damit lediglich ein Denkmal setzen oder aber es sollte sein Gewissen beruhigen. Niemand hat ihn schließlich um dieses Stipendium gebeten. Zudem war es ihm wichtig, das persönlich zu regeln.«

»Ich weiß nicht, ob man da so viel hineininterpretieren kann. In einem gewissen Alter werden Männer so«, sagte Wilma und es klang verbittert. »Sie müssen beweisen, dass sie immer noch saufen können wie die Löcher, die größten Bumsmeister des Planeten sind und ganz nebenbei entdecken sie dann auch noch ihre soziale Ader.«

»*Bumsmeister?*«, hakte Kaller amüsiert und mit hochgezogener Augenbraue nach.

Wilma, die sich hatte hinreißen lassen, errötete. »Tut mir leid, das war unsachlich.«

Kaller grinste immer noch, beließ es aber dabei und sagte: »Wir sollten die Ex-Freundin, diese Annette, ausfindig machen, vielleicht kann die Licht in die Angelegenheit bringen.«

»Die Anfrage läuft«, klärte ihn Meinfeld auf. »Ich warte noch auf die Rückmeldung aus den USA. Beileidsbekundungen kamen von ihr jedenfalls nicht. Der Tod von Lehbach war sicher auch über dem Teich in den Nachrichten. Immerhin agiert sein Unternehmen international.«

»Gut, dann konzentrieren wir uns darauf, Nicklas Frey und Lehbachs Ex zu finden sowie Lehbachs Vergangenheit weiter zu durchforsten«, gab Kaller seine Anweisungen. Und zu Wilmas Überraschung fügte er noch an: »Außerdem möchte ich mehr über Pfarrer Dreiner und seine Schwester erfahren.«

* * *

Am nächsten Morgen in einem Frankfurter Gewerbegebiet

Hauptkommissar Michael Kaller machte kein Geheimnis aus seiner schlechten Laune: »Ich hasse so etwas. Ein Anruf mitten in der Nacht, ein Mord, Vorgesetzte, die so tun, als hätte ich den verhindern können, und natürlich« – voller Zorn drückte er auf die Hupe, um dem vorausfahrenden Wagen zu signalisieren, dass die Ampel grün zeigte – »und natürlich ist das Opfer ein wichtiger Zeuge, den wir jetzt nicht mehr befragen können.«

»Als Täter scheidet Nicklas Frey nun jedenfalls aus«, warf Meinfeld ein.

»Wir waren zu langsam«, brummte Kaller und hupte erneut, da sich das Fahrzeug vor ihnen immer noch nicht in Bewegung setzte. »Was ist das denn wieder für eine alte Schachtel?«, fluchte er laut und als das Auto endlich den Weg frei machte und Kaller überholte, konnte sich Meinfeld eine Bemerkung nicht verkneifen: »Hast recht, ist eine Frau, ich schätze in deinem Alter.«

»Sehr witzig«, knurrte der Hauptkommissar und kam zurück auf den jüngsten Leichenfund: »Das hätte nicht passieren dürfen«, sagte er kopfschüttelnd.

»Wir konnten nicht ahnen, dass Nicklas Frey in Gefahr war«, hielt der junge Kommissar dagegen. »Abgesehen davon haben wir sofort reagiert.«

»Aber der Mörder war schneller«, entgegnete der Hauptkommissar, der die letzte Kurve vor ihrem Ziel nahm und mit quietschenden Reifen auf dem Hof des Recyclingbetriebes zum Stehen kam.

Die Teams der Gerichtsmedizin und der Kriminaltechnik waren bereits vor Ort. Uniformierte Beamte hatten den Hof weiträumig abgesperrt und die Mitarbeiter des Betriebes drängten sich in eine Ecke des Geländes wie eingepferchte Schafe. Ein Bild, das verstärkt wurde durch die Quader aus gepresstem Plastik, die aufgeschichteten Heuballen in Form und Größe nicht unähnlich waren. Wenn man näher hinsah, entpuppten sich die bunten Flecken darin als zerdrückte Getränkedosen, Tetra Paks und Limonadenflaschen.

Jemand eilte auf sie zu. »Haben Sie hier das Sagen?«, rief der Mann schon von Weitem. Er ruderte wild mit den Armen und schien einem Herzinfarkt gefährlich nahe. »Wie lange sollen die Bänder noch stillstehen?«, fuhr er fort.

»So lange es dauert«, antwortete ihm Kaller lapidar und schob sich rücksichtslos an dem aufgebrachten Mann vorbei.

Der war darüber so erschüttert, dass Meinfeld befürchtete, er würde gleich in Tränen ausbrechen.

»Das ist ein Albtraum«, sagte er jetzt und schnappte nach Luft. »Und das mir.«

Der Kommissar hielt es für das Beste, beruhigend auf den Mann einzuwirken. Immerhin schien er eine leitende Funktion innezuhaben, und irgendwer musste ihnen ja erklären, was hier passiert war.

Meinfeld stellte sich vor und sagte freundlich: »Wir bemühen uns, alles schnell zu erledigen, aber noch können wir das Gelände nicht freigeben.« Er zog einen Notizblock aus der Tasche und fragte nach dem Namen des Mannes.

Dieser entspannte angesichts der Tatsache, dass ihm endlich jemand Gehör schenkte und er ernst genommen wurde. »Ich bin Teo Klausen, der Betriebsleiter. Ich habe die Polizei verständigt. Wollte alles richtig machen und jetzt dieses Chaos …« Offensichtlich war es ihm ein Bedürfnis, sich seine Sorgen von der Seele zu reden, denn er erklärte: »Ich habe den Job erst seit drei Wochen. Wir haben gebaut, meine Frau erwartet unser drittes Kind, alles hängt davon ab, dass ich die Probezeit gut überstehe. Aber ausgerechnet jetzt muss hier eine Leiche auftauchen. Wenn die mich entlassen, weil ich das nicht hinkriege, dann …« Er begann zu zittern, und dieses Mal fürchtete Meinfeld wirklich, der Mann würde zusammenbrechen. Er hatte Mitleid mit Teo Klausen, der ungefähr in seinem Alter war. Er verstand ihn, kannte dessen Ängste aus eigener Erfahrung und sagte deshalb: »Sie hätten nicht anders handeln können und ich bin mir sicher, dass das auch Ihren Vorgesetzten klar ist. Wann kommt denn das Baby?«

Klausen irritierte diese persönliche Frage zwar, trotzdem löste sich seine Anspannung und er lächelte. »Im September, es wird ein Mädchen.« Jetzt strahlte er über das ganze Gesicht und atmete durch.

»Und nun sollten Sie mir genau erklären, was heute Morgen hier passiert ist.«

Währenddessen begutachtete Hauptkommissar Kaller die Leiche.

Dass der Körper von Nicklas Frey auf einem Förderband zwischen lauter alten Plastikverpackungen lag, hatte etwas Entwürdigendes. Es reduzierte den Menschen und dessen Einzigartigkeit auf nichts weiter als auf organischen Abfall. Natürlich hätte es das Verbrechen nicht weniger grausam gemacht, wenn ihn der Täter auf einer blühenden Wiese zurückgelassen hätte, aber ihn so vorzufinden, machte noch deutlicher, wie wenig dem Mörder ein Menschenleben bedeutete.

Kaller wünschte sich wieder einmal, er besäße Sarahs Zuversicht, dass der Tod nicht endgültig war und dass es deshalb für Nicklas Frey etwas geben würde, das ihn für die Brutalität, mit der man ihn aus dem Leben gerissen hatte, entschädigte.

»Wie bei dem anderen«, holte die Stimme des Gerichtsmediziners Kaller zurück ins Hier und Jetzt.

»Man hat ihm den Kopf gespalten, vermutlich mit einer Axt. Er hatte Ausweispapiere dabei und eine gewisse Ähnlichkeit besteht …«, fuhr der Gerichtsmediziner sachlich fort und schob die beiden Kopfhälften vorsichtig zusammen, sodass man ein vollständiges Gesicht erahnen konnte.

Kaller spürte einen sauren Geschmack im Mund und schloss für einen Augenblick die Augen.

»Die endgültige Identifizierung fehlt natürlich noch, Fingerabdrücke, Zahnschema – Sie wissen ja.«

Der Hauptkommissar murmelte ein »Ja, natürlich«, räusperte sich und stellte schließlich die unvermeidliche Frage: »Hat man ihm ebenfalls die Hoden abgetrennt?«

»Nein, aber Sie sehen die Verletzungen im Brustraum, womöglich wurden Organe entnommen. Allerdings möchte ich alle weiteren Untersuchungen in meinem Labor vornehmen. Wenn es Ihnen recht ist, würde ich die Leiche jetzt abtransportieren lassen. Wird sowieso verdammt schwer werden, noch brauchbare Spuren zu finden.«

Der Mediziner ließ seinen Blick vielsagend über den Abfall schweifen und Kaller verstand.

Draußen traf er auf Meinfeld, der sich gerade von einem Arbeiter verabschiedete, dem er Fragen gestellt hatte.

»Und?«, fragte Kaller seinen Kollegen, »was ist hier passiert?«

Meinfeld, froh, nicht noch die Leiche begutachten zu müssen, führte seinen Vorgesetzten zum Abladeplatz. »Hier werden die Müllwagen entladen, und zwar alle. Damit lässt sich bestimmen, dass die Leiche gestern mit einem der Fahrzeuge hergebracht wurde, jedoch ist nicht nachvollziehbar, wo genau der Müllbehälter stand, in dem sie der Mörder abgelegt hat.« Er hatte einen kleinen Prospekt des Unternehmens in der Hand, der eine Skizze der Stadt Frankfurt enthielt. »Hier siehst du die Bezirke, zwei wurden gestern abgearbeitet. Das ist ein großer Bereich. Allerdings liegen Freys Wohnung und seine Stammkneipe dort.«

»Und niemand hat gemerkt, dass in einer der Tonnen eine Leiche war?«

»Erstens gibt es in der Gegend viele Wohnblocks, die haben alle diese rechteckigen, großen Plastikbehälter mit Rädern, da kannst du bequem eine Leiche deponieren. Und zweitens läuft das alles automatisch. Die Arbeiter rollen die Behälter zum Müllwagen, dort werden sie dann über eine Vorrichtung geleert. Auf dem Recyclinghof wird der Abfall ebenfalls wieder vollautomatisch aus den Müllwagen gedrückt.« Er fummelte erneut den Prospekt aus der Tasche und zeigte Kaller eine Aufnahme. »Das sind gewaltige Berge, auch hier also keine Chance, auf die Leiche zu stoßen. Mit Baggern wird der Müll schließlich auf die Förderbänder geschaufelt und die ersten Sortierungen beginnen.«

»Und da hat man Frey dann entdeckt«, folgerte Kaller. »Hätte denn eine Chance bestanden, dass seine Überreste unbemerkt verschwunden wären?«

»Nein, das auf keinen Fall. Ich habe mit dem Betriebsleiter gesprochen«, antwortete Meinfeld. »So gewaltig die Massen sind, die angeliefert werden, so pedantisch erfolgt anschließend die Sortierung. Es ist unmöglich, einen Körper zu übersehen.«

»Stellt sich die Frage, ob der Täter gewusst hat, dass wir sein Opfer finden, oder darauf hoffte, es für immer entsorgen zu können. Leon Wiegand wäre jedenfalls nie wieder aus dem Beton aufgetaucht, wenn der Architekt nicht auf die Korrektur des Fundaments bestanden hätte.«

»Und was jetzt?«, fragte Meinfeld ratlos.

Hauptkommissar Kaller ließ den Blick über das Gelände schweifen. »Hier sind wir jedenfalls fertig«, sagte er bestimmt. »Wir fahren zurück nach Karlsruhe und warten die Autopsie ab. Ich muss wissen, was genau mit Nicklas Frey passiert ist und wann. Außerdem habe ich noch etwas zu erledigen.«

* * *

Etwa zwei Stunden später

Kaller hatte es sich nicht leicht gemacht. Er war zuerst auf den Campingplatz gefahren, wo er von seinen Nachbarn freudig begrüßt wurde und man ihn bedrängte, doch zu erzählen, wie es ihm die letzten Tage ergangen sei.

Natürlich war mittlerweile durchgesickert, dass er als Kriminalbeamter arbeitete, und Elga hatte ihn bei einem der zahlreichen Medienberichte über den Tod von Maurice Lehbach erkannt, als ihn eine Fernsehkamera im Hintergrund eingefangen hatte. Leugnen war damit zwecklos. Kaller schien es das Vernünftigste mitzuspielen, faselte etwas von Geheimhaltung, versprach jedoch nach der Aufklärung des Falls mitteilsamer zu sein. Das verschaffte ihm eine Atempause und Jürgens Bereitschaft, sich um Kallers Campingparzelle zu kümmern.

Jetzt stand er unschlüssig vor dem kleinen Pfarrhaus. Im Untergeschoss hatte Sarah ihr Büro, hielt dort den Konfirmandenunterricht ab und versuchte verirrte Schafe wieder in die Herde zu integrieren. Eine Etage darüber hatte er mit ihr gewohnt. Nachdem sie sich das erste Mal geküsst hatten, war alles sehr schnell gegangen. Ihre Beziehung lief gut, zumindest hatte er das angenommen.

Als er nun zur Tür ging, tat er das mit weichen Knien, etwas, das ihn ärgerte, schließlich musste er ja keinen gewaltbereiten Straftäter festnehmen, sondern lediglich seine Freundin um Verzeihung bitten.

In diesem Augenblick fiel ihm ein, dass er vielleicht Blumen hätte mitbringen müssen. »Mist«, fluchte er leise und sah sich automatisch in dem kleinen Vorgarten um, verwarf aber schnell die Idee, dort eine Rose abzuzupfen. Sie hätte es bemerkt und wäre sicher sauer gewesen.

Endlich überwand er sich und klingelte. Es dauerte einen Augenblick, bevor er Schritte hörte, sie kam die Treppe herunter und rief: »Bin gleich da.« Ihre Stimme klang müde.

Als dann endlich die Tür aufging, erschrak der Hauptkommissar. Sarah sah blass und elend aus. Sie trug ihren Lieblingsbademantel, ein altes Frotteeteil, in das sie sich an kühlen Abenden gerne einkuschelte.

»Du?«, fragte sie statt einer Begrüßung und er konnte nicht sagen, ob sie ihm sein Auftauchen übel nahm oder sich freute.

Er hatte es bisher jedenfalls noch nicht geschafft, diese Frau voll und ganz zu verstehen. Ihre großen braunen Augen blickten ihn abwartend an. Er liebte ihre Augen und in diesem Moment wusste er auch, dass er die Frau unter der Tür, die mit verstrubbelten Haaren und bleicher Haut in einen alten Bademantel gewickelt vor ihm stand, liebte. Die Erkenntnis traf ihn völlig unerwartet und jetzt fehlten ihm erst recht die passenden Worte.

»Du siehst schlecht aus«, sagte er vor lauter Nervosität und hätte sich dafür am liebsten die Zunge abgebissen, als ihm klar wurde, wie das klang.

Wundersamerweise entspannten sich ihre Gesichtszüge und sie sagte: »Das Versprechen, mich nicht zu belügen, das hältst du offenbar immer noch.«

»Sarah, so habe ich das nicht gemeint. Du siehst nur krank aus«, versuchte er, seinen Patzer wiedergutzumachen. »Ansonsten bist du so hübsch wie immer.«

Sie öffnete die Tür ein Stück weiter und ließ ihn eintreten. »Nur eine Magenverstimmung«, entgegnete sie beiläufig und sagte dann etwas schärfer: »Was hast du nicht verstanden, als ich gesagt habe, ich bräuchte Zeit?«

»Ganz ehrlich«, antwortete er gereizt, obwohl er sich vorgenommen hatte, ruhig zu bleiben, »nichts davon habe ich verstanden. Wozu braucht man Zeit? Entweder man will mit einem Menschen zusammen sein oder nicht.«

»Sagt der Beziehungsexperte Michael Kaller«, schnauzte sie zurück, ließ ihn im Flur stehen und eilte davon.

Das war typisch für sie. Bei Diskussionen dieser Art hastete sie ständig von einem Zimmer zum anderen, und er war gezwungen hinterherzutraben. Er fand sie in der Küche, wo sie gerade einen Kamillentee aufbrühte. Kaller hasste den Geruch und verzog das Gesicht.

»Der beruhigt den Magen«, erklärte sie ihm überflüssigerweise, als sie seine Abscheu bemerkte. »Hat man dir als Kind sicher auch verabreicht.«

»Ja, und ich fand ihn da schon schrecklich.«

Sie drehte ihm den Rücken zu und rührte in ihrer Tasse.

»Sarah«, begann er erneut sich zu erklären. »Es tut mir leid, dass ich mich wie ein Idiot benommen habe, aber du musst mir glauben, dass da nie etwas mit einer anderen Frau gelaufen wäre. Ich musste nur Dampf ablassen. Das Mädchen, die Bankräuberin, die ich erschossen habe …« Er fing an zu stammeln. »So etwas lässt einen nicht los, ich wusste nicht, wohin mit mir …«

Sie fuhr herum, hatte das Gesicht vor Wut verzerrt und schnauzte: »Du wusstest nicht, wohin?« Mit einer Handbewegung fegte sie die Teetasse vom Tisch, die in tausend Stücke zersprang, während der heiße Kamillentee gemächlich in die Ritzen der Steinplatten rann. Der Duft nahm jetzt den ganzen Raum ein.

Kaller hatte Sarah noch nie so erlebt. Sie schien völlig die Beherrschung zu verlieren und brüllte: »In einer Beziehung kommt man zu seinem Partner, wenn man Probleme hat, und hockt sich nicht wie ein notgeiler Depp in einen Stripklub, um sich zu besaufen. Du bist völlig unreif, ein Chaot ohne jegliches Verantwortungsgefühl, du bist …« Sie hob sich die Hand vor den Mund, und noch ehe Kaller etwas erwidern konnte, rannte sie zur Gästetoilette und er hörte, wie sie sich übergab.

Sein leises »Alles in Ordnung?«, als er an die Tür klopfte, klang so hilflos, wie er sich gerade fühlte.

Sie schluchzte: »Geh weg!«, und er schlurfte mit hängenden Schultern zurück in die Küche, um dort die Scherben aufzusammeln. Als er sich dabei in den Finger schnitt, fluchte er laut. Den Tee wischte er mit zwei Geschirrhandtüchern auf. Als ihm klar wurde, dass das wohl nicht in Sarahs Sinn war und er vermutlich besser einen feuchten Lappen verwendet hätte, kam sie gerade zurück.

Erschöpft ließ sie sich auf einen Stuhl fallen und Kaller stopfte die nassen Handtücher unauffällig in den Mülleimer. Dann nahm er eine frische Tasse aus dem Schrank, legte einen Teebeutel hinein und übergoss den mit heißem Wasser.

Vorsichtig stellte er das Getränk vor Sarah ab, dann sagte er: »Du hast recht. Was du über mich gesagt hast, stimmt, aber eines hast du vergessen, nämlich dass ich neben all meinen furchtbaren Eigenschaften dich von ganzem Herzen liebe.« Er schluckte schwer, fühlte sich erleichtert, aber auch verletzlich. Es gab eben keine kugelsichere Weste für Gefühle.

Sarah blickte ihn an.

»Du weißt, dass ich dich niemals belügen würde«, setzte er nach und sie begann zu weinen.

Kaller spürte plötzlich eine schreckliche Angst in sich aufsteigen. Was hatte diese Reaktion zu bedeuten? Er hatte damit gerechnet, dass sie seine Worte anzweifeln würde, aber dass er sie damit zum Weinen brachte, schockierte ihn. Plötzlich beschlich ihn der Gedanke, dass seine Gefühle nicht erwidert werden könnten. Er ging wie ganz selbstverständlich davon aus, dass es Sarah ernst mit ihm meinte, aber was, wenn es zwischenzeitlich einen anderen gab? Sie hatte schließlich auch schon Beziehungen vor ihm gehabt. Die Angst steigerte sich nun ins Unerträgliche.

»Rede doch mit mir«, flehte er sie regelrecht an.

Sarah hob den Kopf, zog geräuschvoll die Nase nach oben, räusperte sich und sagte um eine feste Stimme bemüht: »Ich bin schwanger!«

Kallers Gehirn schien sich zu drehen wie ein schwungvoll angestoßener Kreisel. Oben und unten, links und rechts, nichts war mehr an seinem Platz. Bilder erschienen vor seinem geistigen Auge. Entführte Babys, Jugendliche im Drogenrausch, betrunkene Führerscheinneulinge, die an irgendeiner Leitplanke ihr Ende fanden. Er sah die Gesichter der vielen trauernden Eltern vor sich, denen er die Nachricht vom Tod der eigenen Kinder hatte überbringen müssen, und glaubte, ihm würde der Hals zugedrückt werden. Irgendwer rief seinen Namen, aber das war weit entfernt. Er erinnerte sich an seine eigene Kindheit, der frühe Tod der Mutter, der Vater, mit dem er sich nie richtig verstanden hatte. Ein imaginäres Kindergesicht tauchte vor ihm auf, das ihn voller Ablehnung anstarrte. Dann kamen längst vergessen geglaubte mathematische Formeln in sein Gedächtnis und zufällig aufgeschnappte Statistiken über die Kosten, die man für ein Kind einplanen musste. Mit Entsetzen dachte er daran, dass er sein Sparkonto letztes Jahr für eine Lederjacke und einen Urlaub auf Teneriffa geplündert hatte. Geld, das dem Kind nun fehlen würde. Der Druck auf seinen Hals wurde größer. Er musste sparen, ab sofort musste er sparen. Abgesehen davon würde er eine Lebensversicherung abschließen, bei seinem Beruf … Der nächste Schock: Konnte er denn überhaupt noch weiter Polizist sein? Was wenn ihm etwas passierte? Was wäre dann mit Sarah und dem Baby? Seinem Baby … Und endlich wich die Panik einem völlig unbekannten Glücksgefühl: Er würde ein Baby bekommen.

Sarah, die ihn mittlerweile an den Schultern gepackt hatte und schüttelte, weil sie befürchtete, er würde ohnmächtig werden, rief erneut seinen Namen. Endlich reagierte Kaller.

Mit Tränen in den Augen sagte er: »Wir müssen heiraten, unbedingt. Egal was du von mir hältst, das Kind hat ein Recht auf beide Eltern, das kannst du ihm nicht verwehren.« Hektisch sah er sich um. »Du musst dich hinsetzen, nein, du gehörst ins Bett, ich werde sofort einen Arzt anrufen, oder besser noch, ich nehme Urlaub, ich …«

Sarah hob beide Hände in die Höhe und sagte: »Stopp! Du fragst mich nicht einmal, ob ich deine Frau werden will, sondern du legst es einfach so fest, weil du das Wohl unseres ungeborenen Kindes schützen willst?«

Im ersten Moment glaubte er, sie wäre wütend, aber dann lächelte sie ihn an. »Vielleicht besteht ja doch die Chance, dass du ein guter Vater wirst.«

»Ich werde ein schrecklicher Vater sein und das weißt du auch, aber ich gebe dir das Versprechen, dass du und das Kind bei mir immer an erster Stelle stehen werdet.«

Sie trat einen Schritt auf ihn zu und er schloss sie in die Arme.

* * *

Zur gleichen Zeit im Neuracher Internat

»Es fehlt Geld«, behauptete Tanja Schmidt hartnäckig, obwohl ihr Bruder Benjamin sie davon überzeugen wollte, dass sie sich irrte.

Sie sah ihn durchdringend an, bevor sie rief: »Gib wenigstens zu, wenn du es genommen hast. Niemand sonst hat Zugang zu meiner Wohnung.«

Sie kramte in der rechteckigen Geldtasche, in der sie für gewöhnlich eine Barreserve aufbewahrte. Eine alte Angewohnheit aus der Zeit, als es in Neurach nur einen einzigen Geldautomaten gegeben hatte, der für gewöhnlich alle paar Tage aufgrund von Funktionsstörungen außer Betrieb gewesen war.

»Deine Wohnung, dein Geld«, brüllte Benjamin zornig, »wie oft willst du mir noch unter die Nase reiben, dass ich nur ein Bittsteller bin.«

Tanja, die befürchtete, der Streit würde wieder ausarten, schluckte die nächste scharfe Bemerkung herunter, entgegnete jedoch gereizt: »Damit hat das überhaupt nichts zu tun. Aber wenn du es nicht genommen hast, dann muss ich mich schließlich fragen, wer sonst.«

»Vielleicht hast du es auch einfach verlegt«, gab er schnippisch zurück.

»Habe ich nicht«, widersprach sie.

Er rollte mit den Augen und ließ sich auf das Sofa fallen, gleichzeitig legte er die Füße auf den kleinen Glastisch davor, etwas, das sie hasste. »Wenn du nicht achtgibst, dann wirst du noch genauso wie diese alten Weiber, die ständig behaupten irgendwer hätte ihren Schmuck oder das Sparbuch gestohlen.«

»Vielleicht sollte ich die Polizei rufen«, reagierte sie auf seinen Vorwurf, und zwar durchaus mit der Absicht, ihn in die Enge zu treiben. Hinterher würde es ihr sicher wieder leidtun, aber im Moment hatte sie eine solche Wut auf ihn, dass sie nicht anders konnte. Mit einem zuckersüßen Lächeln sagte sie: »Es war unfair, dich zu verdächtigen, vermutlich ist jemand eingebrochen. Bei diesen alten Schlössern braucht man dazu kein Genie zu sein. Ich werde Stefan informieren. Bevor die Schule beginnt, muss die Angelegenheit geklärt werden.«

Tanja hatte die Reaktion ihres Bruders jedoch unterschätzt. Außer sich sprang der daraufhin auf. Seine Stimme überschlug sich, als er schrie: »Du genießt es, mich so zu behandeln, nicht wahr?«, beschimpfte er sie. »Über was sprechen wir hier überhaupt? Fünfzig Euro? Hundert Euro? Du hast doch genug davon in diesem schmierigen Täschchen. Wegen ein paar läppischer Scheine bringst du mich in so eine Lage. Ich werde nicht komponieren können, weil ich mich schlecht fühle. Du verursachst mir absichtlich Schuldgefühle. Was willst du wirklich von mir? Soll ich mich vor den nächstbesten Zug werfen? Mein Leben läuft eben nicht so perfekt wie deines.« Er wandte sich ab und gab ein verzweifeltes Schluchzen von sich.

Schon eilte Tanja zu ihm und legte eine Hand auf seinen Rücken. Er zuckte zusammen, als würde sie ihm Schmerzen zufügen, was sie veranlasste, beruhigend auf ihn einzureden.

Wie gewöhnlich bekam es Tanja mit der Angst zu tun, erinnerte sich an das Versprechen, das sie der Mutter gegeben hatte, und verfluchte sich selbst dafür, überhaupt das fehlende Geld erwähnt zu haben.

»Ist doch schon gut, lass uns nicht mehr davon reden«, versuchte sie, die Wogen zu glätten.

Er stieß sie weg. »Ich will aber darüber reden. Du sollst wissen, was ich durchmachen muss. Ja«, brüllte er laut. »Ja, ich habe diese verdammten Euros genommen, aber nur, weil ich verzweifelt war und einsam. Ich spüre doch, dass du mich für einen Versager hältst, dass ich dir lästig bin.«

»Aber nein«, widersprach sie schnell.

Er ignorierte ihren Einwand. »Ich brauchte Gesellschaft, jemand, der zumindest so tut, als würde ihm etwas an mir liegen. Also bin ich in die Stadt gegangen, war in der Bar bei Josefine und gab ihr für etwas Aufmerksamkeit ein gutes Trinkgeld. Deshalb habe ich das Geld genommen. Ich wollte wissen, wie es sich anfühlt, gemocht zu werden.« Jetzt schluchzte er herzzerreißend und Tanja legte ihre Arme um ihn.

»Ist ja schon gut«, sprach sie sanft auf ihn ein. »Du kannst dir so viel Geld nehmen, wie du willst, lass uns deshalb nicht streiten.«

Er schniefte und änderte nun seinen Tonfall. »Diese Josefine hat mich ausgenutzt. Sie macht mir schöne Augen und missbraucht meine Gutmütigkeit. Ihre kleinen gierigen Hände haben mir die Scheine quasi entrissen. Du weißt, wie ich bin. Ich habe ein zu großes Herz.«

»Aber ja«, stimmte ihm Tanja zu. »Jeder weiß, dass Josefine ein durchtriebenes Miststück ist. Vergessen wir die Sache einfach.«

»Nein«, begehrte er erneut auf, »dir kann ich zwar verzeihen, aber Josefine werde ich niemals vergeben.«

Das Gespräch war laut gewesen und da bei der sommerlichen Hitze die Fenster offen standen, blieben die zwischen Tanja Schmidt und ihrem Bruder gewechselten Worte nicht ungehört.

Stefan Altendorf zum Beispiel, der unfreiwillig Zeuge geworden war, saß kopfschüttelnd auf seinem Balkon und überlegte, ob er Tanja nicht auf Benjamin ansprechen sollte, während Olaf Rotach, der in der Nähe eine Hecke gestutzt hatte, in seiner Bewegung innehielt.

Er umklammerte fest die große Gartenschere, jeder Muskel seines Körpers war angespannt, und mit bedrohlichen Blicken zischte der Hausmeister: »Wenn ich könnte, dann würde ich das für immer beenden.«

* * *

Kapitel 9

Gegen Abend war Hauptkommissar Kaller wieder in Neurach. Die neunzig Kilometer von Frankfurt hierher hatte er in einer knappen Stunde zurückgelegt. Die Autopsie von Nicklas Frey ergab, dass der Mann Freitagnacht ermordet worden war. Anzunehmen, dass er bei dem Besuch in seinem Stammlokal das letzte Mal lebend gesehen worden war. Daher entschieden die Ermittler, dass Meinfeld in Frankfurt weitermachen sollte. Noch einmal musste man mit Freys Bekannten und Freunden sprechen, die Wirtin befragen, den Vermieter und so weiter.

Wie zu erwarten, förderte die Autopsie noch ein weiteres grausames Detail zutage. Man hatte dem Opfer Teile der Lungenflügel herausgeschnitten, etwas, das der Gerichtsmediziner mit aufrichtiger Fassungslosigkeit als das Werk eines Schlächters beschrieb.

Die Kommissariatsleiterin Elke Wiedenhof-Meier nahm kein Blatt vor den Mund und forderte umgehend Ergebnisse.

Kaller blieb dabei überraschend ruhig, sodass ihn Meinfeld nach dem Gespräch neugierig beäugte und fragte: »Geht es dir nicht gut? Wann sind dir denn die Widerworte ausgegangen?«

Kaller, dem es auf den Nägeln brannte, Meinfeld von Sarah und dem Baby zu erzählen, aber seiner Freundin das Versprechen gegeben hatte, vorerst darüber Stillschweigen zu bewahren, grinste nur und sagte: »Probiere eine neue Taktik aus, mehr Verantwortungsgefühl, weniger Konfrontation.«

Meinfeld wusste sofort, dass irgendetwas geschehen war. Er durchbohrte den Kollegen regelrecht mit seinen Blicken, dann zog er ihn mit sich in eine stille Ecke des Flurs.

»Was ist los?«, flüsterte er wie ein aufgekratztes Schulmädchen.

»Nichts«, wehrte Kaller ab und behielt sein Dauergrinsen bei.

»Na los, sag schon«, fuhr Meinfeld fort. »Es ist etwas mit dir und Sarah, oder?«

An Kallers Miene konnte er ablesen, dass er auf der richtigen Fährte war. »Ihr seid wieder zusammen«, rief er nun aufgeregt, woraufhin Kaller vielsagend mit den Schultern zuckte.

»Aber da ist noch mehr«, blieb Meinfeld beharrlich. »Ich bin gut, wenn es um Verhöre geht.«

»Du bist der Beste«, witzelte Kaller.

»Es ist etwas, das du von Sarah erfahren hast, etwas …« Und dann ging Meinfeld ein Licht auf. »Nein, das glaube ich nicht«, rief er aus und quietschte dabei wie ein Teenie, der gerade einen berühmten Popstar persönlich traf.

Kollegen auf dem Gang drehten sich zu den beiden tuschelnden Männern in der Ecke um und schüttelten amüsiert die Köpfe. Einer rief: »Na, Meinfeld, hat er dir endlich einen Antrag gemacht?«, was das Gelächter der anderen zur Folge hatte.

Aber der Kommissar ignorierte die Frotzeleien.

»Das ist ja …« Ihm fehlten die Worte. »Wann ist es so weit?«

»Ich darf überhaupt noch nicht darüber sprechen«, flüsterte Kaller aufgeregt, »also hör auf, so einen Wirbel zu machen.«

»Aber das ist ein Grund für Wirbel«, ließ sich Meinfeld nicht beirren. »Und ein Grund zur Schadenfreude«, sprach er weiter. »Mit dem Baby kommen schlaflose Nächte, volle Windeln und graue Haare. Alles wird anders.« Er sah

Kallers beunruhigten Gesichtsausdruck und fügte deshalb schnell an: »Anders, aber auch besser.«

Allein zurück in Neurach fühlte sich Kaller verloren. Er war nicht bei der Sache, rief Sarah an und nervte sie mit guten Ratschlägen, bis diese ihn bat, seine Energie doch in die Polizeiarbeit zu stecken. Also tat er genau das und ging im Neuracher Polizeiposten die Protokolle und Berichte durch. Nicklas Frey war Freitagnacht ermordet worden. Sie wussten, dass Tanja und Benjamin Schmidt zu diesem Zeitpunkt in Frankfurt gewesen waren. Sollte das ein Zufall sein? Immerhin waren die Geschwister auch in Neurach gewesen, als Maurice Lehbach starb. Blieb die Frage nach dem Warum. Zumindest Tanja, die die Opfer gekannt hatte, könnte ein Motiv gehabt haben. Gegen sie sprach die körperliche Kraft, die für die Taten notwendig gewesen waren. Das führte Kaller wieder zu Wilma Jansons Theorie vom Mörderduo. Der Hauptkommissar wusste selbst, dass das alles Spekulationen waren, aber irgendwo mussten sie ja anfangen. Sie würden daher entsprechende Überprüfungen vornehmen.

Kurze Zeit später verließ er den Polizeiposten und ging zurück zur Pension. Auf dem Parkplatz entdeckte er Wilma Jansons Auto. Für einen Augenblick befürchtete er, es wäre etwas passiert, aber dann konnte er sie durch die Fensterscheibe des Restaurants sehen. Sie saß mit Stefan Altendorf an einem Tisch. Ein verstehendes Lächeln umspielte seinen Mund, als er nun ebenfalls den Gastraum betrat. Er war höflich genug, sich an die Bar zu setzen und so zu tun, als hätte er die beiden nicht bemerkt. Augenscheinlich handelte es sich um ein Date und nicht um eine polizeiliche Vernehmung, die die beiden hierhergeführt hatte. Selbst glücklich über die Wendung, die sein Leben gerade nahm, wollte er Wilmas erste Annäherungsversuche nicht stören, bestellte sich daher ein Bier und setzte sich außer Sichtweite an die Theke. Josefine brachte ihm seine Bestellung, machte eine spöttische Bemerkung über Wilma und ihren buckligen Begleiter, die Kaller geflissentlich überhörte, und wandte sich daraufhin schmollend einem anderen Gast zu.

* * *

Wilma Janson war immer noch nervös, obwohl sie bereits das Dessert vor sich stehen hatten. Ihr ganzer Mut war nötig gewesen, Stefan zum Abendessen einzuladen.

Seit der Trennung von ihrem Mann war das Leben nicht gerade gut zu Wilma gewesen. Die eigene Tochter gab ihr die Schuld an der Scheidung und ihr einst geliebter Gatte verklagte sie auf Unterhalt. Gewichtszunahme und Ringe unter den Augen waren die äußeren Spuren ihres Kummers, die Einsamkeit und die Trauer wühlten sie innerlich auf.

Ein Mann, der auch Freund und verlässlicher Partner war, fehlte der Polizistin zurzeit mehr denn je. Sie hatte Stefan immer schon gemocht und die Missbildung, die sie im Übrigen nicht auffällig fand, störte sie nicht. Umso mehr ärgerte sie das Geschwätz von Josefine, die zwar bei ihren Lästereien die Stimme senkte, aber dennoch so laut sprach, dass Wilma mehrfach das Wort Buckel aufschnappen konnte.

Stefan hingegen schien davon nichts zu bemerken oder er war gelassen genug, es zu ignorieren. Gerade hatte er ihr von seinen Plänen für die Schule erzählt, unterbrach sich jetzt aber: »Tut mir leid, ich spreche nur über das Internat, das ist sicher langweilig für dich.«

»Nein, überhaupt nicht«, erwiderte sie ehrlich. »Ich finde es toll, was du daraus gemacht hast und welche Freude dir deine Arbeit bereitet.«

»Aber das ist doch bei dir genauso«, entgegnete er. »Ich habe dich beobachtet, du bist eine gute Polizistin.«

»Ja«, antwortete sie mit einem ironischen Unterton, »und eine grauenvolle Mutter und Ehefrau.«

»Das ist doch Unsinn«, widersprach ihr Stefan. »Deine Tochter liebt dich, steckt jetzt nur gerade mitten in der Pubertät, und dein Ex-Mann ist …« Er zögerte eine Sekunde, sagte dann jedoch aus tiefstem Herzen: »Er ist ein Idiot.«

Sie lachte und reagierte auf ihre unverblümte Art. »Mehr habe ich eben nicht zustande gebracht.«

»Du hast es versucht, das ist alles, was zählt. Niemand kann vorhersagen, wie sich eine Beziehung entwickelt. Die Frauen, die ich kennengelernt habe, sind abgesprungen, wenn es darum ging, in ein Internat einzuziehen.«

Wilma spitzte die Ohren, endlich sprach er über sich und das andere Geschlecht.

Sofort hakte sie nach: »Gibt es denn momentan jemand?«

Er schüttelte müde lächelnd den Kopf. »Nein, bisher nicht. Was denkst du? Soll ich die Hoffnung aufgeben?«

»Auf keinen Fall«, rutschte es Wilma heraus und sie errötete.

Stefan wurde ernst, als er weitersprach: »Ich werde immer so aussehen wie jetzt, mein Rücken bleibt, wie er ist.«

»Wir bleiben alle, wie wir sind. Niemand wird jünger oder schöner«, antwortete sie ihm schnell und es war klar, dass sie damit sagen wollte: »Das stört mich nicht.«

Es schien ihm jedoch ein Bedürfnis, deutlicher zu werden. »Ich habe Beschwerden, bin kein gesunder Mann.«

»In unserem Alter wäre das auch ein Wunder«, erwiderte sie und deutete unauffällig mit dem Daumen hinter sich. »Zeig mir einen in diesem Gastraum, der an der Fünfzig kratzt und vor Gesundheit strotzt.«

Stefan lachte. »Du hast einen erfrischenden Humor.«

»Ich bin Polizistin, da muss ich das haben«, sagte sie freimütig und fügte dann an: »Ich bin kein Teenager mehr, ich weiß, was ich will, und ich hasse Oberflächlichkeit.«

Die deutlichen Worte waren ihr einfach so über die Lippen gekommen, jetzt hoffte sie, Stefan würde sie nicht aufdringlich finden.

Aber er lächelte erneut und entgegnete amüsiert: »Dann sind wir ja schon zu zweit.«

Kurze Zeit später bezahlten sie und verließen gemeinsam das Restaurant. Vor der Tür gab ihr Stefan einen Abschiedskuss auf die Wange und sie hatte hinterher das Gefühl, an der Stelle würde ihre Haut glühen. Sie blickte ihm nach, wie er zu dem Fußweg ging, der zum Internat führte. Selbstverständlich hätte sie ihn nach Hause gefahren, aber er war zu Fuß gekommen und versicherte ihr, dass er den Spaziergang nach dem langen Sitzen genießen würde.

Wilma war klug genug, das zu akzeptieren und ihn nicht zu drängen. Es würde seine Zeit brauchen, einen gemeinsamen Weg zu finden, aber zumindest war der Anfang gemacht. Dann wanderte der Blick der Polizistin zurück zum Restaurant. Eine halbe Sekunde lang dachte sie ernsthaft darüber nach, hineinzugehen und Josefine für ihre ungebührlichen Bemerkungen windelweich zu prügeln. Sie seufzte schwer und öffnete stattdessen die Tür ihres Wagens. Es würde andere Wege geben, diesem kleinen Flittchen Manieren beizubringen.

* * *

Eine Stunde später

Josefine machte pünktlich Feierabend und wollte direkt nach Hause gehen. Die letzten Gäste, darunter auch Ansgar Kaufmann und sein Schwager Thomas, verließen mit ihr den Gastraum. Die Bedienung rief einen Gruß in die Runde, um sich auf den Weg zu machen, als plötzlich Tanja Schmidt wie aus dem Nichts auftauchte. Josefine kannte die Internatslehrerin natürlich, aber noch besser kannte sie deren Bruder Benjamin. Es war nicht so, dass sie den Mann besonders mochte, aber sie schätzte seine großzügigen Trinkgelder.

»Sie müssen aufhören, meinen Bruder zu belästigen«, fing Tanja das Gespräch an.

Die Umstehenden, die meisten davon angetrunken, kicherten.

Josefine, nicht um eine Antwort verlegen, zischte: »Hör mal zu, du vertrocknete alte Jungfer. Die Frage ist doch, wer hier wen belästigt. Kannst unbesorgt sein, von mir droht ihm keine Gefahr. Dafür hat er zu wenig in der Hose.« Die anderen lachten jetzt lauthals, während Tanja Schmidt vor Empörung der Mund offen stehen blieb.

Endlich besann sie sich und rief: »Wie kannst du es wagen? Das wird Konsequenzen haben!«

Die Antwort war eine eindeutige Fingergeste von Josefine, bevor sie mit ausladenden Hüftbewegungen davonstöckelte.

Jemand lallte: »Ja, unsere hübsche Josefine hat ein loses Mundwerk, aber auch einen geilen Arsch!«

Wieder Gegröle und endlich löste sich Tanjas Starre. Sie drehte sich um und lief mit so viel Würde, wie sie noch aufbringen konnte, davon.

Olaf Rotach war Tanja in der Hoffnung gefolgt, sie würde vielleicht in die Stadt gehen, um noch irgendwo ein Eis zu essen. Er hätte ihr dann wie zufällig über den Weg laufen können. Aber was er eben beobachtet hatte, ließ ihn vor Zorn beben. Wie konnten die anderen nur so mit Tanja umgehen? Sein Bedürfnis, die Menschen dafür zu bestrafen, wuchs gerade ins Unermessliche.

* * *

Mittlerweile waren die Nächte fast so heiß wie die Tage. Wer keine Klimaanlage besaß, schlief bei offenem Fenster in der irrigen Annahme, die Dunkelheit brächte eine kühlende Brise mit sich. Aber nichts dergleichen geschah, und so halfen nur kalte Duschen und jede Menge Eis.

Josefine konnte nicht behaupten, dass sie sich über den Auftritt der alten Schmidt geärgert hätte. Sie liebte es, im Mittelpunkt des allgemeinen Interesses zu stehen, und Scham war für sie sowieso ein Fremdwort. Mit Zurückhaltung erreichte man nichts, das war ihr längst klar geworden. Sie hatte Pläne, die außerhalb von Neurach lagen. Eifersüchtig dachte sie an die Französin, Catherine Dubois. Die hatte es geschafft und sich einen reichen Mann geangelt, der ihr, bevor er abgekratzt war, noch ein ordentliches Erbe hinterlassen hatte. Josefine wusste, wann es sich lohnte, zuzuhören, und so erfuhr sie einiges. Auch wenn sie diese Catherine nicht mochte, konnte sie doch von ihr lernen. Es war an der Zeit, die Dinge ein wenig voranzutreiben. Sie setzte sich aufs Bett und zählte das heutige Trinkgeld. Bald hatte sie genug für den Urlaub zusammen. Eine angesagte Insel, neue Klamotten und der Rest würde sich finden.

Nur mit einem Slip bekleidet legte sie sich auf die Laken und träumte schon bald von einer Jacht in der Karibik. Ihre kleine Wohnung lag ebenerdig. Die Mieter über ihr hatten alle Balkone, sie ein kleines Quadrat Garten. Die Terrassentür stand wegen der Hitze offen und Josefine, die fest schlief, bemerkte erst viel zu spät, dass sie nicht mehr allein in ihrem Schlafzimmer war.

Es ging alles sehr schnell, die Chance, zu fliehen, hatte niemals bestanden. Das Klebeband wurde ihr über den Mund gepappt, noch bevor sie richtig wach werden konnte. Erst dann wurde ihr voller Panik bewusst, dass sie nicht in einem bösen Albtraum gefangen, sondern in einer grausamen Realität zu sich gekommen war, aber da hatte man ihre Hände und Füße bereits ans Bettgestell gefesselt.

Sie begann zu zittern, obwohl die nächtliche Hitze den kleinen Raum auf mindestens achtundzwanzig Grad erwärmt hatte. Jemand schaltete die Nachttischlampe ein und rückte sie so zurecht, dass das sanfte orangefarbene Licht Josefines makelloses Gesicht wie ein Scheinwerfer beleuchtete. Das dunkle Haar lag lose auf ihren nackten Schultern und der wohlgeformte braune Körper, der sich so vehement gegen die Fesseln stemmte, sich aufbäumte und wand, erinnerte an ein geschmeidiges Raubtier im Käfig. Noch lag Wut in Josefines Augen, voller Hass sah sie ihren Angreifer an.

»Du solltest dich beruhigen, es wird nicht leichter werden, wenn du dagegen ankämpfst«, sagte der gelassen.

Ein zorniger Schrei, gedämpft durch das Klebeband, entwich ihrer Kehle.

»Was soll das?«, fuhr sie der Mann, der sich mittlerweile auf die Bettkante gesetzt hatte, an.

Plötzlich brach sich das Licht in der Klinge eines Messers. Josefines Angreifer riss es in die Höhe und hielt es ihr mit offensichtlichem Genuss an die Kehle. Aller Zorn, den sie bis eben noch empfunden hatte, wich einer unbeschreiblichen Angst. Die ersten Tränen liefen über ihre Wangen, aber das ignorierte der Mann.

Stattdessen zischte er: »Willst du uns etwa weismachen, dass dir eine Sonderbehandlung nicht gefällt? Wo du doch *so besonders* bist?«

Sofort begannen die Augen der jungen Frau hektisch das Zimmer abzusuchen. Das »uns« hatte sie aufhorchen lassen. Es musste noch jemand hier sein. Hatte sie nicht in der Ecke ein leises Schlurfen gehört? Womöglich war der andere barmherziger und hatte Mitleid mit ihr. Sie klammerte sich an diese Hoffnung. Obwohl die Nachttischlampe nicht ausreichte, das Zimmer zu erhellen, tat sie so, als könnte sie in den dunklen Schatten eine Gestalt erkennen, und richtete daher ihre flehenden Augen auf einen imaginären Beobachter im Hintergrund.

Der Mann am Bett lachte, er hatte sie durchschaut. »Du spekulierst darauf, dass einer von uns nachgibt, aber das wird niemals geschehen. In deinem Fall sind wir uns nämlich einig, nicht wahr?« Er drehte leicht den Kopf und sah sich bestätigt, als er das »Töte sie, Bruder, sie hat es verdient!« vernahm.

»Hast du das gehört?«, wandte er sich nun wieder Josefine zu, die die Augen weit aufgerissen hatte und es mit dem Messer an der Kehle weder wagte, zu nicken, noch, den Kopf zu schütteln.

Langsam verringerte sich der Druck auf ihren Hals. Die Spitze der Klinge wurde jetzt behutsam über ihren nackten Oberkörper geführt und streifte leicht jede ihrer Rippen, die sich unter der angespannten, bebenden Haut abzeichneten. Dann wanderte das kalte Metall zu ihrem Bauchnabel, umkreiste ihn ein paar Mal und bewegte sich wieder Richtung Brust. »Vielleicht sollten wir nachsehen, ob sich darunter ein Herz befindet.«

Der kurze Stich ließ Josefine stöhnen. Er hatte ihre Haut nur oberflächlich verletzt, trotzdem spürte sie das eigene Blut, das langsam über ihren Bauch rann.

»Ist die Katze herzlos, weil sie mit der Maus zuerst spielt, bevor sie sie tötet? Ist sie ein Monster, weil sie ihre langen, spitzen Krallen erst dann in das quietschende Geschöpf schlägt, das ihr Futter und Freude zugleich ist, wenn sie das Interesse daran verliert?« Wieder stach er mit dem Messer zu, wieder waren es nur ein kurzes Eindringen in die Haut und ein sofortiges ruckartiges Zurückziehen der Klinge. Josefine schrie auf, aber auch dieses Mal würde niemand ihren verzweifelten Ruf hören. Er hatte sie an der linken Schulter verletzt, die Wunde blutete stark.

»Nun, wer weiß schon, was in einer Katze vor sich geht?«,

sprach er mit einem Lächeln weiter, als wäre nichts geschehen. »Aber ich finde es inspirierend, die Natur zu beobachten und von ihr zu lernen. Es ist, als lägen alle Antworten vor uns – die für das Leben genauso wie die für den Tod.«

Er holte erneut aus, stach zu und zerschnitt dabei Josefines rechte Brustwarze. Die junge Frau krümmte sich vor Schmerz, weinte und flehte unter ihrem Knebel nach Hilfe. Aber er ignorierte sie, fuhr fort mit seinen Ausführungen über die Katze, die sich Zeit mit ihrem Opfer ließ, es jagte, ihm die Möglichkeit gab zu fliehen, nur um es am Ende eben doch zu töten. Seine Hand holte dabei ständig aus. Er stieß wieder und wieder zu, ließ jetzt in seiner Raserei das Messer tief in das Gewebe eindringen, riss es zurück, wiederholte die Bewegung – erst schnell wie ein Stakkato, dann langsam und genüsslich. Bald sauste das Messer nur noch auf einen reglosen Leib, verschwand darin bis zum Schaft, bevor es langsam um die eigene Achse gedreht und dann ohne Hast zurückgezogen wurde. Dadurch entstanden große Wunden, und gemächlich saugten sich die Laken mit Blut voll, dessen metallener Geruch bereits das ganze Zimmer erfüllte.

Josefine war tot. Ihr Oberkörper zerfleischt von der Klinge, die so unkontrolliert gewütet hatte. Es endete damit, dass der Mörder keuchend neben dem Leichnam saß. Das Töten hatte ihn angestrengt. Mittlerweile war es ihm unmöglich zu sagen, wie oft er zugestochen hatte, aber das, was er nun vor sich sah, ließ vermuten, dass es Dutzende Male geschehen sein musste.

»Sie ist kaputt«, holte ihn die Stimme hinter sich zurück ins Hier und Jetzt. »Wir sollten gehen.«

»Nicht ohne eine Erinnerung an diese Nacht«, widersprach Josefines Mörder und erhob sich langsam.

»Dann beeil dich, wir müssen zurück, bevor es hell wird, du hast ihr Blut an dir.«

»Ja, und niemand wird das bemerken, weil es nämlich richtig war, das zu tun.«

»Das wird uns aber nicht vor der Polizei retten.«

»Oh doch, denn wir müssen uns nur vor einem Gericht rechtfertigen und das wird nicht hier auf Erden über uns urteilen.« Da er glaubte, ein leises Kichern von seiner Begleitung zu vernehmen, fügte er beflügelt an: »Ich weiß doch, dass du es magst, wenn ich so poetisch bin.«

In stiller Eintracht entfernte man Josefine nun die Finger. Dafür war es notwendig, die Knochen zu durchtrennen. Die scharfe Klinge und die Kraft, die nur der Wahnsinn verleihen konnte, reduzierten die Zeit für die Amputationen auf ein Minimum. Die schmalen Finger mit den gepflegten Nägeln, die mit einem schimmernden Lack überzogen waren, wurden eingepackt und zusammen mit dem Messer in einem Rucksack verstaut.

»Ich habe sie abgeschnitten, du wirst sie tragen«, befahl der Mörder, der einen letzten Blick auf sein jüngstes Opfer warf, bevor er lautlos durch die Terrassentür in der Nacht verschwand.

Erst später wurden Josefines Gliedmaßen in Einmachgläser gelegt, mit Formalin übergossen und betrachtet, als wären es seltene Wasserschlangen. »So schön und so gierig«, erklang die Stimme des Mörders, der sanft über die Gläser strich.

»Du sagst es, Bruder. Und ab jetzt können sie niemandem mehr Schaden zufügen.«

* * *

Am nächsten Morgen in einem Karlsruher Pflegeheim

Die beiden Brüder hatten ihre Stühle neben der Frau im Fernsehsessel aufgestellt. Sie schien ihre Anwesenheit nicht zu bemerken, sondern starrte auf den Bildschirm. Ihre Augen waren ausdruckslos, ihre zarte Gestalt in sich zusammengesunken. Die Besucher redeten über den Kopf mit dem weißen feinen Haar hinweg, als wäre sie gar nicht vorhanden.

»Er ist tot, was nun?«, fragte der eine und schien gereizt.

»Nichts, was nun. Es ist vorbei und das ist auch gut so. Wir hätten längst etwas unternehmen sollen, stattdessen immer diese Zurückhaltung, als wäre das eine Lösung gewesen.«

Der andere senkte den Kopf, sah verlegen auf die gefalteten Hände und murmelte: »Ich habe mich nicht zurückgehalten.«

»Was?«, rief sein Gegenüber erschreckt aus.

Eine der Pflegerinnen eilte herbei. »Ist etwas nicht in Ordnung?« Sie griff nach dem Arm der Patientin, fühlte deren Puls und sah die Besucher fragend an.

»Alles bestens, tut mir leid«, entschuldigte sich einer der Brüder.

»Ihre Mutter braucht Ruhe, und jede Aufregung sollte vermieden werden, das ist die Anweisung des Arztes«, erwiderte die Pflegerin spitz, warf jedem der Männer noch einen strengen Blick zu und ging geschäftig davon.

»Fragt sich nur, warum man ihr dann den ganzen Tag den Fernseher vor die Nase stellt«, murrte der eine.

»Sei still«, reagierte sein Begleiter, »du weißt, wie schwierig es war, hier einen Platz für sie zu bekommen. Herrgott, selbst eine Audienz beim Papst wäre uns schneller gewährt worden.«

»Du sollst nicht den Namen des Herren missbrauchen«, mischte sich plötzlich die Frau im Stuhl ein. Für diesen kurzen Augenblick wirkte sie völlig klar, dann verschleierte sich ihr Blick wieder.

»Tut mir leid, Mutter«, sagte der eben Ermahnte ganz automatisch, obwohl er wusste, dass sie ihn und seine

Gotteslästerung schon längst wieder vergessen hatte. Dann wandte er sich erneut seinem Bruder zu. »Also, was soll das heißen, du hast dich nicht zurückgehalten? Raus damit!«, zischte er ärgerlich.

»Es gibt Briefe«, gestand der andere und seine bedauernde Miene war ehrlich, als er in das vor Entsetzen kalkweiße Gesicht seines Bruders blickte.

* * *

»Briefe?«, rief Kaller am anderen Ende der Leitung erstaunt. »Was für Briefe?«

»Die haben heute den Banktresor von Maurice Lehbach geöffnet. Und da lagen neben allen möglichen anderen Dingen dreiunddreißig Briefe. Ordentlich gefaltet und umwickelt mit einer einfachen Schnur. Sein Anwalt hat uns verständigt aufgrund der Umstände, die zum Tod seines Mandanten geführt haben.«

Wer wen verständigt hatte, interessierte den Hauptkommissar nicht, deswegen fragte er ungeduldig: »Liebesbriefe?«, und fühlte sich in dem Neuracher Polizeiposten plötzlich so, als wäre er von der Welt abgeschnitten.

»Das wohl eher nicht«, antwortete Meinfeld zweideutig.

»Herrgott, mach den Mund auf«, blaffte Kaller nun ungehalten und das leise Kichern, das durch den Hörer drang, bestätigte seine Vermutung, dass es dem Kommissar Spaß machte, seinen Vorgesetzten zappeln zu lassen.

»Also schön«, begann der endlich die Details zu erzählen. »Viele Worte werden nicht gemacht. Genau genommen sind es immer die gleichen. Da steht nur: ›Deine Schuld!‹«

»Deine Schuld?«, fasste Kaller nach. »Sonst nichts? Keine Anrede? Keine Unterschrift?«

»Natürlich nicht, das hätte ich doch sonst schon längst erwähnt«, erwiderte Meinfeld. »Es gibt nicht einmal Umschläge. Wir haben daher keine Ahnung, ob er die per Post oder persönlich erhalten hat. Einfaches weißes Papier, einige der Blätter sind leicht vergilbt. Jemand vom Labor meinte, dass nicht alle aus einem Drucker stammen, manche scheinen definitiv mit der Schreibmaschine getippt worden zu sein. Die Kriminaltechnik ist da dran.«

»Also hatte Maurice Lehbach doch Dreck am Stecken.«

»Sieht so aus«, pflichtete ihm Meinfeld bei. »Außer er hat diese Briefe selbst geschrieben.«

»Warum hätte er das tun sollen?«

»Vielleicht hat er sie an andere verschickt und das war seine Reserve. Womöglich irgendein Scherz.«

»Wenn jemand etwas in einem Bankschließfach aufbewahrt, dann doch meistens, weil er es vor den Blicken anderer schützen will. Im Normalfall geht es dabei um Dinge von materiellem Wert oder um Geheimnisse, sicher nicht um Scherzartikel.«

»Nehmen wir einmal an, diese Briefe betreffen ein Geheimnis von Maurice Lehbach«, ließ sich Meinfeld darauf ein, »warum hat er sie nicht einfach vernichtet?«

Kaller dachte einen Augenblick über das Argument seines Kommissars nach. »Entweder hat Lehbach irgendwann vorgehabt, damit zur Polizei zu gehen, oder aber es war eine Art selbstauferlegte Buße. Er bewahrt die schriftlichen Anschuldigungen auf, weil er weiß, dass sie stimmen, und er sich schämt.« Dem Hauptkommissar kam eine Idee. »Könnt ihr feststellen, wie oft Lehbach an seinem Fach war?«

»Ich kümmere mich sofort darum«, entgegnete Meinfeld, bevor er mit einem kurzen Gruß auflegte.

* * *

Kapitel 10

Wilma Janson sah ihren Karlsruher Kollegen neugierig an.

»Das war Meinfeld«, informierte der die Polizeihauptmeisterin. »Nichts Neues von Nicklas Frey, dafür eine Spur im Fall Lehbach.« Er setzte die Frau ins Bild.

»Zwei Männer, die regelrecht hingerichtet wurden. Briefe mit Schuldzuweisungen, das ist so eindeutig und trotzdem finden wir nichts in Maurice Lehbachs Vergangenheit. Ich meine, es passiert ja nicht alle Tage, dass jemand seinem Opfer den Schädel in zwei Hälften teilt. Das muss doch …«

»Was?«, fuhr Kaller dazwischen.

Wilma sah ihn erschrocken an, glaubte, etwas Falsches gesagt zu haben, und wollte schon zu einer Entschuldigung ansetzen, als er sie bat, ihren Kommentar zu wiederholen.

Unsicher sagte sie: »Das mit der Axt?«

Der Hauptkommissar fluchte erst vernehmlich, bevor er seine Kollegin aufforderte, ihm zu folgen.

»Wohin gehen wir?«, fragte die völlig überrumpelt.

»Zum Internat, ich fahre!«

Stefan Altendorf schien erfreut, Wilma wiederzusehen, dennoch fragte er besorgt: »Ist etwas geschehen?«

Hauptkommissar Kaller betrachtete den Schuldirektor aufmerksam und hatte den Eindruck, dass der heute gebeugter ging als bei ihrem letzten Besuch. Wie zur Bestätigung richtete sich Altendorf ein wenig auf und sagte: »Der Wetterwechsel macht mir zu schaffen.«

Tatsächlich lag etwas in der Luft. Die Hitze war noch genauso unerträglich wie die Tage zuvor, aber man spürte das bevorstehende Sommergewitter. Ein warmer Wind wirbelte den staubtrockenen Boden auf und der Himmel schien eine gelbliche Färbung zu haben.

»Das tut mir leid«, sagte Wilma mitfühlend, aber Altendorf winkte mit einem Lächeln ab und fragte erneut: »Ich hoffe, es gibt keine weiteren schlechten Nachrichten.«

Der Moment war so gut wie jeder andere, deshalb sagte Kaller: »Wir haben Nicklas Frey gefunden.«

Die Meldung über dessen Tod war bisher noch nicht bis zur Presse durchgedrungen und die offiziellen Stellen bemühten sich darum, dass es so blieb. Niemand wollte einen weiteren Mord im Zusammenhang mit den Ermittlungen um den Todesfall Maurice Lehbach.

Altendorf reagierte irritiert: »Ist das nicht gut? Vielleicht weiß er noch etwas über Maurice?«

»Möglich«, antwortete der Hauptkommissar, »aber er wird es uns nicht mehr sagen können, weil er nämlich tot ist, ebenfalls ermordet.«

Wilma warf ihrem Kollegen einen vernichtenden Blick zu, als sich der Direktor geschockt die Hand vor den Mund hielt und sich umdrehte, sodass sie für einen Moment nur seinen krummen Rücken sahen. Sie machte einen Schritt auf ihn zu, aber er hatte sich bereits wieder unter Kontrolle. »Das ist ja furchtbar«, stieß er hervor.

»Wann haben Sie Herrn Frey zuletzt gesehen?«, ging Kaller nicht darauf ein.

»Das sagte ich doch schon, damals in der Schule.«

»Und Herr Lehbach hat bei seinem Anruf nicht erwähnt, dass Herr Frey in Frankfurt gewohnt hat oder dass er vielleicht noch mit ihm in Kontakt stand.«

»Nein, nichts dergleichen. Wir sprachen nicht über Nicklas«, antwortete Altendorf.

»Wo waren Sie Freitagnacht?«, fuhr Kaller routinemäßig mit seinen Fragen fort.

Der Schuldirektor wirkte verdattert, wurde sich wohl

eben bewusst, dass ein Alibi von ihm erwartet wurde, und sah einen Augenblick vorwurfsvoll zu Wilma. »Ich war die ganze Nacht hier«, entgegnete er ein wenig gereizt, »und zwar allein.«

»Wir müssen diese Fragen stellen«, sah sich Wilma genötigt zu erklären.

»Sicher«, antwortete Altendorf reserviert. »Kann ich sonst noch etwas für Sie tun?«

»Gab es irgendetwas während Maurice Lehbachs Schulzeit, weswegen er sich bis heute hätte schuldig fühlen müssen? Einen Skandal, einen Vorfall? Womöglich eine Sache, in die auch Nicklas Frey verwickelt gewesen war?«, stellte Kaller seine nächste Frage sehr eindringlich.

Altendorf blickte den Hauptkommissar überrascht, aber auch neugierig an, bevor er den Kopf schüttelte und antwortete: »Ich weiß nicht, worauf Sie hinauswollen. Maurice war ein ganz normaler Schüler, genauso wie Nicklas. Der eine beliebt, der andere ein Witzbold, aber ansonsten …«

Kaller ließ sich seine Enttäuschung nicht anmerken, als er daraufhin sagte: »Gut, dann möchte ich jetzt mit Olaf Rotach und Herrn und Frau Schmidt sprechen.«

* * *

Tanja Schmidt öffnete die Tür, ließ sie jedoch nicht hinein, sondern schlüpfte schnell durch den Spalt auf den Flur zu den Beamten. »Was gibt es denn?«, fragte sie flüsternd.

»Wir bräuchten einige Angaben von Ihnen und Ihrem Bruder«, entgegnete Kaller sachlich.

Sie schien zusammenzuzucken und ihr rutschte ein »Psst!« heraus. Etwas verlegen erklärte sie: »Benni schläft noch, können wir uns woanders unterhalten?«

Hauptkommissar Kaller nickte und Tanja schien erleichtert. Schnell schob sie noch ein Paar Schuhe, die der Träger achtlos vor die Tür geworfen hatte, in die Ecke und dem Polizisten entging nicht, dass es die teuren Sneakers von Benjamin Schmidt waren.

»Ihr Bruder hatte wohl eine lange Nacht?«, fragte er harmlos.

Tanja, immer noch verlegen, lächelte und sagte mit einem übertriebenen Seufzer: »Er ist nun mal Künstler!«

Sie hatten sich ein Stück von der Wohnungstür entfernt. Weniger geschockt als Stefan Altendorf nahm sie die Nachricht von Nicklas Freys Tod auf. Trotzdem sagte sie: »Das ist ja furchtbar!«

»Mochten Sie Nicklas Frey?«, folgte Kaller einer Intuition und sah die Frau gespannt an. Ihm war ihr letztes Gespräch noch gut im Gedächtnis, in dem sie die Schulzeit als Kampf beschrieben hatte.

Sie wiegte den Kopf hin und her, bevor sie antwortete: »Vermutlich habe ich mich bereits durch meine Reaktion verraten. Sagen wir einmal so, ich war kein großer Fan seiner Scherze. Nicklas konnte zwar witzig sein, aber meistens nur auf Kosten eines anderen.«

»Auf wessen zum Beispiel?«, ließ der Hauptkommissar nicht locker.

Sie zuckte mit den Schultern. »Meine, Stefans, wer ihm eben gerade gelegen kam.«

»Ich dachte, Sie waren alle befreundet?«

»Wenn eine Schülerin sich mir weinend anvertraut, weil sie von den anderen gemobbt wird, stellt sich meistens schnell heraus, dass das oft von einer angeblichen Freundin ausgeht.«

»Nicklas hat sie also gemobbt?«, hakte Kaller nach.

»Nein, das ist ein zu großes Wort.« Ihre Gesichtszüge entspannten sich. »Zu unserer Zeit waren das meist nur harmlose Scherze und dumme Sprüche.«

»Wie standen Maurice und Nicklas zueinander?«

Sie dachte nach, wählte ihre Worte mit Bedacht und sagte schließlich: »Ich glaube, er hat nach Maurice' Anerkennung gelechzt. Viele seiner Witze dienten nur dazu, ihm einen Lacher abzuringen.«

»Ist in den Jahren Ihrer Schulzeit jemals etwas vorgefallen, das über die Grenzen harmloser Scherze hinausging? Etwas, an dem womöglich auch Maurice Lehbach beteiligt war? Vielleicht ein Streich, der ungewollt böse Folgen gehabt hatte …«, stellte er Tanja die gleiche Frage wie eben Stefan Altendorf.

Sie antwortete mit einer unüberhörbaren Härte: »Wann ist eine Sache witzig und wann werden die Grenzen des guten Geschmacks überschritten? Was das angeht, hat wohl jeder seine eigene Messlatte.« Sie zögerte, schien zu überlegen, ob sie ihre Aussage so im Raum stehen lassen sollte, fügte dann jedoch an: »Allerdings weiß ich von nichts.«

Kaller vermutete, dass der Frau durchaus Dinge widerfahren waren, die sie bis heute nicht vergessen hatte. Falls diese mit Maurice Lehbach zu tun gehabt hatten, war sie offenbar nicht gewillt, ihm das mitzuteilen. Deshalb beließ er es vorerst dabei und fragte stattdessen nach ihrem Alibi für Freitagnacht.

Dieses Mal kam sie ins Stottern. »Wir waren bei einem Vorspielen.« Sie verbesserte sich: »Zumindest wollten wir dorthin.«

Die Beamten wurden hellhörig, da sie bisher davon ausgingen, dass das Geschwisterpaar deshalb in Frankfurt gewesen sei.

»Warum haben sich Ihre Pläne geändert?«

Sie sah zu Boden, begann die Finger ineinander zu verschränken und nervös zu kneten. »Mein Bruder ist sehr sensibel, aufgrund seines Gesundheitszustandes mussten wir den Termin absagen.«

»Fuhren Sie dann zurück ins Internat?«

»Nein.« Ihre Nervosität stieg. »Wir blieben in Frankfurt.«

»Im Hotel?«

»Nun …« Sie schloss die Augen, holte Luft und sagte

schnell: »Zuerst ja, aber dann ging es Benjamin besser und wir waren noch in irgendwelchen Klubs.« Sie wirkte so, als hätte sie mit dieser Aussage eine unangenehme Pflicht hinter sich gebracht.

Kaller ließ sie jedoch nicht so schnell vom Haken und fasste das eben Gehörte zusammen: »Ihr Bruder, ein noch unbekannter Musiker, hat die Chance auf ein Vorspielen. Das sagt er ab, weil er gesundheitlich nicht dazu in der Lage ist, zieht dann aber durch die Frankfurter Klubs?« Seine Stimme triefte vor Sarkasmus und Wilma Janson an seiner Seite verzog zustimmend den Mund.

Tanja, deren Gesicht jetzt hochrot war, richtete sich kerzengerade auf und sagte kalt: »Das dürfte Sie kaum etwas angehen.«

»Richtig«, gestand ihr Kaller zu. »Dennoch brauche ich die Namen der Klubs und Lokalitäten, in denen Sie sich Freitagnacht aufgehalten haben, ebenso die Uhrzeiten.«

»Warum?«, reagierte sie nun verärgert.

»Nicklas Frey wurde in dieser Nacht in Frankfurt ermordet und wir befragen alle, die ihn kannten, nach ihren Alibis. Reine Routine«, antwortete er ruhig.

Ihr Mund wurde schmal und es bestand kein Zweifel daran, dass sie dieses Vorgehen für eine Unverschämtheit hielt. Trotzdem gab sie den Beamten die gewünschte Auskunft.

»Waren Sie und Ihr Bruder die ganze Zeit zusammen?«

»Ja, und wenn Sie darauf bestehen, kann ich das beschwören«, erwiderte sie giftig.

Kaller grinste. »Wir werden Ihren Bruder trotzdem noch befragen müssen. Sie sollten ihn wecken. Und was das Schwören angeht« – er sah sie herausfordernd an – »das wird erst vor dem Richter notwendig sein.«

Tanja Schmidt räusperte sich. »Wenn das dann alles war«, entgegnete sie wenig freundlich und ließ die Beamten ohne einen weiteren Gruß stehen.

»Na toll«, brummte Wilma. »Sie haben es geschafft, das über Jahre hinweg gute Verhältnis mit den Leuten vom Internat innerhalb nur einer Stunde zu zerstören.«

»Nicht meine Bestzeit«, antwortete Kaller scherzend, bevor er ernst wurde und sagte: »Wir können in dieser Phase der Ermittlungen nicht zimperlich sein. Und wenn Ihnen das schon auf den Magen schlägt, dann sollten Sie sich überlegen, ob Sie bei dem Gespräch mit Olaf Rotach überhaupt dabei sein möchten. Auf den habe ich es heute nämlich eigentlich abgesehen.«

* * *

Regina Dreiner kam gerade von den Einkäufen zurück. Obwohl sie sich nie gewünscht hatte, ein Leben als Wirtschafterin in einem Pfarrerhaushalt zu führen, kam sie mit dem Arrangement, das sie mit ihrem Bruder Jens getroffen hatte, ganz gut klar.

Eigentlich fühlte sie sich nicht unwohl in ihrer Rolle. Die Menschen in Neurach grüßten sie voller Respekt und fragten sie gelegentlich sogar um Rat, zumindest was die eifrigeren unter den Gemeindemitgliedern anging. Allerdings hätte sie sich gewünscht, nicht ganz so bieder auftreten zu müssen, das entsprach nun wirklich nicht ihrem Naturell, aber auch dafür hatte sie Lösungen gefunden. Zum Beispiel verzichtete sie im Sommer auf Unterwäsche unter ihren Röcken, das machte den Bummel über den Marktplatz gleich ein wenig prickelnder.

Als sie nun die Haustür öffnete und die Tragetaschen abstellte, hatte sie gute Laune. Ihr war unterwegs Ansgar begegnet und sie hatte regelrecht spüren können, wie er sie mit den Augen auszog. Es würde bald ein weiteres Treffen geben, dessen war sie sich bewusst. Natürlich musste er für sein Verhalten neulich bestraft werden, deshalb würde sie ihn zappeln lassen, aber dann wäre der Sex noch besser.

Eigentlich hatte sie damit gerechnet, allein zu sein. Ihr Bruder war um diese Uhrzeit für gewöhnlich bei irgendeiner Bibelstunde, aber heute kam er ihr mit ernstem Gesicht entgegen. Sie sah die Mönchskutte und die Schwesterntracht, die er in seinen Armen trug.

Automatisch wich sie einen Schritt zurück und sagte mit belegter Stimme: »Was hast du in meinem Zimmer zu suchen?«

Er antwortete ihr nicht, sondern warf ihr die Kleider vor die Füße.

»Es ist nicht, wie du denkst«, sagte sie schnell, »das hat nichts zu bedeuten.«

Gerade als sie sich nach den achtlos hingeworfenen Kostümen bücken wollte, traf sie ein Schlag. Die Ohrfeige brachte sie zum Taumeln. Regina stürzte auf die Knie. »Es tut mir leid, Bruder«, begann sie zu wimmern.

Jens Dreiner schwieg, raufte sich die Haare und lief hektisch auf und ab. Dann blieb er vor ihr stehen, packte sie grob am Arm und zerrte sie auf die Füße. »Siehst du, wozu du mich gebracht hast?« Er schüttelte sie heftig und sie schluchzte. »Du elende …« Er schluckte die Beschimpfung herunter, stieß sie weg, sodass sie gegen die Wand prallte, und schrie: »Wieso hast du dich mit einem verheirateten Mann eingelassen? Wieso all diese Sünden?«

»Aber ich habe nicht gesündigt! Das habe ich dir doch versprochen«, versuchte sie, ihn zu überzeugen.

Erneut traf sie seine Hand. Sie spürte, wie die Haut unter dem Schlag zu brennen begann. »Beende es oder ich tue es, und lüge mich nie wieder an. Du weißt, was sonst passieren wird.«

Damit verließ er wütend das Pfarrhaus und Regina sank wie ein Häufchen Elend schluchzend in sich zusammen. Die Angst, die sie plötzlich empfand, ließ sie zittern. Wie hatte sie sich nur so sicher sein können, dass ihr Bruder niemals von ihrer heimlichen Affäre erfahren würde? Jetzt blieb ihr keine andere Wahl, sie musste mit Ansgar Schluss machen, und zwar bald. Das war die einzige Möglichkeit, Schlimmeres zu verhindern.

* * *

Zur gleichen Zeit im Neuracher Internat

Als Tanja Schmidt in ihre Wohnung zurückkam, stand Benni bereits hinter der Tür.

»Und? Was haben die gewollt?«

»Unsere Alibis für Freitagnacht. Man hat die Leiche von Nicklas Frey gefunden«, antwortete sie tonlos.

Benjamin fing an, sich über die Polizei zu beklagen. Tanja hörte ihm nicht zu, sondern lief zum Fenster und sah, dass der Dienstwagen der Beamten immer noch auf dem Hof parkte.

»Sie möchten auch mit dir sprechen«, sagte sie wie nebenbei, was bei Benjamin einen Wutausbruch verursachte.

»Du hast denen doch alles gesagt, was wollen die dann noch von mir?«

Sie ließ ihn stehen und ging ins Badezimmer, wo sie hinter sich abschloss. Ausnahmsweise ignorierte sie ihren Bruder und seine Forderungen nach Aufmerksamkeit. Stattdessen benetzte sie ihr Gesicht mit kaltem Wasser, sah in den Spiegel und fragte sich das erste Mal nach über dreißig Jahren, was aus Annette geworden war.

»Ich glaube, er will mich verlassen«, erinnerte sich Tanja an die Worte ihrer Freundin. Zumindest fühlte sie sich dem schönen Mädchen zu diesem Zeitpunkt innig verbunden. Sie hatten die Sommerferien vor sich, alle waren aufgekratzt, die Zeugnisnoten standen fest, die letzten Tage konnte man also ganz ohne Druck genießen. Maurice und Armin stolzierten wie gewohnt durch die Gänge und zogen die ganze

Aufmerksamkeit der Mädchen auf sich. Armin wirkte wie ein Bodyguard und Nicklas … Sie erinnerte sich an Nicklas, er hatte sich nach allem, was dann passierte, verändert.

»Wie kommst du denn darauf?«, hatte Tanja gefragt und dabei naiv geklungen.

Sie sah in den beiden immer das perfekte Paar. Annette reagierte ungehalten auf ihre Frage. Freundlichkeit gehörte nicht gerade zu ihren Stärken. Eigentlich hielt Tanja sie für rücksichtslos und manchmal sogar für grausam. Vermutlich kamen sie nur deshalb so gut miteinander aus, weil Tanja ohne Murren Annettes Launen ertrug. Auch dieses Mal ließ sie sich abkanzeln, aber dann geschah etwas Unerwartetes. Annette bekam einen hysterischen Anfall, tobte, schrie und brach schließlich weinend zusammen. Tanja hatte ihre Freundin noch nie so erlebt. Und dann erzählte Annette von ihrem Verdacht, ihrer Befürchtung. Wenige Tage später starb im Internat ein junger Mensch.

Alle waren erleichtert, als kurz darauf die Sommerferien begannen und man der erdrückenden Trauer entkommen konnte. Im neuen Schuljahr sprach niemand mehr vom Tod. Annette blieb Maurice' Freundin, bis das Abschlussjahr vorbei war, und verschwand dann in die USA.

Tanjas Gedanken kehrten zurück zu Nicklas Frey. Er hatte im Abiturjahr Kokain als Muntermacher entdeckt und besoff sich bei jeder Party bis zur Besinnungslosigkeit, vermutlich um zu vergessen. Stefan Altendorf wirkte im letzten Jahr ebenfalls anders. Der sowieso schon ruhige Junge schien noch in sich gekehrter, aber vermutlich war für ihn einfach die Vorstellung, nach dem Abschluss in eine Welt hinauszumüssen, die ihn aufgrund seiner körperlichen Missbildung wie einen Außenseiter behandeln würde, schwer. Außerdem stand es mit seiner Gesundheit nicht zum Besten. Und was war mit ihr geschehen?

Sie hielt immer noch die Hände unter den kalten Wasserstrahl. Aus weiter Entfernung hörte sie, wie jemand ihren Namen rief.

»Tanja, warum antwortest du mir nicht?«, brüllte Benjamin nun wütend und hämmerte sogar gegen die Tür.

Sie holte tief Luft und öffnete. Anstatt ihm Beachtung zu schenken, ging sie erneut zum Fenster, Olaf Rotach war gerade auf den Hof gefahren.

»Was hast du vor?«, fragte ihr Bruder stirnrunzelnd, als sie Anstalten machte, die Wohnung zu verlassen.

Sie drehte sich zu ihm um und schenkte ihm ein sanftes Lächeln. »Keine Sorge, ich muss nur frische Luft schnappen.«

* * *

Wilma Janson und Hauptkommissar Kaller hörten einen Wagen in den Hof fahren. Olaf Rotach kam zurück. Laut Stefan Altendorf hatte er eine Fuhre Müll zur Deponie gebracht. Sie sahen aus dem Fenster und konnten beobachten, wie er den Anhänger rangierte.

»Was hat er getan?«, fragte die Polizeihauptmeisterin, bemüht, nicht neugierig oder nervös zu klingen, sondern lediglich interessiert wie eine gute Polizistin.

»Vermutlich verheimlicht er etwas. Das heißt«, erklärte Kaller und sah sie dabei forschend an, »ich werde ihm jetzt gleich auf den Zahn fühlen. Wenn Sie sich dem nicht …«

»Jetzt ist es aber gut«, fuhr sie ihn an. »Ich werde mich hüten, noch einmal am großen Kaller Kritik zu üben«, warf sie ihm verärgert an den Kopf.

Der Hauptkommissar, der selbst selten um eine entsprechende Antwort verlegen war, nahm ihr den Kommentar nicht übel und sagte mit einem Augenzwinkern: »Ich werde Sie das nächste Mal daran erinnern, Frau Janson.«

Sie nuschelte etwas Unverständliches, womöglich kam der Begriff Idiot darin vor, aber Kaller tat so, als hätte er nichts verstanden, und konzentrierte sich bereits auf die nun folgende Befragung.

Sie fingen Olaf Rotach im Hof ab. Er trug alte Handschuhe, löste gerade die Anhängerkupplung und war verschwitzt.

»Heißer Tag für eine Fahrt zur Mülldeponie«, sagte Kaller nach einer kurzen Begrüßung.

»Ja, aber dann ist nicht so viel los«, antwortete Rotach knapp und widmete sich wieder seiner Arbeit.

»Nicklas Frey ist tot«, fuhr Kaller im Plauderton fort. »Ermordet, Freitagnacht, man hat ihm den Schädel in zwei Hälften geteilt mit einer Axt.«

Der Hausmeister hielt bei der Nachricht abrupt inne. Da sein Gesicht bereits gerötet war und er stark schwitzte, hätte man daraus nicht schließen können, ob er nervös wurde. Aber das Zittern seiner Hände, als er langsam die Handschuhe abstreifte, verriet ihn.

»Was können Sie uns dazu sagen?«, fragte der Hauptkommissar auf eine Art und Weise, die keinen Zweifel darin ließ, dass er fest davon überzeugt war, Rotach hätte eine schlüssige Antwort parat.

»Ich?«, begehrte Olaf auf. »Ich weiß gar nichts.«

»Wo waren Sie Freitagnacht?«

Wieder folgte ein hysterisches »Ich?«.

»Ja, Sie«, ließ der Polizist nicht locker und grinste nun aufmunternd. »Freitag ist doch noch nicht so lange her, also?«

»Hier, hier in der Schule, in meiner Wohnung«, stotterte er und blickte unruhig zwischen den Beamten hin und her.

»Zeugen?«

Olaf schüttelte den Kopf und flüsterte: »Nein.«

Kaller wusste nicht, was er von dem Mann halten sollte, glaubte aber weiterhin, dass ihnen der Hausmeister etwas verheimlichte.

»Das ist bereits das zweite Opfer, dem man den Schädel gespalten hat. Interessiert Sie das gar nicht?«, bohrte Kaller weiter.

»Mich interessieren? Warum sollte es das?«, entgegnete Olaf und er klang nicht überzeugend.

»Vielleicht weil Sie mich danach gefragt haben.« Kaller kramte ein kleines Notizbuch aus der Tasche, in dem nichts weiter stand außer dem Rezept für einen Mai Tai Spezial, den er irgendwann einmal in einer Bar getrunken hatte. Die Barkeeperin war auf sein Drängen bereit gewesen, das Rezept aufzuschreiben, hinterließ aber nicht, wie von ihm erhofft, ihre Telefonnummer.

Jetzt tat er so, als würde er darin suchen, und sagte schließlich: »Ja, hier steht es. Sie haben mich gefragt, ob es öfter passiert, dass Mörder ihren Opfern den Schädel in zwei Hälften teilen.«

Er schaute auf und durchbohrte Rotach mit seinem Blick, bevor er sagte: »Sie behaupteten, Neugier habe Sie zu dieser Frage bewegt. Mittlerweile bin ich jedoch davon überzeugt, dass das nicht die Wahrheit ist.«

Olaf Rotach sah zu Boden.

»Behinderung der Polizei ist eine Straftat! Also, was wissen Sie?«

Endlich reagierte der Mann und atmete geräuschvoll aus. »Ich glaube nicht, dass das etwas zu bedeuten hat.«

»Überlassen Sie das gefälligst mir«, drängte Kaller weiter.

»Wenn ich Ihnen das sage, dann möchte ich, dass Herr Altendorf dabei ist.«

Die Antwort überraschte den Hauptkommissar zwar, aber zu diesem Zugeständnis war er gerne bereit.

Wenige Minuten später hatte Wilma den Schuldirektor informiert und so führte sie Olaf Rotach zu einem alten Schrank, der in einem der Flure stand.

»Sie sollten sich das Graffiti dahinter ansehen.«

* * *

Zur gleichen Zeit

»Wo warst du heute Morgen?«, fuhr Ansgar Kaufmann seinen Schwager an. »Der Termin bei der Bank lief nicht besonders gut. Die wollen uns den Kredit nur verlängern, wenn wir höhere Zinsen akzeptieren.«

»Dann werden wir das wohl tun müssen«, knurrte Thomas. »In meiner Familie ist man es gewohnt, alles zu akzeptieren, auch wenn es unangenehm ist.« Thomas Schuster, sonst immer einer Meinung mit seinem Schwager, wirkte heute angriffslustig.

»Ich habe denen trotzdem gesagt, dass ich das erst mit dir besprechen will.«

»Warum? Weil meine Befindlichkeit oder die meiner Schwester seit Neuestem eine Rolle spielen?«

Ansgar sah ihn an, als hätte er einen völlig Fremden vor sich. In all den Jahren hatten sie noch nie Streit miteinander gehabt, aber jetzt fühlte es sich so an, als würde gleich eine Auseinandersetzung beginnen.

»Thomas, was ist denn los?«, fragte er seinen Schwager daher überrascht.

»Keine Ahnung, sag du es mir«, knurrte der zurück.

Die beiden Männer standen sich gegenüber und Thomas, der bedrohlich wirkte, provozierte bei Ansgar eine entsprechende Reaktion.

»Was ist hier los?«, fragte der nun erneut, dieses Mal jedoch hörbar verärgert.

»Ich war bei Pfarrer Dreiner«, entgegnete Thomas daraufhin lauernd.

Zuerst verstand Ansgar nicht, wie er das zu deuten hatte, aber dann schien er zu ahnen, wohin dieses Gespräch führen sollte.

»Du kennst doch den Herrn Pfarrer. Oder gilt dein Interesse mehr seiner Schwester? Muss ich deutlicher werden?«

Immer noch überlegte Ansgar, ob er Reue zeigen oder seinem Ärger über die Einmischung Luft machen sollte. Er entschied sich für eine Zwischenlösung. »Es tut mir leid, dass du davon erfahren hast.«

Spöttisch unterbrach ihn Thomas: »Das glaube ich dir sogar!«

»Nun lass mich doch ausreden«, fuhr Ansgar gereizt fort. »Ich habe Nelly nie schlecht behandelt, egal wie schwierig es mit ihr ist. Die Sache mit Regina ändert nichts an meiner Ehe. Ich werde meine Frau nicht verlassen, wenn es das ist, was dir Sorgen bereitet.«

Tatsächlich schienen die letzten Worte Thomas zu besänftigen. Trotzdem sagte er: »Es muss aufhören. Dreiner wird sich seine Schwester zur Brust nehmen.«

»Es war ein Fehler, mit ihm zu sprechen«, hielt Ansgar dagegen.

»War es nicht. Ich kenne dich.« Er trat auf Ansgar zu. »Du bist wie ein Bruder für mich. Diese Regina wird dich nie freiwillig gehen lassen. Denke an das, was auf dem Spiel steht, wir sind so weit gekommen.«

»Der Auftrag für das Gemeindehaus? Was, wenn Dreiner den aus Wut zurückzieht?«, fiel es Ansgar plötzlich ein.

»Darum habe ich mich gekümmert. Er wird nicht riskieren, dass durchsickert, wie seine Schwester ihre Freizeit verbringt. Er wird den Mund halten und du ebenfalls. Nelly muss davon nie etwas erfahren. Denke immer daran, Familie geht vor.«

Die beiden Männer nickten sich zu, mehr gab es nicht zu sagen.

* * *

Stefan Altendorf gestattete den Beamten, den schweren Schrank zu verschieben. Mittlerweile nutzte man das Möbelstück zur Aufbewahrung von Reinigungsmitteln.

Schnell waren die Kanister und Eimer entfernt. Mit vereinten Kräften ließ sich das Möbel schließlich bewegen.

Als sie endlich Sicht auf das dahinterliegende Graffiti hatten, rief Kaller verärgert: »Das hätten Sie uns schon längst zeigen müssen!« Sein Vorwurf war deutlich. Er wandte sich jetzt zornig an Altendorf: »Warum haben Sie denn nichts gesagt?«

Der hob sofort abwehrend die Hände und Olaf Rotach sprang ein. »Niemand wusste davon, auch ich habe das damals nur zufällig mitbekommen. Es war gleich nach den Sommerferien.« Er erzählte ihnen die Geschichte von der eingeschlagenen Scheibe und der Entscheidung von Stefans Vater, den Schrank vor das Graffiti zu stellen. »In den folgenden Jahren blieb das einfach so«, erklärte Olaf weiter. »Herr Altendorf starb, genauso wie mein Großvater.«

»Die Wände sind doch seither sicher gestrichen worden?«, warf Wilma ein, die ihren Blick nicht von dem Graffiti abwenden konnte.

»Ich habe um den Schrank herumgepinselt.«

»Warum?«, fragte Kaller scharf.

Olaf Rotach wirkte betreten.

»Warum?«, schnauzte ihn der Hauptkommissar erneut an.

»Die Erinnerung«, entgegnete der Hausmeister kleinlaut.

»Und an wen?«, fasste Kaller nach.

»Vermutlich an Melanie Rau«, gab Stefan Altendorf dieses Mal die Antwort.

Hauptkommissar Kaller nahm an, dass Melanie das Mädchen war, das man auf dem Graffiti abgebildet hatte. Sie trug langes Haar, ihre Augen waren geschlossen und um ihren Hals lag eine Schlinge. Obwohl die Darstellung nicht besonders kunstvoll war – die Proportionen stimmten nicht und die Konturen waren verwackelt – konnte man unschwer erkennen, dass es sich bei der Frau um eine Erhängte handelte. Wer auch immer das gesprayt hatte, war darauf bedacht gewesen, sie wie einen Engel wirken zu lassen. Sogar Flügel wuchsen ihr aus den Schultern. Im krassen Gegensatz dazu stand die Abbildung unter den nackten Füßen der Toten. Es handelte sich um ein Gesicht beziehungsweise um eine hässliche Fratze. Das wäre schon erschreckend genug gewesen, wenn der Kopf der furchteinflößenden Kreatur nicht in der Mitte auseinanderklaffen und in der blutigen Pfütze daneben eine Axt liegen würde.

»Und wer ist das?«, fragte der Hauptkommissar und deutete mit dem Finger auf das verzerrte Gesicht.

Der Schuldirektor gab keine Antwort, zuckte nur mit den Schultern, während Rotach stammelte: »Vielleicht ist das Maurice oder der andere, den sie gefunden haben, Nicklas.«

Kaller schluckte seine Wut nicht herunter. »Ich sollte Sie verhaften. Wie konnten Sie mir das vorenthalten?« Ruppig gab er Wilma Anweisungen: »Sperren Sie ab und rufen Sie die Kriminaltechnik.« Er sah ihr zweifelndes Gesicht und fügte noch an: »Ich weiß, nach der langen Zeit lässt sich da sicher nichts mehr finden, aber versuchen müssen wir es. Auf jeden Fall brauche ich Aufnahmen.« Dann wandte er sich an Rotach und Altendorf. »Und wir müssen uns jetzt dringend unterhalten.«

»Sie hat sich 1986 erhängt, das war kurz vor den Sommerferien. Das folgende Jahr war mein Abschlussjahr. Melanie war zwei Klassen unter uns. Ein Neuzugang, sie hatte nach der mittleren Reife auf das Internat gewechselt. Deshalb erinnere ich mich auch noch, denn das kommt eher selten vor. Ein hübsches, nettes Mädchen.«

»Warum hat sie sich umgebracht?«, fragte Kaller und beobachtete, wie sich der Direktor, der sie in sein Büro gebeten hatte, ein Glas Wasser einschenkte. Seine Stimme zitterte, offensichtlich nahm ihn die Erinnerung mit.

»Es hieß, sie hatte ein schwieriges Zuhause«, antwortete er traurig.

»Hinterließ sie einen Abschiedsbrief?«

Altendorf räusperte sich. »Nein.«

»Wurde denn nicht ermittelt?«

»Doch, aber natürlich diskret«, erwiderte Altendorf. »Die familiäre Situation von Melanie war nicht ganz einfach gewesen. Man hielt die Mutter für eine fanatische Gläubige, die der Tochter zu sehr zugesetzt hatte. Damals wurden solche Dinge nicht breitgetreten, niemand hätte laut ausgesprochen, dass die Mutter die Schuld trug.« Er war wütend und gab das auch zu. »Tut mir leid, aber ihr Tod schien mir damals schon so unnötig und jetzt kommt das alles wieder hoch.« Er setzte sich, bemerkte, dass er vor lauter Erregung weder den Polizisten noch Rotach etwas angeboten hatte, und wollte seine Unhöflichkeit wiedergutmachen, aber die anderen lehnten Erfrischungen ab.

»Es war einfach eine tragische Geschichte«, setzte er erneut an. »Mein Vater war natürlich am Boden zerstört, vor allem, weil er um den Ruf der Schule fürchtete. Es wundert mich nicht, dass er die Sache mit dem Graffiti vertuscht hat.«

Wie zur Bestätigung nickte Rotach und erzählte, woran er sich noch erinnern konnte: den Wunsch, die Schüler nicht in Angst und Schrecken zu versetzen, und die Bitte an Olafs Großvater, Stillschweigen zu bewahren.

»Wie stand Maurice Lehbach zu dem Mädchen?«, stellte Kaller eine naheliegende Frage.

»Das ist es ja eben«, sagte Altendorf, »da gab es keine Verbindung. Deshalb bin ich auch gar nicht auf die Idee gekommen, Ihnen von Melanie zu erzählen. Warum auch?«

»Na kommen Sie«, fasste der Hauptkommissar ungeduldig nach. »Maurice war ein Weiberheld. Sie haben mir gerade selbst gesagt, dass Melanie hübsch war. Da muss ich doch nur eins und eins zusammenzählen. Die Vermutung liegt doch auf der Hand, dass die beiden etwas miteinander hatten«, drängte er den Internatsleiter.

Wilma Janson rutschte unruhig auf ihrem Stuhl hin und her und zwang sich zu einem neutralen Gesichtsausdruck.

Stefan Altendorf brauste auf. »Wenn da etwas war, habe ich nichts davon mitbekommen.«

»Sie waren in seiner Clique«, ließ Kaller nicht locker.

Altendorf schnaubte verächtlich. »Na und?« Im nächsten Augenblick entschuldigte sich der Direktor für seinen Ausbruch. »Bedaure, aber ich kann Ihnen nicht weiterhelfen. Ich weiß nichts von einer Verbindung.« Er trank von seinem Wasser und entschied sich weiterzusprechen: »Natürlich war ich in Maurice' Clique, aber er hat mir nicht alle Geheimnisse anvertraut, denn nichtsdestotrotz war ich auch der Sohn des Direktors und damit ein Risiko.«

»Was ist mit Nicklas Frey und Melanie?«, wechselte der Beamte das Thema.

Wieder gab der Direktor vor, nichts über eine Verbindung zwischen den beiden zu wissen.

Schließlich wandte sich Kaller erneut an Rotach. »Was ist mit Ihnen? Wie standen Sie zu Melanie?«

Rotach erschrak. »Gar nicht, ich weiß nur, dass sie starb.«

»Und warum wollten Sie dann das Graffiti als Erinnerung an Melanie Rau erhalten?«

Der Hausmeister zögerte, dann reckte er ein wenig das Kinn nach vorne und es klang beinahe trotzig, als er antwortete: »Man muss sich doch an die Toten erinnern, sonst bleibt von ihnen nichts. Bilder helfen.«

* * *

Kapitel 11

Nachdem man noch einmal Tanja Schmidt befragt hatte, die ebenfalls angab, nichts von einer Beziehung zwischen Melanie und Maurice Lehbach oder Nicklas Frey zu wissen, sprachen die Polizisten mit Benjamin Schmidt. Der bestätigte die Aussage seiner Schwester bezüglich Freitagnacht, wobei er sich besonders widerborstig gab. Anschließend machte sich Hauptkommissar Kaller auf den Weg nach Karlsruhe.

Während der Beamte über die Autobahn fuhr, streifte der Mörder durch den Raum, in dem er die Erinnerungen an seine Taten aufbewahrte. Dort war es düster und kühl und somit hervorragend für die Sammlung geeignet. Die Dunkelheit machte es ihm leichter, die Einmachgläser in den Regalen, wie Kunstwerke in einem Museum zu präsentieren. Er hatte kleine Lampen besorgt und jede strahlte nun eines der Körperteile an, die er entnommen hatte, während der Rest des Raumes von undurchdringlichem Schwarz beherrscht wurde. Ein wenig wirkte er wie ein interessierter Besucher, als er an den Trophäen seiner Morde vorbeischlenderte, den Blick abwechselnd auf das rechte Regal, dann auf das linke richtend. Die Hoden von Maurice Lehbach klebten auf dem Glasboden, während Wiegands Augen oben schwammen, wie Kaulquappen. Die Lungenflügel von Nicklas Frey erinnerten an rohe Leber, so wie sie gelegentlich in den Auslagen der Metzgereien aufgeschichtet wurde. Und Josefines Finger? Um sie alle gebührlich bewundern zu können, musste er das Glas einmal um seine eigene Achse drehen.

Ja, dachte er, *ich bin zufrieden.* Jedoch kam ihm die Idee, die Sammlung noch weiter zu vervollständigen.

»Du bist dir nicht sicher, ob wir es hier enden lassen sollen?«, hörte er die Frage, die nur jemand stellen konnte, der in der Lage war, seine Gedanken zu lesen.

»In der Tat«, sagte er deshalb erstaunt, »genau das, habe ich mich gefragt.« Er zögerte einen Augenblick und fuhr dann fort: »Ich dachte, ich wäre ab jetzt allein, jetzt, wo es getan ist.«

»Bruder, du wirst nie wieder allein sein. Und getan ist es noch lange nicht.«

* * *

Der Supermarkt lag in einem Gewerbegebiet, umgeben von jeder Menge Konkurrenz. Bekannte Schriftzüge zierten die Straßen, und Kaller fragte sich nicht das erste Mal, wie die alle nebeneinander bestehen konnten. Aber das war nicht seine Sorge und auch nicht der Grund seines Hierseins.

Auf dem Parkplatz sah er das Fahrzeug von Meinfeld. Die Beamten hatten sich dort verabredet, um die Marktinhaber Timo und Till Rau zu treffen, die älteren Brüder der Schülerin Melanie, die sich im Juni 1986 im Neuracher Internat erhängt hatte.

Man erwartete sie bereits. Eine kompetent wirkende Marktleiterin führte sie vorbei an den appetitlich aufgeschichteten Obst- und Gemüseauslagen Richtung Kühlregal und dann durch die gestapelten Getränkekisten nach hinten in den Bereich, der normalerweise nur dem Personal zur Verfügung stand. Sie wurden in ein großzügig geschnittenes Büro dirigiert, das allerdings keine Fenster, sondern winzige Schießscharten besaß, durch die das Tageslicht dringen konnte. Deshalb war es nötig, Neonlampen brennen zu lassen.

Till und Timo Rau sahen sich sehr ähnlich. Beide traten den Beamten mit äußerst ablehnender Haltung gegenüber.

Einer der Männer wurde sogar sehr deutlich. »Ach, jetzt taucht ihr auf. Jetzt, wo dieser Geldsack draufgegangen ist. Aber damals, als Melanie …« Er brach ab und sein Bruder übernahm.

»Sie sagten am Telefon, dass Sie mit uns über Maurice Lehbach sprechen wollten. Bitte, dann tun Sie das.«

Kaller wechselte mit Meinfeld einen Blick. Die Beamten waren überrascht, wie unfreundlich man ihnen begegnete, allerdings sparte der Verzicht auf Höflichkeiten auch Zeit.

»Kannte Ihre Schwester Maurice Lehbach?«

»Sie waren auf der gleichen Schule«, antwortete einer der beiden ausweichend.

»Und wie standen sie zueinander?«, wurde der Hauptkommissar deutlicher.

»Er hat ihre Naivität ausgenutzt. Dieser elende Drecksack! Wurde Zeit, dass den endlich einer …«

Es war der Dickere der beiden, der seine Zunge nicht im Zaum halten konnte. Sehr zum Leidwesen des anderen, der nicht ganz die Leibesfülle seines Bruders hatte.

Der schien der Besonnenere zu sein und übernahm jetzt das Gespräch: »Was mein Bruder damit sagen will, ist, dass wir Maurice Lehbach nicht besonders geschätzt haben.«

»Und warum nicht?«, drängte Kaller.

»Er hat unsere Schwester auf dem Gewissen, darum«, erhielt er eine sehr direkte Antwort.

Der Hauptkommissar bat um eine Erklärung und mit einem Seufzen fasste sein Gegenüber zusammen, was er wusste.

»Unsere Eltern ließen sich nach Melanies Tod scheiden, aber das hatte sich schon lange zuvor abgezeichnet.«

Der Dickere ließ sich schnaufend auf einen Stuhl fallen und schüttelte den Kopf, zum Zeichen, dass er es nicht richtig fand, so offen über Familienangelegenheiten zu sprechen.

»Meine Mutter war immer schon eine sehr gläubige Frau gewesen, aber nach Melanies Geburt hat sich das noch gesteigert. Heute würde man wohl sagen, dass sie eine Fanatikerin wurde. Ihr größter Wunsch war es, unsere Schwester in ein Kloster zu schicken und sie Nonne werden zu lassen.« Er sah Kallers zweifelnden Blick und sagte: »Hört sich für die Achtziger ungewöhnlich an und das war es sicher auch. Mein Vater griff ein und entzog Melanie dem Einfluss meiner Mutter. Deshalb das Internat. Sie müssen wissen, dass er beruflich viel unterwegs war und nicht wirklich wusste, was bei uns vorging. Er hatte es sicher gut gemeint, aber seine Einmischung kam zu spät. Melanie, bereits tief im Glauben verwurzelt und stets vom normalen Leben ferngehalten« – dabei setzte er »normalen« in Anführungszeichen, die er mit den Fingern in der Luft machte – »wurde plötzlich mit, wenn Sie es so wollen, Versuchungen konfrontiert. Sie war hübsch und naiv und fiel den Jungs auf. Es kam, wie es kommen musste. Sie ließ sich darauf ein, trank Alkohol, den sie nicht vertrug, und schlief mit einem Kerl, für den sie nur ein Zeitvertreib war.«

»Maurice Lehbach?«, hakte Kaller nach.

»Ja, zumindest erfuhren wir das von unserer Mutter.«

Die fragenden Gesichter der Beamten ließen den Mann erklären: »Melanie hat sich nicht uns, sondern Mutter anvertraut. An einem der Wochenenden, an denen sie nach Hause kam, hatten die beiden einen fürchterlichen Streit. Mutter beschimpfte unsere Schwester als *Hure* und *Sünderin*. Sie hat sie nicht einmal mehr verabschiedet. Die Woche darauf hat sich Melanie erhängt.«

»Was genau hat sie Ihrer Mutter anvertraut?«, fasste der Hauptkommissar nach, der dringend Antworten brauchte.

»Sie war auf einer Party, hatte zu viel getrunken und anschließend ihre Jungfräulichkeit an einen Jungen namens Maurice Lehbach verloren. Der hatte anfangs so getan, als würde er Melanie lieben, sie danach jedoch links liegen lassen.« Er seufzte. »Jede andere Mutter hätte vermutlich tröstend die Arme um die Tochter gelegt, aber bei uns war das eben anders.«

»Es gab keinen Anlass anzunehmen, dass Maurice Lehbach Ihrer Schwester Gewalt angetan hat?«

Beide Brüder verzogen das Gesicht. Der Sitzende brachte ein verächtliches »Pah!« hervor, während der andere genervt den Kopf schüttelte.

»Es gibt viele Arten, jemanden zu töten. Lehbach hat ein naives Mädchen verführt und in den Tod getrieben, ist das nicht genug Gewalt?«

»Doch«, entgegnete Kaller schnell und zur Überraschung der Brüder. »Und womöglich hat ihn das nach dreiunddreißig Jahren das Leben gekostet.« Sein Blick war durchdringend, als er die beiden nach ihren Alibis fragte.

Die Stimmung kühlte augenblicklich weiter ab. Dennoch sagten die Brüder aus, sowohl den Abend, an dem Maurice Lehbach starb, als auch die Nacht, in der man Nicklas Frey umgebracht hatte, gemeinsam vor dem Fernseher verbracht zu haben. Für den Nachmittag, an dem Leon Wiegand ermordet worden war, gaben sie an, im Markt gewesen zu sein.

»Wir müssten auch mit Ihrer Mutter sprechen«, sagte Kaller schließlich.

»Na dann, viel Glück«, mischte sich erneut der Dickere ein.

Der andere grinste schief, bevor er sagte: »Unsere Mutter hat nach Melanies Tod den Verstand verloren. Seither spricht sie kaum noch. Wir haben sie in einem Pflegeheim unterbringen müssen.«

Kaller spürte, wie dringend ihn die Brüder loshaben wollten, was meist ein Zeichen von Schuld bedeutete. Noch war es schwer zu sagen, ob die beiden etwas mit den Morden zu tun hatten, aber der Hauptkommissar wagte dennoch einen Vorstoß und fragte harmlos: »Sie haben Maurice Lehbach nicht zufällig jedes Jahr einen Brief zukommen lassen?«

Das gekünstelte »Warum sollten wir?« des einen Bruders und das betretene Schweigen des anderen ließen ihn annehmen, dass er in diesem Punkt auf der richtigen Fährte war.

Durch Meinfelds Nachforschungen wussten sie, dass Maurice Lehbach sein Schließfach in den letzten Jahren unter anderem immer Ende Juni aufgesucht hatte, also kurz nach Melanies Todestag. Natürlich konnten sie nicht mehr feststellen, warum er das getan hatte. Dennoch lag die Vermutung nahe, dass das mit den Briefen im Zusammenhang gestanden hatte. Bedauerlicherweise hatte der Verfasser der Briefe darauf geachtet, keine Fingerabdrücke zu hinterlassen. Trotzdem hakte Kaller weiter nach.

»Wenn Angehörige eines toten Mädchens dem Mann, dem sie die Schuld geben, Drohungen zukommen lassen, ist das nicht ungewöhnlich, verstärkt aber den Tatverdacht.«

Der Wortführer der beiden reagierte aufgebracht auf den Vorwurf: »Hören Sie, wir haben unsere Schwester verloren und daran ist die Familie zerbrochen. Mein Vater starb als unglücklicher Mann, der sich die Schuld an allem gab, und meine Mutter ist lediglich noch eine atmende Hülle. Allein ihr falsches Schamgefühl war der Grund dafür, warum alles unter den Teppich gekehrt werden konnte. Wir hätten das anders gemacht. Wir wären an die Öffentlichkeit gegangen, hätten Gerd Altendorf wegen Pflichtverletzung und Maurice Lehbach wegen sexuellen Missbrauchs verklagt. Aber Mutter wollte das nicht, sondern betete zu ihrem Gott auf der Suche nach Erlösung. Meine Schwester wurde in den Selbstmord getrieben. Nicht einmal vor ihrem Eigentum hat man haltgemacht.« Kallers verständnisloser Blick ließ ihn sagen: »Ja, ihr goldener Anhänger, ein kleines Kreuz, war einfach verschwunden. Aber unsere Familie schwieg und jetzt tauchen Sie hier auf und beschuldigen uns …« Er atmete schwer durch, hatte sich in Rage geredet und versuchte nun, seine Fassung zurückzugewinnen. »Sie sollten gehen«, fuhr er bestimmt fort. »Falls Sie uns erneut befragen möchten, dann schicken Sie eine schriftliche Vorladung.«

Das Gespräch war beendet und die Beamten hatten das Gefühl, gerade eine kalte Dusche genossen zu haben.

»Die waren es«, sagte Meinfeld auf dem Parkplatz. »Schuldig, auf jeden Fall.«

»Warum haben sie sich dann überhaupt zu dem Termin bereit erklärt?«, hielt Kaller dagegen.

»Taktik, um abzuchecken, was wir bereits wissen. Für die ist Lehbach ein Vergewaltiger, ein Mädchenschänder.«

»Aber warum haben die beiden dann so lange gewartet?«, fragte Kaller nachdenklich.

»Das wäre ja nicht das erste Mal, dass sich ein Mörder Zeit lässt. Vielleicht ergab sich jetzt erst die Möglichkeit. Es kann doch sein, dass sie zufällig erfahren haben, dass Lehbach sich in Neurach aufhält. Dort war er eventuell leichter zu erwischen als in Frankfurt.«

»Und Leon Wiegand?«

»Wie wir vermuten: Er hat etwas gesehen, die beiden erpresst und musste aus dem Weg geräumt werden. Was Nicklas Frey angeht«, spekulierte Meinfeld weiter, »womöglich war der damals beteiligt, hat Melanie vielleicht etwas in den Drink getan, immerhin hat der seine Drogenkarriere früh begonnen. Der erste Mord ist immer der schwerste, danach sinkt die Hemmschwelle. Eventuell haben diese Brüder gerade erst entdeckt, wie man seinen Rachedurst stillen kann.«

* * *

Am Nachmittag

Auf Kallers Geheiß trugen seine Kollegen zusammen, was sie über die Familie Rau finden konnten. Im Prinzip hatten ihnen die Brüder bereits alles mitgeteilt. Die beiden waren nicht verheiratet, lebten gemeinsam in einer Eigentumswohnung, die sie vom Vater geerbt hatten, und waren unbeschriebene Blätter, was ihre Vergangenheit anging. Die Kosten für die Heimunterbringung der Mutter wurden von den Brüdern getragen und wie sie gesagt hatten, litt die alte Frau Rau an einer schweren Form der Demenz, die auf ihre Psychosen gefolgt war.

Auf dem Weg zum Pflegeheim griff Meinfeld das Thema Timo und Till Rau noch einmal auf: »Die beiden haben keine Alibis.«

»Als Wiegand auf der Baustelle ermordet wurde, waren die Brüder in ihrem Supermarkt«, widersprach Kaller.

»Die sind die Bosse. Glaubst du, einer der Angestellten wird das bestreiten? Und wer achtet da überhaupt drauf? Wenn viel los ist, bemerkt doch keiner, wenn die zwei Stunden fehlen. Außerdem könnte es auch einer allein gewesen sein«, überlegte der Kommissar weiter. »Die beiden sehen sich sehr ähnlich.«

»Du meinst, einer begeht den Mord und der andere sorgt dafür, dass alle glauben, beide Brüder wären im Supermarkt. Das wäre natürlich denkbar«, musste Kaller zugeben.

»Abgesehen davon haben die uns das Motiv ja nun wirklich auf dem Silbertablett präsentiert.« Meinfeld sah zu seinem Kollegen und bemerkte dessen gerunzelte Stirn. Ein sicheres Zeichen, dass der Zweifel an der Schuld der Brüder Rau hatte. Der Kommissar seufzte missmutig. »Dir ist das zu einfach, stimmt's? Aber manchmal ist *einfach* auch richtig, oder denkst du nicht, dass Melanies Tod der Grund für die Morde ist?«

Sein Vorgesetzter zögerte, dann antwortete er nachdenklich: »Ich bin mir ziemlich sicher, dass das das Motiv ist, aber ich habe das unbestimmte Gefühl, dass wir den Täter außerhalb ihrer Familie suchen müssen.«

Das Pflegeheim wirkte auf den ersten Blick wie ein luxuriöses Hotel, aber beim zweiten Hinsehen verdrängten der

Desinfektionsmittelgeruch, die Pflegekräfte in weißen Kitteln und die Patienten in Bademänteln diesen Eindruck. Kaller fühlte sich sofort deprimiert, obwohl man sie freundlich begrüßte und zum Direktor der Einrichtung führte. Alles sollte den Anschein erwecken, die Menschen wären zur Erholung hier, aber die Empfindung, eine Art Endstation erreicht zu haben, ließ Kaller nicht los. Noch mehr verstärkte sich das Gefühl, als man sie zu der zerbrechlichen Frau im Fernsehsessel führte. Sie sah nicht auf, sondern starrte auf den Bildschirm, ohne wahrzunehmen, was dort gezeigt wurde.

Meinfeld begann mit ihr zu sprechen. »Wir sind von der Polizei«, tastete er sich langsam vor.

Der Klinikleiter, der sie begleitet hatte, zuckte mit den Schultern. »Wie ich schon sagte, sie ist nicht mehr ansprechbar.«

»Es geht um Ihre Tochter Melanie«, versuchte es Meinfeld erneut. Dann sagte er: »Maurice Lehbach war doch ein Freund von Melanie. Er ist tot. Maurice Lehbach ist tot.«

Für einen kurzen Moment schienen sich die Augen der Frau zu weiten. Beinahe sah es so aus, als wollte sie den Mund öffnen und etwas sagen, aber schon war dieser kurze Augenblick vorbei und das Einzige, was man hörte, war die Titelmusik einer bekannten Kinderserie, die aus den Lautsprechern des Fernsehers plärrte.

* * *

Sie hatten gerade das Pflegeheim verlassen, als der Anruf kam: Es gab eine weitere Leiche. Josefine Cordes, die Bedienung aus Neurach, war ermordet in ihrer Wohnung aufgefunden worden.

Dieses Mal bestand Kaller auf Meinfelds Anwesenheit. Er brauchte den Kommissar an seiner Seite. Nicht dass er Wilma Janson nicht schätzte, aber er hatte natürlich bemerkt, wie tief sie mit Neurach und den Bewohnern verbunden war, und das trübte nun einmal die Objektivität. Gerne hätte er seinem Kollegen die Trennung von der Familie erspart, wo er doch selbst gehofft hatte, wenigstens eine Nacht bei Sarah verbringen zu können. Aber solange der Fall nicht aufgeklärt war, würde Neurach vorerst sein Zuhause bleiben.

Auf der Fahrt erzählte er Meinfeld alles, was er von Josefine wusste, woraufhin der erwiderte: »Hört sich so an, als wäre sie der Typ Frau gewesen, der sich mit den Falschen anlegt.«

Als die beiden kurz darauf den Tatort betraten, sah sich Meinfeld bezüglich seiner Aussage auf schreckliche Weise bestätigt. Man hatte Josefine regelrecht massakriert. Im ersten Moment registrierte sein Gehirn nur das viele Blut. Spritzer an der Wand hinter dem Bett, getränkte Laken, Pfützen an den Kopfenden. Er scannte den schlanken Körper, die Haut war verschmiert, als hätte man einen Eimer rote Farbe darüber gekippt. Es roch metallisch, aber gleichzeitig konnte man auch den Duft von Parfüm wahrnehmen. Ein kleiner Kosmetiktisch, voll mit Tiegeln und Fläschchen, schien die Quelle zu sein. Gut die Hälfte der filigranen Glasbehälter lagen am Boden, das Glas war zerbrochen und der ölige Inhalt überlagerte den Geruch des Todes mit Sandelholz, Rosenblüten und Jasmin.

Meinfeld, immer noch betäubt vom ersten Schock, hörte Kaller in die Runde fragen: »Ein Kampf?« Auch ihm waren der schief stehende Kosmetiktisch und die kaputten Parfümflaschen nicht entgangen. »Etwas unter ihren Fingernägeln? Faserspuren, Hautreste? Gibt es Abwehrverletzungen?«, fragte er weiter und wandte sich dabei an den Gerichtsmediziner.

Der Arzt schüttelte mit zusammengepressten Lippen den Kopf und deutete auf die Enden der gefesselten Arme. Erst jetzt registrierte Kaller die Stümpfe, dort, wo eigentlich die

Finger hätten sein sollen. Ein leiser Fluch kam über seine Lippen, bevor er nachhakte: »Hat er sie mitgenommen?«

Dieses Mal folgte ein Nicken des Mediziners.

Kaller begutachtete die Fesseln an den Fußgelenken, das Klebeband über dem Mund der toten Frau und nun auch ganz bewusst die verstümmelten Hände. Plötzlich erfassten ihn Wut, dann Angst und schließlich eine regelrechte Panik. In was für eine Welt würde sein Kind geboren werden? Was, wenn eines dieser Monster seiner Familie zu nahe käme? Der Gedanke setzte ihm so zu, dass er für einen Augenblick die Kontrolle verlor. Schweiß stand ihm auf der Stirn und er begann zu zittern.

Meinfeld packte ihn fest am Arm. »Die Kriminaltechnik hat vielleicht etwas, lass uns nach draußen gehen.«

Kaller atmete tief durch, als er aus der Wohnung trat, den Hausflur durchquerte und endlich wieder auf der Straße stand.

»Alles okay?«, fragte ihn Meinfeld besorgt. »Ich dachte schon, du kippst mir da drin um.« Es klang nicht spöttisch.

»Hast du nie Angst um deine Familie, wenn du diese Dinge siehst?«, fragte ihn sein Kollege.

Meinfeld vermied es, Kaller anzublicken. Stattdessen konzentrierte er sich darauf, mit den Augen einer Ameisenstraße zu folgen, während er sagte: »Ich habe ständig Angst.«

»Und?«, hakte der Hauptkommissar ungeduldig nach, der sich irgendein Patentrezept erhoffte.

»Ich tue meine Arbeit, versuche die Schweine zu erwischen und bin froh über jeden, der mir dabei hilft.«

Kaller verstand und nickte. »Dann los!«

Sie mussten um das Haus herum, um auf die Terrasse von Josefine zu gelangen. Die Spurensicherung hatte den Durchgang vom Wohnzimmer nach draußen noch nicht freigegeben. Auch ein Teil der Rasenfläche war gesperrt.

»Habt ihr etwas?«, fragte Kaller einen der Kriminaltechniker.

Der Mann trat auf ihn zu und erklärte: »Der Boden ist relativ trocken, aber abends werden die Rasensprenger angeschaltet. Die Abdrücke überlagern sich, aber zwei konnten wir ausmachen. Einer stammt von einem Stiefel oder Wanderschuh, ungefähr Größe 40, der andere gehört vermutlich zu einem Sportschuh, tippe auf einen Sneaker. Das müssten wir aber noch genauer bestimmen können. Der Sneakerabdruck war auf dem Teppich im Wohnzimmer.«

»Wie das? Rückstände von Erde oder Blut?«

»Nein, Fett und Öl. Wir gehen davon aus, dass der Träger des Schuhs in die Kosmetiktiegel im Schlafzimmer getreten ist. Seine Spuren lassen sich von dort bis auf die Terrasse verfolgen.« Kaller erinnerte sich an das Chaos neben dem Schminktisch.

»Und der andere Abdruck?«, fasste er nach.

»Nur draußen auf dem Rasen neben der Terrasse. Leider ist nicht nachvollziehbar, ob der- oder diejenige auch im Haus war.«

»Führt die Spur zur Terrasse hin oder weg?«, wollte Kaller daraufhin wissen.

»Es ist nur ein einzelner Abdruck, dort, wo sich nach dem Gießen das Wasser gesammelt hat, aber der führt vom Haus weg. Möglich, dass jemand aus der Wohnung der Toten kam oder aber auch nur sehr nahe an deren Terrasse vorbeigegangen ist.«

* * *

Der Gerichtsmediziner schätzte die Todeszeit auf Mitternacht oder kurz danach. Nun würden die üblichen Überprüfungen beginnen. Außerdem sollten die letzten Stunden des Opfers rekonstruiert werden. Wer hatte Josefine noch lebend gesehen und wo? Allerdings mussten sie zuerst mit der Freundin der Toten sprechen, die weinend in der Wohnung des Nachbarn saß und noch unter Schock stand. Sie hatte Josefine gefunden.

Kaller betrat das kleine Appartement, das genauso geschnitten war wie das der Toten, allerdings aufgrund der altmodischen Einrichtung völlig anders wirkte. Der Besitzer, ein Mann Anfang siebzig, der ihnen mit schlurfenden Schritten öffnete, schien nicht sonderlich geschockt. Eher wirkte er, als wäre es ganz normal, dass überall Polizei herummarschierte und die Zugänge absperrte. Er führte sie ins Wohnzimmer. Im ersten Moment zuckte Kaller zusammen, als er die Freundin von Josefine erblickte. Sie sah der Toten zwar nicht zum Verwechseln ähnlich, aber trotzdem bestand große Ähnlichkeit.

Nicht nur die Haarfarbe, auch die Frisur, die Bräune und selbst die lackierten Fingernägel erinnerten den Hauptkommissar an die hübsche Bedienung aus seiner Pension. Erst als die weinende Frau aufblickte, konnte man die Unterschiede erkennen. Ihre Züge waren kantiger, härter und vermutlich hatte sie längst nicht so eine Wirkung auf das männliche Geschlecht wie ihre tote Freundin.

Man hatte ihnen bereits den Namen der Frau mitgeteilt, sodass der Beamte sich nun ebenfalls vorstellte: »Frau Lisa Münch? Ich bin Hauptkommissar Kaller, mein Kollege Kommissar Meinfeld.«

Die Angesprochene schluchzte: »Es war so furchtbar, das viele Blut!«

Der Nachbar, ein gewisser Herr Wolf, schob der jungen Frau einen Kognakschwenker vor die Nase und nickte aufmunternd, dann zog er sich zurück in die Ecke, in der ein abgewetzter Sessel stand. Er machte keinerlei Anstalten, den Raum zu verlassen. Die Rollläden waren wegen der Abendsonne ein Stück heruntergelassen, weshalb Herr Wolf, als er sich setzte und zurücklehnte, fast ganz im Schatten verschwand. Irgendwie wirkte er wie ein Theaterzuschauer, der mucksmäuschenstill der Vorstellung folgte.

Kaller unterließ es, ihn darum zu bitten, den Raum zu verlassen. Lange Diskussionen über Hausrecht wollte er sich sparen und schon gar nicht die Zeugin von ihrer Aussage ablenken.

»Ich weiß, das ist jetzt schwer, aber könnten Sie uns bitte ganz genau wiedergeben, wie Sie Ihre Freundin gefunden haben.«

Sie hörten ein leises Klicken, das Geräusch eines Feuerzeugs. Herr Wolf zündete sich eine Zigarette an und schien auf diese Weise ein Startsignal zu geben, wie ein Regisseur.

Lisa schnäuzte sich geräuschvoll die Nase und nestelte in ihrer Tasche nach Zigaretten, um sich ebenfalls eine anzuzünden. Sie zitterte und nahm gierig den ersten Zug, bevor sie bemüht um eine genaue Wiedergabe sagte: »Wir waren verabredet. Sie hatte heute frei. Aber als ich klingelte, machte niemand auf. Also öffnete ich mit dem Schlüssel.« Sie bemerkte, dass der Polizist zu einer Frage ansetzte, und erklärte automatisch: »Jede hat den Schlüssel der anderen für Notfälle.«

»Sie dachten sofort an einen Notfall?«, warf Meinfeld überrascht ein.

Lisa lächelte schwach und wirkte dadurch wesentlich hübscher. »Nein, ich dachte, sie steht noch unter der Dusche. Das kam öfter vor. Josefine ist …« Sie verbesserte sich: »… war immer spät dran. In so einem Fall schließe ich mir selbst auf.«

»Verstehe«, erwiderte Kaller und gab ihr damit das Zeichen weiterzusprechen.

»Ich betrat die Wohnung, ging Richtung Bad und rief Josefines Namen. Da ich weder das Wasser hörte noch eine Antwort bekam, ging ich ins Wohnzimmer, dachte, sie ist vielleicht auf der Terrasse. Ich sah, dass die Tür offen stand, aber sie war nicht dort. Erst dann bin ich ins Schlafzimmer …« Ein Weinkrampf schüttelte die Frau und Kaller ließ ihr Zeit.

»Haben Sie irgendeine Ahnung, wer Ihrer Freundin das angetan hat?«, stellte er schließlich behutsam seine nächste Frage.

»Ein totaler Irrer«, rief sie erzürnt auf und ergänzte wütend: »Ist das nicht klar? Kein normaler Mensch könnte so etwas tun. Josefine war der Wahnsinn, sie war für mich wie eine Schwester, alle haben sie geliebt.«

Der Hauptkommissar hatte daran starke Zweifel, behielt die aber für sich. Stattdessen begann er, die üblichen Routinefragen zu stellen. »Gab es Feinde, vielleicht ein eifersüchtiger Ex-Freund, ein abgewiesener Verehrer?«

Lisa lachte auf. »Die Liste der Verehrer wäre lang, aber da war keiner dabei, der Josefine Angst gemacht hätte. Schlimmer sind da die eifersüchtigen Weiber.« Und plötzlich fiel ihr etwas ein. Ihre Stimmung änderte sich und euphorisch griff sie zum Smartphone. »Sehen Sie sich das an, das hat sie mir noch gestern Nacht geschickt.«

Kaller betrachtete die Nachricht, die mit allerlei Emojis bestückt war und lautete:

> *Die alte Schmidt hat mir vor dem Laden aufgelauert und eine Szene gemacht wegen ihrem Schwachkopf von Bruder. Hab ihr den Finger gezeigt, reden morgen, HDL*

»In welcher Beziehung stand Ihre Freundin zu der Familie Schmidt?«, fasste Kaller daraufhin sofort nach.

»In gar keiner. Benjamin hing oft in der Bar herum und hat Josefine angemacht. Er gab großzügiges Trinkgeld. Soviel ich weiß, ist er Musiker. Ich finde ihn eigentlich ganz nett, aber Josefine hielt nicht viel von ihm.« Lisa änderte ganz unbewusst ihre Haltung, um ihre tote Freundin zu imitieren. Mit verstellter Stimme sagte sie: »Wer bei der älteren Schwester wohnt und zu Fuß unterwegs ist, der ist ein Loser.«

»Aber es gab keine Beziehung zwischen den beiden? Zwischen Josefine und Herrn Schmidt?«

»Nein, niemals«, reagierte Lisa beinahe aufgebracht.

Kaller wollte schon zum nächsten Punkt kommen, da unterbrach ihn das überdeutliche Räuspern von Herrn Wolf.

Er hatte sich ein Stück nach vorne gebeugt und sein Kopf war nun wieder im Licht sichtbar. »Ist das der Bruder von der Lehrerin, oben im Internat?«

Hauptkommissar Kaller bejahte das.

»Der war heute Morgen hier«, sagte der alte Mann daraufhin, lehnte sich wieder zurück und zündete sich in aller Seelenruhe eine weitere Zigarette an.

* * *

Der Richter stellte einen Durchsuchungsbeschluss für die Wohnung der Schmidts aus.

Weitere Zeugen, darunter auch Ansgar Kaufmann und Thomas Schuster, bestätigten den Streit zwischen Tanja Schmidt und der Bedienung Josefine Cordes am Abend vor deren Tod. Der Nachbar Herr Wolf versicherte den Beamten glaubhaft, ein Geräusch, das wie zerberstendes Glas klang, in der Nachbarwohnung gehört zu haben, woraufhin er auf seine Terrasse gegangen sei, um nachzuschauen. Dabei habe er dann beobachtet, wie Benjamin Schmidt äußerst eilig auf diesem Weg Josefines Wohnung verlassen hatte. Auch wenn das laut den Ergebnissen der Gerichtsmedizin Stunden nach dem Mord stattgefunden hatte, bestand Tatverdacht. Immerhin hatte Benjamin nicht die Polizei verständigt, was den Schluss nahelegte, er hätte etwas mit dem Verbrechen zu tun. Abgesehen davon gab es Täter, die es entweder genossen, lange am Tatort zu verweilen, oder aber nach ihren Morden dahin zurückkehrten.

Kaller hatte sich an die Sneakers vor der Wohnungstür

erinnert, die Tanja so hastig zur Seite geschoben hatte, und immer mehr das Gefühl, dass sie eine heiße Spur verfolgten.

Tanja Schmidt war wütend, als die Beamten am späten Abend ihre Wohnung auf den Kopf stellen wollten, aber Benjamin gebärdete sich wie ein Wahnsinniger. Die Polizisten mussten ihm Handschellen anlegen und ihn abführen, damit sie überhaupt anfangen konnten. Er beschimpfte seine Schwester auf geradezu unverschämte Weise und gab ihr die Schuld an seiner Lage. Die Turnschuhe vor der Tür wurden eingepackt. Ein erster Vergleich ergab, dass der Abdruck, den sie in der Wohnung gefunden hatten, zur linken Sohle von Benjamins Schuh passte. Genaueres konnten die Laborergebnisse liefern. Wenn er im Schlafzimmer von Josefine Cordes gewesen war, dann würde ihn die Forensik überführen.

Aber der Schuh sollte nicht das einzige interessante Beweisstück bleiben.

Schließlich war es Meinfeld, der ins Wohnzimmer kam und Kaller eine Archivierungstüte reichte, in der sich eine schmale Halskette befand mit einem goldenen Kreuz als Anhänger.

»Wo wurde das gefunden?«, fragte der Hauptkommissar angespannt.

»Versteckt zwischen der Unterwäsche von Tanja Schmidt«, informierte ihn sein Kollege.

Als Kaller kurz darauf zu der Lehrerin trat und sie bat, sich die Kette anzusehen, füllten sich deren Augen mit Tränen.

»Die gehörte Melanie, nicht wahr?«, versuchte er es verständnisvoll, während er sich an die Aussage der Brüder Rau erinnerte.

Sie nickte und kam, ohne Widerstand zu leisten, seiner Bitte nach, die Beamten aufs Revier zu begleiten.

* * *

Kapitel 12

Zur gleichen Zeit

Till und Timo Rau saßen in ihrer Wohnung im Wohnzimmer. Die Fenster standen offen, aber kein Lüftchen wehte herein. Das Gewitter, das sich am Morgen angekündigt hatte, war sang- und klanglos verschwunden und hatte eine erdrückende Hitze zurückgelassen. Die beiden Männer bearbeiteten einen Stapel Rechnungen.

»Mutters Heimunterbringung frisst unsere Reserven auf. Ich denke, wir sollten es tun«, sagte Timo.

»Sie würde es nicht gutheißen«, antwortete sein Bruder.

»Natürlich nicht, aber sie ist nicht mehr in der Lage, irgendwelche Entscheidungen zu treffen«, reagierte Timo aufgebracht. »Sie hat uns diesen Schlamassel doch letzten Endes eingebrockt.«

»Versündige dich nicht«, fuhr ihn Till an.

»Lass es«, schnauzte der andere zurück. »Die Bibelsprüche machen uns nicht satt. Was hat sie denn je für uns getan?«

Till wollte Einwände erheben, wirkte geschockt über den Ausbruch des Bruders, aber der fegte bereits wütend mit der Hand die Papiere vom Tisch, bevor er sich selbst antwortete: »Ihre ganze Aufmerksamkeit galt doch Melanie.« Abwehrend hob er die Arme. »Nicht dass ich unsere Schwester darum beneidet hätte. Der ganze Kram von Reinheit und Demut hat das Mädchen doch erst zu einem Opfer gemacht.«

»Maurice Lehbach ist schuld an ihrem Tod«, begehrte Till auf.

»Natürlich ist er das, aber nur weil sie nicht auf das Leben vorbereitet war, und das ist Mutters Schuld. Und wenn du glaubst, dass ich mir jetzt auch noch das Geschäft kaputtmachen lasse, dann hast du dich getäuscht. Sie hat Vater auf dem Gewissen, es reicht. Wir brauchen dringend Geld und ich weiß, wo wir das herbekommen.«

* * *

Auf dem Revier, zur gleichen Zeit

Wilma Janson hatte eine Aussage nach der anderen aufgenommen. Jedem möglichen Zeugen hatte sie auf den Zahn gefühlt. Neben den letzten Gästen von Josefine, wie zum Beispiel Ansgar Kaufmann und Thomas Schuster, auch deren Chef, Bekannten und Nachbarn. Jetzt taten ihr die Füße weh und sie hatte das Gefühl auszutrocknen. Die verschwitzte Uniform klebte an ihrem Körper und jedes einzelne ihrer Haare schien sich gegen Wilmas Willen zu kräuseln. Sie fühlte sich reif für eine Dusche und wünschte sich, dass Stefan Altendorf nicht ausgerechnet jetzt in ihr Büro spaziert wäre.

Allerdings kam er ja auch nicht ihretwegen.

»Was ist hier los?«, fragte er unfreundlich und hatte im Moment wenig gemein mit dem sonst so umgänglichen Internatsleiter.

»Das kann ich dir nicht sagen, tut mir leid«, antwortete sie mit echtem Bedauern.

»Dann möchte ich mit jemanden sprechen, der das kann«, blieb er schroff.

Sie sah ihn wie vom Donner gerührt an und endlich löste sich seine Anspannung. »Ich habe es nicht so gemeint«, lenkte er ein, und sie machte eine wegwerfende Handbewegung, um ihm zu zeigen, dass ihr sein Ton nichts ausgemacht hatte. Allerdings entsprach das keinesfalls der Wahrheit. Sie fühlte sich verletzt.

»Es ist nur so, dass man Tanja und Benjamin abgeführt hat, und ich mache mir Sorgen. Vor allem um Tanja, wir sind immerhin nicht nur Kollegen.«

Diese Aussage versetzte ihr einen weiteren Stich. War da vielleicht doch mehr zwischen den beiden?

In einem Anflug von Eifersucht reagierte sie zickig. »Ich kann dir trotzdem nichts sagen, aber ich hole gerne Hauptkommissar Kaller, wenn du darauf bestehst. Das kann allerdings dauern, er ist noch beschäftigt. Du kannst auf den Besucherstühlen Platz nehmen.«

Jetzt war es an ihm, sie verdutzt anzublicken.

Wilma wandte sich schnell ab und tat so, als würde sie wichtige Dokumente in der Ablage suchen, während Altendorf grußlos und mit seltsamem Gesichtsausdruck den Polizeiposten verließ.

* * *

Kaller unterhielt sich zuerst mit Benjamin Schmidt. Der, aus seiner gewohnten Umgebung gerissen und ohne den Rückhalt der Schwester, plötzlich kleinlaut und eingeschüchtert wirkte. Jammernd gab er zu, dass er Josefine gemocht und versucht hatte, bei ihr zu landen. Nachdem ihm das Labor den Schuhabdruck zweifelsfrei zuordnen konnte, gestand er, in der Wohnung der Toten gewesen zu sein.

Mit den Nerven am Ende stammelte er: »Ja, ich war dort. Aber doch nur, weil sie mich versetzt hatte! Sie wollte sich mit mir auf einen Kaffee treffen und kam nicht.«

»Waren Sie schon öfter in Frau Cordes' Wohnung?«, fasste der Hauptkommissar nach.

»Nein, das erste Mal, ich schwöre es Ihnen.« Er weinte. »Ich habe geklingelt, aber niemand hat geöffnet. Deshalb bin ich ums Haus herum.«

»Haben Sie Frau Cordes gestalkt?«, setzte ihm der Hauptkommissar weiter zu.

»Niemals!«, rief er empört, »ich hatte keinerlei böse Absichten, das müssen Sie mir glauben. Ich sah, dass die Terrassentür offen stand, und rief nach Josefine. Ich dachte mir nichts dabei, ging hinein und als ich sie fand, da geriet ich in Panik. Ich stieß an den Tisch, diese ganzen Flaschen … sie fielen zu Boden«, stotterte er weiter. »Dann bin ich nach Hause gerannt. Ich weiß nicht einmal mehr, wie ich da hingekommen bin.«

»Wieso haben Sie nicht die Polizei gerufen?«

»Ich stand unter Schock!«, rief Benjamin. »Eigentlich tue ich das immer noch. Dürfen Sie mich dann überhaupt verhören?« Seine Großspurigkeit schien zurückzukehren.

»Sie wurden über Ihre Rechte aufgeklärt, haben auf einen Anwalt verzichtet …«

»Weil ich nichts getan habe«, unterbrach ihn Schmidt.

»Wir haben Zeugen, die beschwören, dass Sie ein sexuelles Interesse an Josefine Cordes gezeigt haben. Ebenso wurde uns gesagt, dass das Opfer sich darüber lustig gemacht hat. Trotzdem ließ sie sich von Ihnen einladen.«

»Das waren höchstens ein oder zwei Kaffee«, verteidigte sich Benjamin.

Aber Kaller fuhr unbeirrt fort: »Josefine hat stets großzügige Trinkgelder entgegengenommen. Die Kleine hat Sie verarscht«, versuchte Kaller sein Gegenüber zu provozieren. »Ist doch kein Wunder, dass Ihnen da die Gäule durchgegangen sind. Wie lief das ab? Hat sie Ihnen Hoffnungen gemacht, Sex versprochen und Sie dann abblitzen lassen, immer und immer wieder?«

»Hören Sie auf!«, schrie Benjamin, »hören Sie auf!« Er keuchte. »So war das nicht, ich habe ihr nichts getan, ich beeidige das«, jammerte er und schnappte nach Luft wie ein Fisch auf dem Trockenen. Es war ein erbärmlicher Anblick und Kaller neigte dazu, ihm zu glauben. Was Benjamin Schmidt auch immer mit den Morden zu tun hatte, der Hauptkommissar konnte sich momentan kaum vorstellen, dass dieser Mann das hätte allein durchziehen können. Was den Beamten automatisch zu Tanja Schmidt führte. Er stand auf.

»Was wird denn jetzt?«, fragte Benjamin daraufhin unsicher.

»Sie warten hier«, war die einzige Information, die er von dem Polizisten erhielt.

Als Kaller das Zimmer verließ und auf den Flur trat, sah er Kommissar Meinfeld auf sich zukommen.

»Wir haben endlich Nachricht aus den USA«, sagte der.

»Ihr habt Lehbachs Ex-Freundin Annette gefunden?«, fragte Kaller ungeduldig.

»Ja und nein«, gab sein Kommissar auf eine Weise Antwort, die nur bedeuten konnte, dass diese Spur ins Leere führte. »Sie ist tot«, sagte Meinfeld bedauernd.

»Verdammt!«, fluchte sein Vorgesetzter laut.

»Autounfall vor drei Jahren. Aber«, fuhr Meinfeld triumphierend fort, »ich habe Informationen von den Frankfurter Kollegen. Die Alibis der Schmidts für den Mord an Nicklas Frey sind lückenhaft. Im Hotel konnte sich niemand daran erinnern, wann die beiden in der Nacht zurückgekehrt sind, und auch in den angeblichen Klubs, in denen sie waren, haben sie keinen bleibenden Eindruck hinterlassen.«

Kaller betrat mit ernster Miene den Raum, in dem Tanja Schmidt saß. Die Frau hatte sich wieder gefangen, die Tränen waren versiegt und sie wirkte beherrscht.

Um sie aus der Reserve zu locken, appellierte der Hauptkommissar an ihre schwesterlichen Gefühle. »Ein Junge wie Benjamin wird es im Knast schwer haben.«

Die Art, wie sie die Augen aufriss, verriet ihm, dass der Bruder tatsächlich ihr wunder Punkt war.

»Er hat nichts getan«, begehrte sie auf.

»Das wird ein Richter sicher anders sehen. Immerhin war er am Tatort.«

»Warum hätte er Josefine töten sollen?«, hielt sie dagegen.

»Um seine Schwester zu rächen. Schließlich gab es da diesen Streit zwischen Ihnen und Josefine, kurz bevor sie starb. Wir haben genug Zeugen, die uns das Gespräch wiedergeben können. Sie warfen ihr vor ...«

»Schon gut, ich weiß, was ich gesagt habe. Glauben Sie mir, ich bereue es bereits. Allerdings beweist das nicht die Schuld meines Bruders.«

»Sie haben beide kein Alibi für die Mordnacht.«

»Ich bin nach dem Wortgefecht mit Josefine sofort nach Hause gegangen. Wo mein Bruder übrigens bereits in seinem Bett lag und tief schlief.«

»Und wenn das nicht der Fall gewesen wäre, dann würden Sie mir das natürlich mitteilen«, erwiderte Kaller voller Sarkasmus.

»Das ist die Wahrheit«, antwortete sie zornig.

»Sie haben kein Alibi für die Nacht, in der Nicklas Frey ermordet wurde. Der Termin für das Vorspielen fand nie statt, keiner der Klubbesitzer erinnert sich an Ihren Besuch und auch das Hotel kann nur bestätigen, dass Sie ein- und ausgecheckt haben, mehr nicht.«

»Na, was denken Sie denn?«, schnauzte Tanja jetzt wütend, »dass sich alle nach mir umdrehen, wenn ich einen Raum betrete, als wäre ich der größte Rockstar aller Zeiten?« Sie schnaufte genervt. »Ich bezweifle, dass man mich verurteilen kann, weil mir der Wiedererkennungswert fehlt.«

Kaller kämpfte gegen ein Grinsen an, die Frau war zumindest schlagfertig, das musste man ihr lassen.

»Und warum hätte ich Nicklas töten sollen?«, fuhr sie nun ruhiger fort.

»Rache für Melanie Rau«, warf ihr der Hauptkommissar an den Kopf.

»Das ist doch Unsinn.« Sie verzog abfällig den Mund.

»Was ist mit dem Anhänger? Sie haben zugegeben, dass der Melanie gehört hat.«

»Ja, eine dumme Sentimentalität, nichts weiter. Ich habe ihn aufgehoben.«

Kaller blätterte in einer Akte auf dem Tisch und sagte dann übertrieben nachdenklich an Meinfeld gewandt: »Hat Frau Schmidt bei der letzten Befragung nicht ausgesagt, dass sie Melanie Rau nur flüchtig gekannt hat?«

»Hören Sie auf mit diesem Theater«, blaffte ihn Tanja an. »Ja, das habe ich gesagt.«

Kaller, unbeeindruckt von ihrem anklagenden Tonfall, fragte: »Ist es nicht ungewöhnlich, etwas von einem Menschen aufzubewahren, den man nicht gekannt hat?«

»Kaum gekannt«, verbesserte ihn Tanja. »Aber als Melanie starb, waren alle betroffen, auch ich.«

»Wo hatten Sie den Anhänger her?«

»Ich weiß es nicht mehr«, antwortete sie ausweichend.

»Lehbachs Ex-Freundin Annette starb vor drei Jahren bei einem Unfall«, wechselte Kaller abrupt das Thema.

Tanja Schmidt sagte mechanisch: »Das tut mir leid.« Es klang nicht aufrichtig.

»Was ist damals vorgefallen?«, bohrte Kaller weiter. »Wir wissen bereits, dass Lehbach Melanie wenn nicht sexuell missbraucht, dann doch zumindest ausgenutzt hat. Sie verraten also keine Geheimnisse mehr.«

Tanja sah ihn geschockt an und Kaller war sich sicher, dass sie jeden Moment einknicken würde, deshalb setzte er ihr weiter zu. Er blätterte wieder in der Akte und zog eine Fotografie heraus. »Kennen Sie dieses Graffiti?«

»Ich habe es heute das erste Mal gesehen, und zwar nachdem es Ihnen bereits von Olaf Rotach gezeigt worden war.«

»Sicher?«

»Ganz sicher!«

»Sie sind Musiklehrerin?«

»Unter anderem«, antwortete sie trocken.

»Künstler neigen doch im Allgemeinen dazu, ihre Gefühle und Gedanken über Musik, Bilder oder Gedichte auszudrücken.«

»Was?«, gab sie gereizt Antwort. »Und jetzt denken Sie, ich schnappe mir eine Spraydose und bekritzle die Wände.«

»Ein sensibles Mädchen im Alter von ungefähr achtzehn Jahren, in einem Internat, in dem sich eine Mitschülerin umbringt, hätte das vielleicht getan.«

Es war schon spät, auch im Verhörraum herrschte eine große Hitze, alle waren müde und Tanja sehnte sich nach Ruhe. Sie wollte keine Fragen mehr beantworten, sich keine Sorgen mehr um Benni machen und endlich die Schuld begleichen, die ihr seit damals wie eine schwere Last auf den Schultern lag.

»Ja«, antwortete sie nun langsam. »Sie haben recht, ich habe gelogen. Ich wusste das von Maurice und Melanie. Aber ich schwieg, deshalb blieb Maurice der Star der Schule, obwohl er ein unschuldiges Mädchen in den Tod getrieben hat. Für die meisten war der Selbstmord ein Schock, aber da man Melanie sowieso für merkwürdig hielt …« Sie lächelte voller Zärtlichkeit bei der Erinnerung an das junge Mädchen. »Welcher Teenager betet schon ständig und begegnet selbst den boshaftesten Mitschülern mit Verständnis und Zuneigung?« Sie seufzte. »Nach den Sommerferien hat sich niemand mehr an sie erinnert.« Dann sagte sie kämpferisch: »Ich wünschte, ich wäre das mit dem Graffiti gewesen, aber ich blieb stumm.«

* * *

Am nächsten Morgen

Die Nachrichten waren voll von Meldungen über Maurice Lehbach. Der bis gestern noch aufrichtig betrauerte

Geschäftsmann wurde seit den frühen Morgenstunden als Sexmonster verdammt. Es gab Interviews mit den Geschwistern einer gewissen Melanie Rau und die Presse warf lauter unangenehme Fragen auf. Nelly Kaufmann hatte von einem Programm zum anderen gezappt. Selbst Catherine Dubois, die Freundin des Verstorbenen, erschien auf der Mattscheibe, untröstlich, aber offensiv, bereit, sich der Öffentlichkeit zu stellen. Nicht ganz uneigennützig, wie Nelly annahm.

Ansgar hatte die Reportagen nicht kommentiert, ihr aber einen eigenartigen Blick zugeworfen. So als wollte er sagen: »Und dieses Schwein hättest du mir vorgezogen?«

Zum Glück mussten er und Thomas kurz darauf zu einer Baustelle. Sie hätte keinen der beiden momentan ertragen können. In letzter Zeit schien sich sowieso etwas verändert zu haben. Erst hatte sie einen Streit vermutet, aber dann wirkten Ansgar und Thomas plötzlich noch vertrauter. Das Gefühl, ausgeschlossen, ja beinahe schon lästig zu sein, veranlasste Nelly, sich noch weiter zurückzuziehen. Dass man Maurice nun wie einen rücksichtslosen Mistkerl darstellte, störte sie nicht. Genau das hatte ihn doch ausgemacht. Seine Unnachgiebigkeit, seine Härte und dann die Momente, in denen er ihr die schönen Dinge gesagt hatte und so nah war. Sie hätte alles dafür gegeben, mit ihm zusammen zu sein, egal was auch immer er ihr angetan hatte.

Daher war Nelly auch wütend auf das Mädchen, über das nun alle sprachen. Immerhin trug sie die Schuld daran, dass man gerade Lehbachs Ruf ruinierte. Spontan hatte sie deshalb beschlossen, die Stelle aufzusuchen, an der Maurice gestorben war. Unterwegs hatte sie in einem Vorgarten drei weiße Rosen abgerissen, die sie zum Abschied niederlegen wollte. Ohne Eile ging sie jetzt den kleinen Fußweg entlang, der Richtung Internat führte. Die Blätter der Rebstöcke würden sie für die Menschen unten in der Stadt unsichtbar machen. Mit einem langen Seufzer dachte sie an ihren Bruder Thomas. Er würde es nicht verstehen, dafür war er zu praktisch veranlagt. Thomas hatte sich als Kind zum Beispiel einen Bruder gewünscht. Da er nun einmal nur eine Schwester hatte, war er kurzerhand außer Haus auf die Suche gegangen. So wurden er und Ansgar unzertrennlich. Und als Nelly unglücklich verliebt war, schien es ihm nur logisch, sie mit seinem besten Kumpel zusammenzubringen.

Für einen Augenblick verfluchte sie Thomas und die Tatsache, dass er von ihrem Kummer erfahren hatte. Womöglich wäre dann alles anders gekommen. Nelly blieb stehen und atmete durch. Sie spürte die Anstrengung. Schweiß stand ihr auf der Stirn und ihre Lungen brannten. Die Hitze war bereits am frühen Morgen unerträglich. Die Hand schützend über den Augen betrachtete sie den Himmel. Wie am Tag zuvor sah es nach einem Unwetter aus, aber momentan zirpten noch die Grillen, zwitscherten die Vögel und Nelly konnte sogar eine Eidechse entdecken, die aber sofort hinter einen Stein huschte. Vielleicht sollte sie sich von Ansgar trennen, irgendwo ganz von vorne anfangen? Sie würde bald ihren fünfzigsten Geburtstag feiern, die Zeit rann ihr also durch die Finger. Tief in Gedanken versunken setzte sie ihren Weg fort. Sie wusste nicht genau, wo man die Leiche gefunden hatte, aber als sie das zertrampelte Stück Erde sah, die kahlen Rebstöcke und die herausgerissenen Befestigungsstangen, da gab es keinen Zweifel, dass die Stelle direkt vor ihr lag.

Nelly ging auf die Knie und legte die Rosen ab. Zärtlich strich sie über die kräftigen Blütenblätter, die in der Hitze vermutlich bald vertrocknen würden, sprach ein stilles Gebet und erhob sich. Gegenüber stand eine alte Holzbank. Die Sonne hatte die Farbe ausgebleicht und unzählige Schüler hatten dort ihre Initialen eingeritzt. Sie setzte sich und schloss die Augen. Eine ganze Weile blieb sie in dieser

Position und döste vor sich hin, widmete sich ihren Tagträumen und glaubte, allein zu sein.

Die Stimme ließ sie deshalb regelrecht in die Höhe schrecken.

»Mein Bruder und ich fragen uns, warum du so einem Kerl Blumen bringst. Die sind doch für ihn, oder? Für Maurice.«

Nelly wurde von der Sonne geblendet, als sie die Augen öffnete. Sie musste mehrmals blinzeln, konnte dann im Gegenlicht eine Gestalt ausmachen und glaubte, sie zu erkennen.

»Hast du denn nicht gehört, was sie über ihn sagen? Es kommt in allen Nachrichten.«

»Ich muss gehen«, vermied sie es, eine Antwort zu geben, und machte Anstalten, sich zu erheben.

»Warte! Wir wollen nicht, dass du gehst, lass uns über Maurice sprechen.«

Mit mehr Mut, als sie empfand, stand Nelly trotzdem auf und erwiderte: »Ich aber nicht. Auf Wiedersehen.«

Sie wandte sich um und noch ehe sie einen Fuß vor den anderen setzen konnte, spürte sie einen brennenden Schmerz im Rücken. Der Schnitt des Messers zog sich quer von Hüfte zu Hüfte. Trotzdem stürzte Nelly noch nicht zu Boden. Erst als die scharfe Klinge der Axt wie ein Geschoss ihre Wirbelsäule zertrümmerte, brach sie zusammen. Ein leises Röcheln signalisierte, dass sie noch lebte – das wiederum führte dazu, dass man das mörderische Werkzeug aus ihrem Rücken riss.

Mehrere Wirbel waren bereits durchtrennt, an den Verletzungen wäre sie in den nächsten Minuten gestorben, aber der Mörder wollte nicht warten. Er holte erneut aus und dieses Mal zielte er auf das Genick der Frau. Er fühlte sich stark, erinnerte sich an Bilder von Henkern mit schwarzen Masken und muskulösen Oberarmen, die breitbeinig auf dem Schafott standen und einem Menschen mühelos mit einem Schlag den Kopf vom Körper trennen konnten. Diese Vorstellung beflügelte ihn. Allerdings benötigte er wesentlich mehr Versuche. Knorpel und Sehnen waren keine Gegner, aber die Halswirbel stemmten sich gegen die Waffe wie harter Fels. Endlich, nach einem weiteren Hieb, war es vollbracht. Nellys Kopf löste sich vom Hals. Überall war Blut, das der trockene Boden nicht aufnehmen konnte; so bildete sich eine dunkelrote Pfütze.

Nun war es ganz still. Die Grillen schwiegen, die Vögel hatten sich bereits beim ersten Axtschlag in die Lüfte erhoben und waren verschwunden und selbst die Eidechse, die normalerweise jede Gelegenheit nutzte, die Sonne anzubeten, blieb starr im Schatten ihres Verstecks.

»Warum hast du das getan, Bruder?« Es lag kein Vorwurf in der Frage, nur Neugier.

»Weil es nötig war«, folgte die Antwort, in der jegliche Reue fehlte.

* * *

Zur gleichen Zeit

Hauptkommissar Kaller war bereits früh im Polizeiposten erschienen. Einen lauwarmen Kaffee schlürfend brütete er über den Protokollen der letzten Nacht. Die Aussage von Tanja Schmidt las er nun bereits zum zweiten Mal. Auf seine Frage hin, warum sie geschwiegen hatte, war zunächst keine Reaktion gefolgt. Dann jedoch hatte sie sich entschlossen, eine umfassende Aussage zu machen.

»Vermutlich war das ein Fehler, aber damals schien es mir einfach das Beste, den Mund zu halten.« Sie hatte Kaller offen angesehen. »Ich war ein dummes Mädchen und ich war verliebt.«

»In Maurice Lehbach?«, fasste der Hauptkommissar nach, weil ihm das als Erstes in den Sinn kam.

Allerdings begann Tanja daraufhin schallend zu lachen. »In *Maurice?* Ich bitte Sie. Eigentlich hätte ich angenommen, Sie wären schon längst dahintergekommen.« Sie wurde ernst. »Nein, Maurice hat mich nie interessiert. Mein Herz gehörte Melanie ab dem Moment, ab dem ich sie das erste Mal sah.«

Den Beamten im Verhörzimmer gelang es nicht ganz, ihre Überraschung zu verbergen. Tanja nahm es den Männern nicht übel, machte eine wegwerfende Handbewegung und fuhr fort: »Ja, natürlich, es waren die Achtziger. Die Welt fing an, Schwule zu lieben, und Homosexualität wurde nicht mehr verdammt. Trotzdem konnte ich damit nicht umgehen. Mein Elternhaus war sehr konservativ, abgesehen davon drehte sich dort alles um meinen kleinen Bruder, und ich hatte niemanden zum Reden. Ich entwickelte eine eigene Strategie und die hieß Verstecken. Es wusste niemand von meiner Orientierung, wenn Sie so möchten. Alle sahen mich als Annettes Anhängsel, die ich für ihre Schönheit ehrlich bewunderte.«

Sie machte eine Pause, erinnerte sich an ihre Schulzeit zurück und schüttelte müde den Kopf. »Ich dachte immer, eines Tages, da wird sich etwas ändern, ich werde mich ändern. Aber überhaupt nichts ist passiert. Ich verleugne immer noch, wer ich bin, und versuche nur den anderen zu gefallen.«

Kurz befürchtete Kaller, die Frau würde abschweifen, aber erschrocken über die eigene Offenheit kam sie zum Thema zurück. »Stefan Altendorf hat uns Melanie vorgestellt. Sie war ein Neuzugang und als Sohn des Direktors musste er sie herumführen. So lernte ich sie kennen. Maurice hatte offenbar Interesse an ihr. Sie war jünger und er glaubte, ein leichtes Opfer vor sich zu haben. Er war ein Schürzenjäger. Meistens führten seine Bemühungen so schnell zum Ziel, dass Annette gar nicht mitbekam, was geschah. Aber Melanie war eben anders. Sie stammte aus einer gläubigen Familie. Keuschheit war für sie etwas Heiliges. Maurice muss sich mit seinen übertriebenen Bemühungen verraten haben, jedenfalls war Annette alarmiert. Sie hat sich mir anvertraut, hatte Angst, dass Maurice sie wegen Melanie verlassen könnte. Annette war ein oberflächlicher Mensch. Sie dachte vor allem an ihren Ruf, deshalb war die Vorstellung, von einer anderen ersetzt zu werden, ein Albtraum für sie.«

»Hatte Maurice Lehbach denn ernste Absichten, was Melanie Rau anging?«

Wieder lachte Tanja auf, dieses Mal klang es gehässig. »Maurice war genau wie Annette oberflächlich. Die beiden hatten sich wirklich verdient. Ihm ging es nur um sein Vergnügen, kein Gefühl, nichts.«

»Was ist dann passiert?«

»Nachdem Annette mir das erzählt hat, bat sie mich, *Nachforschungen* anzustellen.« Sie lächelte schwach. »Das bedeutete damals, ich sollte ihre Rivalin aushorchen. Melanie kam nach dem Wochenende von zu Hause zurück und war bereits am Boden zerstört. Ich fragte ganz harmlos, ob alles in Ordnung sei, und da brach es aus ihr heraus. Sie erzählte mir die ganze Geschichte.« Tanja seufzte und es war ihr anzumerken, dass sie sich immer noch schuldig fühlte, ihr Wissen damals nicht anders eingesetzt zu haben. »Offensichtlich hatte Maurice eine Party im engsten Kreis organisiert. Nur er und seine beiden Kumpels Armin und Nicklas und natürlich Melanie. Ich nehme an, sie hat sich zu lange geziert und er wollte nachhelfen. Es gab reichlich Alkohol, sie ließ sich darauf ein, und schließlich verlor sie in dieser Nacht ihre Jungfräulichkeit. Kein Gericht der Welt hätte Maurice dafür verurteilt, aber moralisch hat er sie meiner Meinung nach missbraucht. Sie schämte sich deshalb und wusste nicht, was sie tun sollte. Erschwerend kam hinzu, dass Maurice ab diesem Moment so tat, als würde sie nicht mehr für ihn existieren, obwohl er sie zuvor mit Liebesschwüren überhäuft hatte. Sie hoffte darauf, dass er zu ihr halten und sie ein Paar werden würden. Melanie war wirklich naiv, aber auch von einer Reinheit und Ehrlichkeit, die man so gut wie überhaupt nicht mehr findet. Sie suchte verzweifelt nach einem Ausweg und hatte ihre Mutter gebeten, sie von der Schule zu nehmen. Aber die hatte sie nur beschimpft und zurück aufs Internat geschickt, sozusagen als Strafe. Melanie spielte sogar mit dem Gedanken, Annette alles zu beichten, um so ihren Seelenfrieden wiederzufinden.« Tanja atmete schwer. »Ich hielt sie davon ab. Erinnerte sie daran, dass Maurice im nächsten Schuljahr sein Abitur machen und die Schule verlassen würde. Ermahnte sie, einfach so zu tun, als wäre nichts passiert, und versicherte ihr, dass bald alles vergessen sei. Annette erzählte ich, dass zwischen den beiden niemals etwas laufen würde, und sie hat mir geglaubt. Wie gesagt, Annette war oberflächlich und auch nicht sonderlich gescheit.«

»Wie ging es weiter?«, fasste Kaller nach, der die Antwort im Prinzip schon kannte.

»Wenige Tage später hat sie sich erhängt.« Tanjas Augen füllten sich mit Tränen. »Mein Ratschlag hat sie in den Tod getrieben. Ich fand sie auf dem Dachboden.«

»Und der Anhänger?«, fragte Kaller verständnisvoll.

»Sie hatte ihn abgelegt und ich nahm ihn an mich.«

»Warum der Dachboden?«

»Vermutlich eine letzte Botschaft an Maurice. Unsere Clique ist da manchmal heimlich hinaufgeschlichen. Stefan hatte für uns einen Schlüssel versteckt. Wahrscheinlich hat Maurice sie einmal mitgenommen. Man hat von dort oben einen herrlichen Blick über das Tal«, sagte sie tonlos.

»Und es gab keinen Abschiedsbrief?«, hakte Kaller nach.

»Nein«, bestritt Tanja vehement. »Zumindest nicht auf dem Speicher. Ich bin jedenfalls feige in mein Zimmer zurückgeschlichen. Irgendwer vom Personal hat sie gegen Mittag gefunden.«

»Und wie hat Maurice reagiert?«

Tanja überlegte einen Augenblick und wählte ihre Worte mit Bedacht: »Er reagierte wie wir alle: bestürzt. Ich hatte jedoch nie den Eindruck, dass er sich die Schuld dafür gab. Armin, sein Freund, war, was das anging, ebenfalls völlig unsensibel. Nach den Sommerferien wirkten die beiden absolut normal. Einzig Nicklas schien das zu belasten. Er soff wie ein Loch, außerdem kamen Drogen dazu. Ein Wunder, dass er überhaupt die Prüfungen geschafft hat. Bei Annette war ich überrascht. Sie hielt das Schuljahr durch, tat so, als wäre alles in bester Ordnung, aber dabei wirkte sie verkrampft. Sie suchte Abstand zu Maurice, schob das Abitur vor und verschwand nach den Prüfungen in die USA.«

»Könnte sie es gewusst haben?«

»Möglich«, fuhr Tanja fort, »Maurice hat ihr vielleicht in einem Anfall von Reue und unter reichlich Alkoholeinfluss davon erzählt. Vielleicht hat Nicklas gequatscht, der heimlich in Annette verliebt war und sich so Chancen ausgerechnet hat, jedenfalls war nach Melanies Tod alles anders.«

»Was war mit Stefan Altendorf? Wusste der etwas davon?«

»Um Gottes willen«, entfuhr es Tanja, »Maurice hätte ihn niemals eingeweiht. Er war der Sohn des Direktors und dazu auch noch ein Krüppel.« Sie sprach das Wort hart aus. »Sehen Sie mich nicht so an. Was glauben Sie denn, wie Maurice über Stefan hinter dessen Rücken gesprochen hat? Der Sohn des Direktors war für ihn nichts weiter als ein Mittel zum Zweck.«

»Wie darf ich das verstehen?«, wollte Kaller wissen.

»Ist das so schwer?«, sagte sein Gegenüber genervt. »Er hat ihn in seine Reihen aufgenommen, um sich dadurch einen Vorteil zu verschaffen. Einen Schlüssel für den Dachboden, Informationen aus dem Lehrerzimmer, so was eben.«

»Und Altendorf machte da mit?«

»Ich glaube nicht, dass ihm bewusst war, ausgenutzt zu werden, und zugegeben, Maurice war gut darin, Menschen für seine Vorhaben zu missbrauchen, ohne dass die das überhaupt bemerkten. Er hat andere mit seinem Charme manipuliert. Jedenfalls war Stefan genauso betroffen von Melanies Selbstmord wie ich, das steht fest. Allerdings verbrachten wir im letzten Jahr nicht mehr so viel Zeit zusammen. Stefans Rücken fing an, Probleme zu machen. Er war öfter krank und brauchte Ruhe.«

»Eine Ahnung, von wem das Graffiti stammte?«

Sie zuckte mit den Schultern. »Na ja, Nicklas könnte ein Kandidat sein. Wenn er besoffen war, stellte er öfter etwas an.«

»Hätte noch jemand von Maurice' Übergriff wissen können?«, fragte Kaller, der keine Lust hatte, das Verhalten von Lehbach zu beschönigen.

Sie schüttelte den Kopf, hielt dann jedoch inne. »Denkbar, dass Olaf Rotach etwas ahnte. Er schlich schon als Kind immer durch die Gänge. Mittlerweile habe ich mich daran gewöhnt, dass er ganz unvermittelt irgendwo hinter mir auftaucht, aber damals war das richtig unheimlich. Er hat uns manchmal beobachtet und Maurice ausspioniert, vermutlich hätte er gerne dazugehört. Fragen Sie ihn selbst.«

»Das werde ich«, hatte Kaller entgegnet und ihr für die Offenheit gedankt.

»Ich würde jetzt gerne nach Hause gehen«, hatte sie gesagt.

»Wir werden Sie und Ihren Bruder nicht hierbehalten«, war Kallers Antwort gewesen und sie hatte dankbar genickt, jedoch nicht auf Benjamin gewartet. Wortlos hatte sie den Polizeiposten verlassen, das Angebot, gefahren zu werden, ausgeschlagen und war mit ausladenden Schritten Richtung Internat marschiert, so als wäre der beschwerliche Aufstieg ein vergnüglicher Spaziergang.

Kaller erinnerte sich daran, wie er der Frau gestern Nacht hinterhergesehen und angenommen hatte, sie wäre nach ihrer Aussage von einer Last befreit gewesen.

Meinfeld, der ihm ein Vollkornbrötchen vor die Nase legte, riss ihn aus seinen Gedanken.

»Was ist das?«, fragte Kaller, verzog das Gesicht und sagte vorwurfsvoll: »Da liegt ein Salatblatt drauf.«

»Ja, und Magerquark mit Tomate. Man nennt das ein gesundes Frühstück. Du musst ab jetzt auf dich achten.« Sehr zu Kallers Verdruss schien sein Kollege keine Witze zu machen. Vergebens hoffte er darauf, dass Meinfeld noch ein fetttriefendes Fleischkäsebrötchen hinter seinem Rücken hervorzaubern würde. Also biss er lustlos in das nahrhafte Mitbringsel und glaubte nicht, dass was auch immer er gerade in seinem Mund hatte, dazu gedacht war, sich zerkauen und schlucken zu lassen.

Während er das fade Salatblatt wie einen Kaugummi zwischen den Zähnen hin und her bewegte, stürmte Wilma Janson herein und rief außer sich: »Die Brüder von Melanie Rau sind an die Öffentlichkeit gegangen.«

* * *

Kapitel 13

Etwa zur gleichen Zeit

Es wäre nicht möglich gewesen, die Spuren in den Weinbergen zu verwischen. Also konnte man lediglich den Leichnam in die Reben ziehen, so wie das damals auch bei Maurice geschehen war, und darauf hoffen, dass es einige Tage dauern würde, bis jemand die Überreste fand. Für den Mörder spielte es keine Rolle, er machte sich längst keine Gedanken mehr um die eigene Zukunft.

»Wir tun das, solange uns niemand aufhält, dann sehen wir weiter«, war auch heute sein Motto und er ignorierte sämtliche Einwände. Genauso wenig ließ er sich davon abhalten, den Kopf von Nelly Kaufmann mitzunehmen.

»Niemand wird Verdacht schöpfen«, reagierte er gut gelaunt. »In dem Rucksack sieht er aus wie ein Fußball und wenn wir damit fertig sind, entsorge ich ihn in den Reben.« Er wischte sich die blutverschmierten Hände an seiner schwarzen Jeans ab. »Keine Sorge, wir kommen unbeschadet nach Hause.«

Dort wurden Nellys Überreste zu denen der anderen gebracht. Ihr Kopf ruhte nun auf dem Tisch und die Augen schienen ungläubig in die Runde zu blicken.

Ihr Mörder hatte sich seines ebenfalls dunklen Hemdes entledigt. Auf den ersten Blick wirkte es schweißgetränkt, aber nicht die eigene Körperflüssigkeit hatte es durchnässt, sondern das warme Blut der Toten. Er wandte dem Kopf nun den nackten Rücken zu und suchte in den Regalen nach geeigneten Gefäßen, als er ein belustigtes Kichern vernahm. »Sie verfolgt dich mit ihren Blicken. Ja, es ist, als würde sie jeden deiner Schritte beobachten, und mich starrt sie auch an. Das ist unheimlich und faszinierend zugleich. Als wäre ich etwas …«

Mit einem verständnisvollen Tonfall half der Mörder aus: »Etwas Besonderes?«

»Ja, genau, das ist ein gutes Gefühl!«

»Dann wird dir das, was nun kommt, erst recht gefallen. Du wirst mir dieses Mal assistieren.«

»Aber ich kann doch nicht …«, folgte ein halbherziger Einspruch.

»Keine Widerworte. Ich werde dich leiten.«

Daraufhin wurde der Kopf in Position gerückt. Die Lampe leuchtete den Schädel nun perfekt aus und das grelle Licht, das direkt auf die Ohrmuschel der Toten schien, machte diese so durchsichtig, dass man das feine Netz aus kleinsten Adern sehen konnte. Während das Skalpell angesetzt wurde, herrschte wieder diese Stille, die der Tod im Allgemeinen mit sich brachte. Dann folgte ein leises Quietschen, als das Knorpelgewebe durchtrennt wurde.

»Scharfes Werkzeug ist das ganze Geheimnis«, flüsterte der Mörder und sagte feierlich: »Und jetzt du, ich werde deine Hand führen.«

Auch das zweite Ohr wurde nun amputiert. Es dauerte etwas länger, geschah nicht so routiniert, wirkte ungelenk und umständlich, aber am Ende fiel die Ohrmuschel auf die Tischplatte. Auch wenn sie dabei nicht mehr Lärm verursachte als ein Stück Fleisch, das in der Pfanne gewendet wurde, bewirkte dieses harmlose Geräusch dennoch eine ähnlich große Befriedigung wie die, die ein Holzfäller empfand, wenn er einen hundert Jahre alten Baum mit dickem Stamm zu Fall brachte.

»Es ist getan«, hallte es voller Begeisterung von den

Wänden wider und der Satz klang wie aus einem Mund gesprochen.

* * *

Hauptkommissar Kaller musste sich einiges von seiner Vorgesetzten anhören. Der Presserummel und die Anschuldigungen, die man neuerdings gegen Maurice Lehbach vorbrachte, ließen die Telefone heiß laufen. »Schließen Sie den Fall endlich ab, bevor noch mehr Porzellan zerschlagen wird«, hatte Elke Wiedenhof-Meier durch den Hörer geblökt und aufgelegt.

»Ich habe mit Catherine Dubois in Frankfurt telefoniert«, sagte Meinfeld, der im nächsten Moment das Zimmer betrat, jedoch stockte, als er die Miene seines Kollegen sah, und fragte: »Alles in Ordnung?«

Kaller schilderte ihm das eben geführte Gespräch, nicht ohne ein paar saftige Beschimpfungen loszuwerden, bevor er den jüngeren Kollegen bat, mit seinem Bericht fortzufahren.

»Die Freundin von Maurice weiß nichts über eine Melanie und hat angeblich erst durch die Journalisten von der Frau erfahren. Zumindest behauptet sie das, während sie in den Interviews so tut, als hätte sie den absoluten Durchblick.«

Kaller ließ sich genervt auf einen Stuhl fallen. »Was ist hier los?«, stöhnte er, wartete jedoch nicht auf eine Antwort, sondern begann zusammenzufassen, was bisher passiert war: »Maurice Lehbach und Nicklas Frey sterben, vermutlich eine Rache für Melanie Raus Tod. Leon Wiegand wird in Beton gegossen. Ein Kleinkrimineller, der eventuell einen gefährlichen Erpressungsversuch gewagt hat, aber Josefine Cordes? Hat sie womöglich ebenfalls etwas gewusst und versucht an Geld zu kommen? Kann ein Mensch so dumm sein? Jedenfalls macht kaum etwas anderes einen Sinn. Aber wer steckt dahinter?«

»Die Brüder von Melanie Rau wären die perfekten Kandidaten. Du erinnerst dich an die Aussage des Hausmeisters? Damals hat jemand das Fenster eingeschlagen, das heißt doch, derjenige, der für das Graffiti verantwortlich ist, kam von außen.«

»Oder es sollte einfach nur so aussehen«, grübelte Kaller weiter. »Dass die Brüder Rau an die Öffentlichkeit gehen, könnte lediglich ein Versuch sein, die Wahrheit endlich ans Licht zu bringen.«

»Oder aber die Folge ihres chronischen Geldmangels. Ich habe eben einen Anruf bekommen. Die Kollegen konnten zumindest herausfinden, dass deren Unternehmen kurz vor der Insolvenz steht. Ich nehme an, die geben diese Vorstellung nicht umsonst«, klärte ihn Meinfeld auf.

»Trotzdem haben die beiden das stärkste Mordmotiv«, überlegte Kaller laut.

»Und Tanja Schmidt? Immerhin war sie in Melanie verliebt. Sie hätte das Graffiti anbringen können und sie hatte allen Grund, Maurice zu hassen. Er taucht plötzlich in Neurach auf, sie erfährt davon, vielleicht hat sie sogar mit ihm gesprochen. Man plaudert über die vergangene Schulzeit, womöglich sagt er ihr, dass er vorhat, den Feldweg zum Internat hinaufzujoggen. Sie sitzt oben auf dem Dachboden und wartet, schnappt sich eine Axt und …«

»Die Kriminaltechnik hat nichts in der Wohnung der Schmidts gefunden. Keine Rückstände von Blut, keine Axt, keine Messer, die als Tatwaffe infrage kommen, keine entnommenen Organe, nichts.«

»Sie hat die Sachen irgendwo versteckt. Sieh dich doch um, überall Natur, da gibt es genug Möglichkeiten.«

»Maurice Lehbach und Leon Wiegand waren kräftige Männer«, warf Kaller ein.

»Was, wenn sie Hilfe von ihrem Bruder Benjamin hatte? Warum haben wir die beiden überhaupt gehen lassen?«, erwiderte Meinfeld und die Kritik war deutlich herauszuhören.

»Ich konnte nicht anders. Für einen Haftbefehl hat es nicht gereicht. Der Nachbar von Josefine hat bei einer zweiten Befragung ausgesagt, dass Benjamin kein Blut an sich hatte.«

»Der Mann ist alt, vermutlich sieht er nicht mehr gut.«

»Alles spricht dafür, dass er tatsächlich erst lange nach dem Mord in der Wohnung war.«

»Alles spricht dafür, dass die Schmidts unsere besten Verdächtigen nach den Rau-Brüdern sind«, entgegnete Meinfeld gereizt. »Wer sollte sonst überhaupt Interesse haben, Maurice Lehbach und die anderen zu töten?«

»Das ist genau die Frage, die wir uns stellen müssen«, gab Kaller ungeduldig zurück und schreckte auf, als sein Handy klingelte. Auf dem Display erschien Sarahs Name und sofort war er besorgt.

»Alles in Ordnung?«, fragte er bemüht, nicht panisch zu wirken.

»Natürlich«, sagte seine Freundin überrascht. »Und bei dir? Immerhin bist du derjenige, der bei der Polizei arbeitet. Während ich lediglich versuche, einen halbwegs interessanten Konfirmandenunterricht zum Thema Sünde vorzubereiten. Um mich vor der Arbeit zu drücken, wollte ich dich anrufen und hören, wie es dir geht. Dein Fall ist überall in den Nachrichten.«

Anstatt zu antworten, fragte Kaller jedoch überrascht: »Du sprichst mit den Konfirmanden über deren Sünden?«

Verdutzt sagte sie: »Mehr oder weniger, warum verwundert dich das?«

»Würden die sich an dich wenden, wenn sie ein Problem hätten?«

»Das wäre zwar wünschenswert, aber vermutlich ist bei der Jugend der seelische Beistand eines Pfarrers schon längst durch die sozialen Netzwerke ersetzt worden.«

Kaller ging nicht auf ihre Ironie ein, sondern fuhr angespannt fort: »Aber ein gläubiges Mädchen in den Achtzigern, das keinen Ausweg mehr sieht, würde sich womöglich an einen Geistlichen wenden? Vielleicht sogar die Beichte ablegen, oder?«

Sarah, die längst bemerkt hatte, dass Kaller nicht mehr als Freund, sondern als Polizist zu ihr sprach, reagierte ernst: »Das ist denkbar, natürlich, ich …«

Er unterbrach sie mit einem knappen Gruß und legte auf.

Am anderen Ende der Leitung ließ Sarah kopfschüttelnd ihr Handy sinken und tätschelte ihren noch flachen Bauch, während sie murmelte: »Dein chaotischer Papa wird uns noch viel Ärger bereiten.«

Meinfeld blickte seinen Vorgesetzten erstaunt an, als der ihn nun regelrecht zum Wagen scheuchte und sagte: »Wir müssen mit dem Pfarrer sprechen.«

* * *

Wenig später im Pfarrhaus

Gerade als Kaller auf die Klingel drücken wollte, ging die Tür auf und er wäre beinahe von Ansgar Kaufmann umgerannt worden.

Das spöttische »Hoppla« des Polizisten sorgte nicht gerade dafür, dass Ansgars Gesichtszüge entspannten, trotzdem bemühte der sich um ein höfliches »Tut mir leid«, bevor er davonhastete. Wieder erwarten stand jedoch nicht Pfarrer Dreiner im Türrahmen, sondern Regina, die wirkte, als hätte sie geweint. Als sie nun sagte: »Mein Bruder ist nicht da«, fragte sich Kaller natürlich automatisch, was Ansgar Kaufmann dann hier gewollt hatte und vor allem warum die beiden so aufgewühlt waren.

Sein neugieriger Blick ließ Regina eine Erklärung stammeln, die sie noch mehr verriet: »Herr Kaufmann wollte zu meinem Bruder, es ging um den Bau.«

»Sicher«, entgegnete Kaller mit einem zweideutigen Lächeln und als Regina daraufhin trotzig den Kopf schräg legte, sah er winzige Male an ihrem Hals. Außerdem hatte er den Eindruck, ihre Wange wäre geschwollen.

Seine Haltung änderte sich und ernst fügte er an: »Bei Ihnen alles in Ordnung?«

Die echte Besorgnis, die in der Frage mitschwang, brachte Regina aus dem Konzept. Sie fuhr sich automatisch mit der Hand über die gerötete Stelle in ihrem Gesicht und versicherte wenig glaubhaft, dass alles bestens sei. Regelrecht erleichtert entdeckte sie hinter den Polizisten ihren Bruder und rief: »Da ist er ja, wenn Sie mich jetzt entschuldigen würden.«

Kaller drehte sich um und sah nun ebenfalls Pfarrer Dreiner. Er trug keine priesterliche Kleidung, sondern lediglich eine dunkle Jeans und ein altes schwarzes Hemd. Er war mit dem Fahrrad unterwegs und stieg jetzt direkt neben den Beamten ab.

»Ein wenig körperliche Ertüchtigung, wenn Sie so wollen«, begrüßte er die Männer und erklärte damit seinen Aufzug, während er auf einen sehr gepflegten VW-Beagle deutete, der vor dem Haus parkte. Seufzend sagte er: »Ich liebe mein Auto, aber mein Arzt rät mir zum Fahrrad.«

»Der Herr gab uns unsere Muskeln ja sicher auch aus einem guten Grund«, entgegnete Kaller daraufhin provozierend und dachte an Sarah, die es nicht ausstehen konnte, wenn er so redete.

Pfarrer Dreiner lächelte hingegen wohlwollend. »Der Herr gab uns auch den Humor. Außerdem stattete er den ein oder anderen mit einer spitzen Zunge aus. Alles hat seine Berechtigung.«

Kaller machte eine kleine Verbeugung zum Zeichen, dass er verstanden hatte, und sagte dann völlig unerwartet und sehr eindringlich: »Melanie Rau kam zu Ihnen, sie hat Sie um Hilfe gebeten.«

Dreiners Miene veränderte sich. Sein Gesicht wirkte plötzlich grau und seine Hände, die immer noch um die Griffe des Fahrradlenkers lagen, verkrampften sich, bis die Knöchel weiß hervortraten. Er senkte den Blick. »Manche Dinge kann ich Ihnen nicht sagen«, entgegnete er leise.

»Ich nehme an, das Mädchen hat die Beichte abgelegt?«

»Auch das dürfte ich Ihnen nicht anvertrauen.«

Kaller, der die Geduld verlor, rief aufgebracht: »Lassen Sie diesen Unsinn, Melanie ist tot und mittlerweile sind weitere Menschen gestorben. Wenn Sie etwas wissen, dann ist es Ihre Pflicht, uns das zu sagen.«

Meinfeld berührte einen Moment Kallers Arm, um ihn zu bremsen, aber der war nun richtig in Rage. »Sie wussten von Anfang an Bescheid. Sie wussten von Maurice Lehbach und was er Melanie angetan hatte und ließen uns im Dunkeln.«

»Ich bin an die heiligen Sakramente gebunden«, blieb Dreiner stur.

»Und ich an das Gesetz. Sie haben die Ermittlungen behindert, ich sollte Sie verhaften.« Kaller war wütend. Nicht nur, weil ihm der Pfarrer Informationen vorenthalten hatte, sondern vielmehr, weil er ihn mitverantwortlich machte für das, was vor dreiunddreißig Jahren passiert war. »Sie kam zu Ihnen und suchte Hilfe, was haben Sie ihr gesagt? Dass sie eine Sünderin ist, dass sie in die Hölle kommt. Sie haben sie im Stich gelassen … Ein junges Mädchen, ein halbes Kind …«

Dreiner hatte den Blick immer noch gesenkt. Er schüttelte den Kopf, so als wollte er die Vorwürfe abstreiten. Meinfeld nahm an, dass der Mann gleich die Geduld verlieren und Kaller vom Hof jagen würde, aber stattdessen, warf der Geistliche nun wütend und mit aller Kraft das Fahrrad zu Boden. Mit seiner kräftigen Stimme, die jeden Sonntag bis zur hintersten Kirchenbank reichte, rief er: »Ja, Sie haben recht, ich habe versagt. Ich nahm ihr die Beichte ab und sie erhielt die Absolution, und doch habe ich sie spüren lassen, dass ich sie für eine Hure hielt, dass sie verdammt war. Seit dreiunddreißig Jahren bete ich dafür jeden Tag um Vergebung.«

* * *

»Ich hätte es erkennen müssen«, sagte Dreiner und sah auf seine Hände. »Ich hätte erkennen müssen, dass sie sich aufgegeben hatte.«

Er bat sie nicht hinein. Dieses Mal gab es weder Kaffee noch freundliches Geplänkel. Jens Dreiner wirkte wie ein leidender Mann.

»Ich war jung, besessen von meinem Glauben, von meinem Gott, dem ich so unbedingt dienen wollte, dass ich das, worauf es wirklich ankommt, aus den Augen verloren hatte. Ich wollte das Wort verkünden, aber ich habe es nicht gelebt.« Er blickte auf und lächelte müde. »Sie werden das für das alberne Geschwätz eines alten Mannes halten, aber besser kann ich es nicht formulieren.«

Kaller schwieg. Er verstand den Pfarrer wesentlich besser, als dieser annahm. Auch er war während seiner Karriere irgendwann an den Punkt gekommen, an dem ihm klar geworden war, dass nicht alles, was man ihm beigebracht hatte und in Gesetzbüchern stand, auch zu Gerechtigkeit führte. Allerdings war jetzt nicht die Zeit für philosophische Diskussionen. Er brauchte Antworten, deshalb sagte er: »Was wissen Sie?«

»Es tut mir leid, dass ich Ihnen nicht von Melanie Rau erzählt habe, aber das konnte ich nicht, mein Gelübde …« Er brach ab. »Ansonsten gibt es nichts, was ich Ihnen sagen könnte.«

»Weil Sie nichts wissen oder weil Sie ansonsten gegen Kirchenregeln verstoßen?«, hakte Kaller voller Sarkasmus nach.

Der Geistliche sah ihm nun fest in die Augen. Einen Moment lang herrschte vollkommene Stille, dann wiederholte Dreiner seine Worte: »Es gibt nichts, was ich Ihnen sonst noch sagen könnte.«

Wenige Minuten später saßen die beiden Beamten in ihrem Auto und Meinfeld musste eine Flut von Schimpfwörtern über sich ergehen lassen. Kaller war außer sich. »Dieser elende Heuchler. Was verschweigt der uns noch? Und seine Schwester, hast du ihr geschwollenes Gesicht gesehen? Da stimmt doch irgendetwas nicht. Ich will einen Durchsuchungsbeschluss.«

»Und auf welcher Grundlage?«, fragte Meinfeld vorsichtig.

»Finde eine«, giftete der Hauptkommissar zurück. »Ich denke, die Kollegen überprüfen die Dreiners, warum dauert das denn so lange?«

Wenn sein Vorgesetzter in dieser Stimmung war, hielt es Meinfeld für besser, einfach zu schweigen. Ihm zu erklären, dass jeder Beamte sein Möglichstes Tat, war ohnehin überflüssig. Kaller wusste das, musste jedoch seinem Unmut Luft machen.

Meinfeld startete den Wagen und fuhr zum Ortsausgang. Er steuerte eine der urigen Wirtschaften an, weil es erstens Zeit für ein Mittagessen war und er zweitens hoffte, dass sich Kallers Laune mit vollem Magen hob.

Nach einer üppigen Portion Schnitzel, Pommes frites und Salat wagte es Meinfeld, das Thema Dreiner erneut anzuschneiden. »Denkst du wirklich, der Pfarrer ist unser Täter?«

Kaller rülpste geräuschvoll und ignorierte den vorwurfsvollen Blick seines Kollegen.

»Warum sollte ich ihn ausschließen? Er sagt selbst, dass ihn Melanies Geschichte seit Jahren umtreibt.«

»Er betet für *Vergebung*«, verbesserte ihn Meinfeld.

»Vielleicht betet er auch für eine Gelegenheit zur Rache. Gut möglich, dass diese Gebete erhört wurden. Maurice taucht plötzlich hier auf, läuft ihm über den Weg und Dreiner schlägt zu, der Rest ergibt sich dann von allein. Einmal auf den Geschmack gekommen beseitigt er auch Lehbachs Handlanger Nicklas Frey und jeden, der ihn mit den Morden erpressen will.«

»Der Mann ist ein Pfarrer«, entgegnete Meinfeld ein wenig empört.

»Na und, das schließt ihn doch nicht aus. Wer weiß, ob er es nicht als seine heilige Pflicht sieht, die Dinge in Ordnung zu bringen? Abgeschnittene Hoden, herausgerissene Lungen, entfernte Augen und Finger, das hat doch etwas von einem religiösen Ritual.«

»Wäre aber ziemlich auffällig«, hielt Meinfeld dagegen.

»Warum? Bis jetzt haben wir gegen Dreiner doch nichts in der Hand. Abgesehen davon will er vielleicht sogar, dass früher oder später alles ans Licht kommt. Die meisten Menschen können ihre Rache nur genießen, wenn ein Publikum da ist, das sie dafür bewundert oder verabscheut«, antwortete Kaller und bezahlte die Rechnung, die ihnen von einer mürrisch dreinblickenden Bedienung gebracht wurde. Er legte trotzdem ein großzügiges Trinkgeld dazu, da er momentan nur zu gut verstehen konnte, dass einem der eigene Job nicht immer Freude bereitete.

* * *

Kapitel 14

Gegen Abend

Meinfeld hatte eigentlich am Abend nach Karlsruhe zurückfahren wollen, aber ein weiterer Mord sollte das verhindern.

Jetzt standen die Beamten in den Rebbergen, hörten Wilma Janson Anweisungen wegen der Absperrung brüllen und beobachteten, wie der Gerichtsmediziner vorsichtig die Plastiktüte entfernte, in der sich Nelly Kaufmanns Kopf befand. Die Tüte stammte von einem der großen Discounter, der Aufdruck war unübersehbar und vermutlich befanden sich davon Tausende im Umlauf. Die Beamten waren erst vor wenigen Minuten auf den Tragebeutel gestoßen. Nachdem der kopflose Körper der Frau von ihrem Ehemann Ansgar und ihrem Bruder Thomas gefunden worden war, hatte Kaller einen Leichenspürhund angefordert.

Das Tier saß jetzt einige Meter entfernt und hechelte, während es Lob und Wasser von seinem Hundeführer erhielt.

»Gratuliere«, flüsterte Meinfeld neben dem Hauptkommissar. »Ich hätte nicht gedacht, dass wir den Kopf finden. Wieso warst du dir so sicher, dass er den nicht als Trophäe behalten hat?«

»War ich nicht, nur so eine Idee. Bisher hat er nur mitgenommen, was doppelt vorhanden ist. Zwei Hoden, zwei Augen, zwei Lungen, die Finger zweier Hände. Der Kopf passt nicht ins Muster«, erklärte Kaller leise und wartete angespannt, bis der Gerichtsmediziner die Überreste ausgewickelt hatte.

Ein Nicken signalisierte den Beamten, näher zu treten. »Ist das die Frau?«, fragte der Arzt.

Kaller bestätigte das, während Meinfeld krampfhaft versuchte, nicht daran zu denken, was er zu Mittag gegessen hatte. Der abgetrennte Kopf von Nelly Kaufmann war übel zugerichtet. Sie hatte die Augen noch geöffnet, der Blick war trüb, verschleiert, und fast überall waren die Gesichtshaut und das Haar mit verkrustetem Blut bedeckt. Die zerrissenen Muskeln, das zerfetzte Gewebe und die heraushängenden Sehnen unterhalb des Kinns ließen genauso wie die fehlenden Ohrmuscheln den Schädel wie eine übertriebene Halloweenmaske aussehen.

»Man hat ihr die Ohren abgetrennt«, sagte der Gerichtsmediziner und fügte noch an: »Eindeutig Schnittverletzungen, kein Tierfraß.« Eine Information, die Kommissar Meinfeld nun voller Abscheu zwang, die Augen zu schließen. Kaller neben ihm kommentierte die Ausführungen mit einem nachdenklichen Brummton.

»Ich bräuchte den Bericht so schnell wie möglich«, wandte sich der Hauptkommissar an den Arzt. »Bitte!«, fügte er noch an und der Gerichtsmediziner nickte verständnisvoll. »Wir tun, was wir können.«

Den verstümmelten Körper hatte man bereits abtransportiert. Als Todeszeitpunkt wurde der frühe Morgen, zwischen sieben und acht Uhr dreißig, festgelegt. Auf einer Bank, ein Stück von dem Absperrband entfernt, hockten dicht nebeneinandergedrängt Ansgar und Thomas. Letzterer hatte den Arm um seinen Schwager gelegt, der mit versteinerter Miene auf den staubigen Boden starrte.

»Ich bedauere sehr, was mit Ihrer Frau passiert ist, aber ich muss Sie trotzdem fragen, was Sie hier oben gemacht haben«, begann Kaller das Gespräch und sein Ton war nicht ganz so freundlich, wie man in dieser Situation vielleicht erwartet hätte.

»Muss das jetzt sein?«, rief Thomas Schuster aufgebracht. »Meine Schwester wurde ermordet, sollten Sie da nicht den Täter suchen.«

»Ich bin gerade dabei, also, warum waren Sie hier oben? Die Frage richtet sich übrigens auch an Sie, Herr Schuster.«

»Das ist eine Unverschämtheit, das ...«, reagierte Thomas ärgerlich. Allerdings stand Ansgar auf und unterbrach ihn dadurch.

Meinfeld befürchtete schon, dass es jetzt aufgrund von Kallers harter Gangart zu Handgreiflichkeiten kommen könnte, aber der Ehemann der Ermordeten, streckte lediglich seinen Arm aus, um in Richtung der Reben zu zeigen. »Dort oben ist *er* gestorben«, sagte Ansgar mit heiserer Stimme. »Nelly wusste das, so wie wir alle. Dort oben haben sie seine Leiche gefunden. Er hat ihr so viel Leid angetan, und doch konnte sie ihn weder hassen noch vergessen. Selbst als er tot war, ließ er sie nicht los.«

Ansgar setzte sich wieder, vergrub das Gesicht in den Händen und weinte.

Thomas warf Kaller einen hasserfüllten Blick zu.

Der Hauptkommissar dachte jedoch nicht daran, lockerzulassen, sondern sagte: »Meine Frage ist noch nicht beantwortet.«

»Herrgott«, fluchte Thomas, »wir haben sie gesucht!«

»Warum?«

»Sie war nicht zu Hause, und da nahm Ansgar an, dass sie in die Reben gegangen ist.« Er schnaubte verächtlich. »Zu der Stelle, wo man ihn gefunden hat.«

»Wieso nahmen Sie das an?«, wollte der Hauptkommissar wissen.

Dieses Mal war es Ansgar, der das Antworten übernahm. Er hob die Hände und wischte sich über das Gesicht. Es war schwer zu sagen, ob er wirklich geweint hatte, zumindest wirkte er sehr betroffen. »Sie hat es heimlich getan, aber man hat sie dabei beobachtet und mir davon berichtet. Als sie am Abend nicht zu Hause war, dachte ich daher sofort an die Rebberge.«

»Und dann sind Sie zu Ihrem Schwager gerannt und haben ihn gebeten, Sie zu begleiten? Ist das nicht ungewöhnlich? Ich nehme doch an, Sie hatten vor, Ihre Frau deshalb zur Rede zu stellen. Zu diesem Zeitpunkt wussten Sie ja nicht, dass sie bereits tot war. Wieso also nahmen Sie dazu Ihren Schwager mit?«

»Was?« Ansgar war aus dem Konzept gebracht. »Ich wollte sie nicht zur Rede stellen, ich machte mir Sorgen. Es war nicht Nellys Art, einfach zu verschwinden.«

»Es schien mir selbstverständlich, dass wir sie gemeinsam suchen, Nelly war meine Schwester.«

»Sie haben also erst heute Abend bemerkt, dass sie fort war.«

»Tagsüber waren wir beide auf der Baustelle, die ganze Zeit«, warf Thomas sofort ein.

»Bis auf den Besuch Ihres Schwagers im Pfarrhaus«, hielt Kaller dagegen und ließ keinen der beiden aus den Augen.

Thomas sagte schnell: »Wir gehen öfter ins Pfarrhaus. Wegen der Baustelle gibt es immer etwas zu besprechen.« Trotzdem war Kaller eine Unmutsfalte auf der Stirn von Nelly Kaufmanns Bruder nicht entgangen, als das Pfarrhaus erwähnt worden war.

»Nur dass der Pfarrer nicht anwesend war. Vielleicht hat ja Regina Dreiner mittlerweile die Bauleitung übernommen«, blieb Kaller unnachgiebig.

»Was soll das denn?«, reagierte Thomas gereizt.

»Was das soll?«, fuhr ihn Kaller grob an. »Ich habe einen weiteren Mord aufzuklären und ich frage mich, was mir hier verheimlicht wird. Denn wenn ich eins und eins zusammenzähle, dann könnte ich annehmen, Sie beide haben etwas mit den Morden zu tun.«

»Dafür gibt es keinen Grund, sie war meine Schwester«, wurde Thomas nun laut, während Ansgar immer noch schwieg und stur vor sich hinstarrte.

»Gibt es nicht? Das Labor wird Ihre Kleidung prüfen, falls Sie mit der Leiche in Berührung gekommen sind, werden wir das feststellen. Wir nehmen Fingerabdrücke, DNA-Proben und so weiter. Mal sehen, ob Sie uns dann unsere Fragen beantworten werden.«

Ansgar schien genug gehört zu haben und mischte sich ein. »Stellen Sie Ihre Fragen, ich habe nichts zu verbergen.«

Kurz darauf erfuhr Kaller, dass tatsächlich ein Verhältnis zwischen Ansgar Kaufmann und Regina Dreiner bestanden hatte, das aber heute Morgen beendet worden war. »Wir hatten eine sogenannte On-Off-Beziehung«, gab Ansgar offen zu. »Wir stritten viel, aber irgendwie fanden wir doch immer wieder zusammen. Ich ging heute Morgen vorbei, obwohl ich wusste, wie unvernünftig das war und obwohl ich Thomas versprochen hatte, das nicht mehr zu tun. Heute war es Regina, die mit mir Schluss gemacht hat, und im Gegensatz zu den vielen Malen davor meinte sie es wirklich ernst.«

»Sie wussten von dem Verhältnis Ihres Schwagers?«, wandte sich Kaller nun überrascht an den Bruder der Toten.

»Ja und ich habe mich eingemischt.«

»Wie das?«, fragte der Beamte.

Thomas stöhnte schwer. »Ich bin zu Dreiner und habe ihm gesagt, er solle seine Schwester unter Kontrolle bringen und dass es nicht gut aussehen würde, wenn die Pfarrerschwester eine Ehe zerstört.«

»Wie hat Dreiner reagiert?«, wollte Kaller sofort wissen.

»Er war wütend, zweifelte aber nicht an meinen Anschuldigungen, sondern versprach, sich darum zu kümmern. Dann ging ich zu Ansgar und ...« Er kam ins Stottern. »Ich wollte doch nur, dass alles so bleibt, wie es ist. Dass wir eine Familie sind. Immerhin gehört uns die Firma gemeinsam, uns allen dreien. Wenn sich die beiden hätten scheiden lassen, dann wäre alles auseinandergebrochen.« Jetzt begann auch er zu schluchzen und dieses Mal war es Ansgar, der den Arm um den Schwager legte. Kaller befremdete das Verhalten der beiden Männer. Fast schien es, als wäre der Tod der Schwester und Ehefrau zweitrangig.

»Woher wussten Sie, dass Ihre Frau Blumen für Maurice Lehbach niederlegt?«, fuhr der Hauptkommissar mit der Befragung fort.

»Regina«, gab Ansgar kleinlaut zu. »Sie hat sie mit Rosen in der Hand zum Fußweg Richtung Internat gehen sehen und es mir bei unserem Streit heute an den Kopf geworfen. Sie sagte: ›Kümmere dich künftig um deine Frau, die scheint auf dem Berg seit Neuestem heimlich Verabredungen zu haben.‹ Auch wenn Regina nur gemein sein wollte, lag sie doch richtig. Ich ahnte gleich, was Nelly da oben vorhatte.«

»Wir hätten das wieder hinbekommen«, warf Thomas schluchzend ein. »Ich hätte mit Nelly geredet, sie zur Vernunft gebracht. Alles wäre wieder wie früher geworden und jetzt?«

Kaller brach an dieser Stelle die Befragung ab. Als Nächstes würden sie die Arbeiter vernehmen und feststellen, ob die beiden Männer zum Todeszeitpunkt tatsächlich auf der Baustelle waren. Etwas, das sich leicht überprüfen lassen sollte.

Kurze Zeit später, es war schon nach zwanzig Uhr, gab er Wilma Janson Anweisungen. »Sie werden die Angestellten von Thomas Schuster und Ansgar Kaufmann befragen, und zwar umgehend. Ich will nicht, dass sich bis morgen irgendwer abspricht. Außerdem möchte ich wissen, wo Benjamin und Tanja Schmidt heute Morgen waren. Irgendwer muss die Brüder Rau überprüfen. Um die Geschwister Dreiner werde ich mich selbst kümmern.«

* * *

Etwa zur gleichen Zeit

Tanja Schmidt stieg auf den Dachboden des Internats. Sie war in den letzten Jahren oft hier oben gewesen, aber heute sollte es das letzte Mal sein. Die ganze Zeit hatte sie mit den schrecklichen Erinnerungen leben und die Trauer um Melanie allein ertragen müssen. Auszusprechen, welche Gefühle sie damals bewegt hatten und noch heute aufwühlten, war hilfreich gewesen. Allerdings nicht in dem Sinne, dass es Linderung oder sogar Heilung gebracht hätte. Das Gegenteil war der Fall. Es schien, als wäre die Krankheit mit der Diagnose erst richtig ausgebrochen.

Jetzt wusste sie, dass sie ihr Leben vergeudet hatte. Die meiste Zeit war damit verschwendet worden, sich selbst und anderen etwas vorzumachen. Und was dann noch blieb, waren die vielen Stunden, in denen sie sich den Launen ihres Bruders gewidmet hatte. Es war genug. Ihr fehlte zwar die Kraft für einen Neuanfang, aber nicht für ein Ende. Achtlos ließ sie den kleinen Briefumschlag fallen. Dort hatte sie in wenigen Worten alles zusammengefasst, was notwendig war. Die Frage nach dem Warum sollte nicht unbeantwortet bleiben.

Wie in Trance bewegte sich die Fünfzigjährige über die Dielen. Sie hatte ein dünnes Sommerkleid an, ging barfuß, fühlte das raue Holz unter den Fußsohlen und wünschte sich, dass Melanie vor dreiunddreißig Jahren die gleichen Stellen des Bodens berührt hätte. Sie wusste noch genau, an welchem Dachbalken die Leiche gehangen hatte. Zielsicher schnappte sie sich einen alten Stuhl, der zwischen dem Gerümpel stand, und bugsierte ihn in die Mitte des Raumes. Das Seil hatte sie aus Olafs Werkstatt. Ein Wunder, dass er sie dabei nicht erwischt hatte, wo er doch sonst ständig in ihrer Nähe auftauchte. Einen kurzen Augenblick fragte sie sich, ob der Hausmeister sie womöglich hätte aufhalten können.

Sie schüttelte verneinend den Kopf, kletterte auf den Stuhl und befestigte das Seil. Dann legte sie sich die Schlinge um den Hals. Erneut dachte sie an Melanie und versuchte sich auszumalen, was diese in ihren letzten Minuten empfunden hatte. War sie entschlossen gewesen zu sterben oder hatte sie darauf gehofft, dass doch noch alles anders käme, dass ein böser Traum enden und sie erleichtert aufwachen würde? Tanja zögerte, der Strick kratzte an ihrer Haut und lag schwer auf ihren Schultern. Dann schloss sie jedoch die Augen und stieß den Stuhl, auf dem sie stand, um. Krachend fiel er zu Boden und die Schlinge zog sich sofort zu. Tanja baumelte in der Luft. Die Kehle wurde ihr zusammengedrückt und das Atmen war kaum noch möglich. Reflexartig griff sie mit den Händen an den Strick, versuchte ihn zu lockern und strampelte hektisch mit den Beinen. Es tat weh, sie fühlte die Panik und die Angst. War das wirklich das, was sie wollte? Tanja klammerte sich plötzlich an das Leben, als hätten all die Überlegungen davor nie stattgefunden, als würden sie keinen Sinn mehr ergeben. Und als wäre ihr Wunsch nach einer zweiten Chance erhört worden, tauchte plötzlich jemand vor ihr auf. Der Ohnmacht schon sehr nahe glaubte sie, ein Gesicht zu erkennen, Worte drangen an ihre Ohren, während sie zappelnd signalisierte, man möge ihr helfen.

»Das musst du dir ansehen, Bruder«, hörte sie eine Stimme, die ihr vertraut schien.

Das Seil fraß sich in Tanjas Hals. Ihre Kraft ließ nach, ihre Lider schlossen sich, dann riss sie sie ein letztes Mal auf. Sie wusste nicht, ob sie schon auf der anderen Seite war oder ob ihr der Verstand in der Stunde ihres Todes einen Streich spielte. Dennoch klammerte sie sich an den Gedanken, nicht allein zu sein.

War da nicht nackte Haut und konnte sie nicht ein großes Auge sehen? Ein Auge, das sie anstarrte? Verzweifelt formte Tanja mit den Lippen das Wort Hilfe, aber nur ein Krächzen drang noch aus ihrer Kehle. Nichts geschah. Sie konzentrierte sich auf das Auge, das nicht blinzelte, sondern sie wie das Zielfernrohr eines Gewehrs ins Visier nahm.

»So rette mich doch oder geh«, flehte sie im Stillen. Die Rettung blieb aus, aber auch die Einsamkeit war ihr nicht vergönnt. Ein letztes Zucken der Muskeln, ein leiser schauriger Laut, der den Erstickungstod ankündigte, dann war es vorbei und Tanjas Körper baumelte reglos an dem Strick.

Der Brief wurde geöffnet und laut vorgelesen. »Sie hat sich selbst gerichtet. Eine Frau, die stets im Schatten gelebt und dort auch still gelitten hat.«

»Sie ist uns nicht unähnlich, Bruder!«

»Nein, und sie kann ihre Schuld wiedergutmachen, indem sie uns nützlich sein wird.«

* * *

Kaller und sein Kollege fuhren zum zweiten Mal an diesem Tag Richtung Pfarrhaus. Auf dem Weg dorthin spekulierte Meinfeld über Ansgar und Thomas. »Komisches Paar, die beiden«, sagte er eben. »Dieser Thomas hat sich aufgeführt, als wäre er mit Ansgar verheiratet. Das ist doch verdächtig.«

Kaller schien nicht überzeugt. »Ich würde verstehen, dass die beiden Maurice umbringen und vielleicht auch noch Frey, aufgrund alter Feindschaften. Wiegand und Josefine wären dann wieder Kollateralschäden, aber warum Nelly Kaufmann?«

»Damit Ansgar frei ist für Regina Dreiner«, argumentierte Meinfeld.

»Aber würde Thomas da mitmachen? Immerhin ist sie seine Schwester«, hielt der Hauptkommissar dagegen.

»Womöglich wusste er nichts davon. Was, wenn es Ansgar ohne Absprache getan hat? Was, wenn es Regina allein war, während sich ihr Geliebter ein Alibi verschafft hat? Vielleicht sind die beiden nur Trittbrettfahrer, um die lästige Ehefrau loszuwerden.«

»Oder sie haben die ganze Zeit gemeinsame Sache gemacht, warum auch immer«, gab Kaller zu bedenken.

Mittlerweile hatten sie ihr Ziel erreicht und stiegen aus. Gewöhnlich war es nach zwanzig Uhr noch hell, aber heute zogen dunkle Wolken vor die Abendsonne. Das Gewitter, das schon seit Tagen erwartet wurde, schien nun gewillt, über Neurach hereinzubrechen.

Noch lag die sprichwörtliche Ruhe vor dem Sturm über der Stadt. Wie bei einer Sonnenfinsternis war kein Laut zu vernehmen. Sämtliche Vögel hatten sich bereits im Blattwerk der Bäume verkrochen und die Straßen wirkten leer gefegt.

»Unheimlich still«, sagte Meinfeld, der automatisch zu flüstern begann.

Kaller drückte auf die Klingel. Im Inneren brannte kein Licht, und das Fahrzeug des Pfarrers war nirgendwo zu entdecken. Der Hauptkommissar rüttelte an der Tür, die jedoch abgeschlossen war. Er rief Dreiners Namen und machte sich die Mühe, das Haus zu umrunden und durch die Fenster zu linsen, aber das Gebäude wirkte verlassen. Der nächste Weg führte sie zur Kirche, die ebenfalls verschlossen war.

»Ausgeflogen«, kommentierte Meinfeld die Situation, der glaubte, einen ersten Regentropfen abbekommen zu haben.

Gerade als sie zu ihrem Fahrzeug zurückkehrten, bekamen sie einen Anruf von Wilma Janson.

»Ich konnte Tanja Schmidt nicht erreichen. Dachte, ich fahre daher hoch zum Internat«, informierte sie die Beamtin.

»Das können wir übernehmen, die Dreiners sind nicht zu Hause«, entgegnete Kaller und glaubte, aus dem nun folgenden »In Ordnung« eine gewisse Enttäuschung herauszuhören.

Meinfeld startete den Wagen und steuerte ihn in Richtung Internat, während ihnen Wilma berichtete, was sie Neues erfahren hatte.

* * *

Zur gleichen Zeit

»Du folgst ihm, egal wohin er geht, dabei ist er ein schlechter Mensch. Ein Schausteller, nichts weiter. Oh ja, er beherrscht seine Kunst, keine Frage. Er versteht es, die Menschen zu manipulieren, aber das ist keine Entschuldigung für dich.« Und im nächsten Augenblick zertrümmerte die Klinge der Axt das Jochbein der an den Stuhl gefesselten Frau.

Sie schrie auf, aber niemand konnte ihr helfen. Der zweite Hieb spaltete ihr das linke Auge, der dritte den Kehlkopf. Sofort floss Blut über ihre Brust, sackte das Kinn nach vorne und erschlaffte jeder einzelne Muskel in ihrem Körper. Sie war tot.

»Gut gemacht, Bruder! Sie hat es verdient, immerhin hat sie die falschen Götter angebetet«, bekam der Mörder eine Bestätigung, die ihn dankbar nicken ließ.

»Wir werden es auch dieses Mal gemeinsam tun«, antwortete er berauscht von dem Gefühl der Befriedigung, die er durch das Töten erhielt. Das Blut seines Opfers hatte seine Haut beschmiert, aber für ihn waren die roten warmen Schlieren, die auf seinem Körper seltsame Muster bildeten, Symbole, die er voller Stolz trug. Mit einer schnellen Bewegung durchtrennte er die Fesseln der Toten, sodass der Leichnam auf den Boden fallen konnte. Grotesk verrenkt lag sie nun vor ihm, und er genoss es, sein grausames Werk zu betrachten.

Dann zog er ihr die Schuhe und Strümpfe aus. Sie hatte zierliche Füße und doch sagte er nachdenklich: »Wir werden größere Gefäße benötigen.«

»Wie immer wird sich etwas Passendes finden«, wurde ihm versichert und zufrieden mit der Antwort begann er, der Frau den rechten Fuß unterhalb des Gelenks abzutrennen. Mittlerweile geübt mit der Axt gelang ihm das mühelos.

»Und jetzt du, ich werde dir wieder helfen«, sagte er schließlich mit einem auffordernden Grinsen, während er versonnen die blutige Pfütze betrachtete, die sich direkt unter dem Stumpf bildete.

* * *

Zur gleichen Zeit in Kallers Dienstfahrzeug

»Ansgar Kaufmann und Thomas Schuster haben ein Alibi«, fuhr Wilma Janson fort. »Ich habe alle Arbeiter befragt, die schwören, dass keiner der beiden am frühen Morgen die Baustelle verlassen hat. Erst gegen Mittag war Ansgar für circa eine halbe Stunde weg.«

»Die Zeit, die er bei Regina Dreiner verbracht hat«, warf Kaller ein. »Was gibt es noch?«

»Ich denke, das wird Sie interessieren«, fuhr die Beamtin fort. »Der Gerichtsmediziner hat angerufen. Er ist mit seinen Untersuchungen noch nicht fertig, aber ihm ist etwas aufgefallen. Die Ohrmuscheln von Nelly Kaufmann wurden auf unterschiedliche Weise abgetrennt.«

Kaller stieß einen leisen Pfiff aus, unterbrach die Kollegin jedoch nicht.

»Er ist sich zumindest sicher, dass das benutzte Werkzeug, vermutlich ein Skalpell, nicht auf beiden Seiten von der gleichen Hand geführt wurde.« Wilma sprach aufgeregt weiter: »Wissen Sie noch, als ich meinte, wir hätten es womöglich mit zwei Tätern zu tun?«

»Ich erinnere mich«, antwortete Kaller anerkennend, »womöglich hatten Sie den richtigen Riecher. Wie sicher ist sich der Gerichtsmediziner in dem Punkt?«

»Er will auf die Laborergebnisse warten und hofft auf unterschiedliche DNA-Spuren auf der Leiche. Allerdings mit wenig Zuversicht, da bei den vorangegangenen Morden diesbezüglich nichts Brauchbares gefunden wurde.«

»Trotzdem könnten wir es mit einem Duo zu tun haben. Das bedeutet, dass noch größere Vorsicht geboten ist«, fügte Kaller mahnend an. »Geben Sie den Kollegen entsprechende Anweisungen, keine Alleingänge.«

* * *

Zur gleichen Zeit

Auch dieses Mal dauerte es länger, die zweite Gliedmaße abzutrennen, aber schließlich landete jeder Fuß in einem Plastikeimer.

»Du hast für heute einiges geplant, Bruder, dafür bewundere ich dich. Aber glaubst du, wir werden danach immer noch unentdeckt bleiben?«

Von draußen drang das Grollen des Donners zu ihnen. Es klang wie eine Antwort, eine wütende Aufforderung, keine Zeit verstreichen zu lassen.

»Wir tun, was getan werden muss, alles andere spielt doch längst keine Rolle mehr.«

»Ja, es ist, wie du sagst, es muss getan werden.«

Erneut erreichte sie ein heftiger Donnerschlag, und fast schien es, als wollte der Himmel auf diese Weise die eben geschlossene Übereinkunft besiegeln.

Neben der toten Frau gab es einen weiteren Leichnam. Dessen Kehle hatte man mit der Axt durchtrennt, und so war der Kopf nur noch über einige Muskelstränge und Sehnen mit dem Rest des Körpers verbunden. Ohne diese Verstümmelung weiter zu beachten, widmete sich der Mann mit der Axt nun den Beinen seines zweiten Opfers. Grob hackte er ober- und unterhalb der Knie in das Fleisch. Es waren Vorbereitungen, die es einfacher machen sollten, ihn ans Ziel zu führen. Dann griff er nach einem Skalpell und widmete sich hingebungsvoll der Feinarbeit. Wieder spürte er das Blut, das seine Hände besudelte, und wieder genoss er es. »So also fühlt sich die Sünde an«, sprach er mit ruhiger Stimme, als würde er endlich eine lang herbeigesehnte Erfahrung machen. Fast mitfühlend wandte er sich nun an den Toten: »Du glaubst, dir wurde eine besondere Gnade zuteil? Du glaubst, etwas Besonderes zu sein, mehr zu schaffen als die anderen. Aber das ist nicht der Fall, dir hat es immer schon an Demut gefehlt. Und wem es an Demut fehlt, der begeht Fehler. Ein demütiger Mann weiß, wann er die Knie zu beugen hat, du bist jedoch immer hochmütig gewesen und hast so andere mit in den Abgrund gerissen.«

»Das hat er fürwahr, das hat er«, hörte der Mörder hinter sich erneut Zustimmung, während er ohne Abscheu zuerst das Fleisch und dann die darunterliegenden Kniescheiben des Toten entfernte.

* * *

Zur gleichen Zeit in Kallers Dienstfahrzeug

Meinfeld hatte den Wagen durch den kleinen Stadtkern gesteuert und stand jetzt an einer roten Ampel, die eine gefühlte Ewigkeit nicht umschalten wollte. Dieses Mal bildete er sich die Regentropfen nicht ein. Innerhalb von wenigen Sekunden hatte der Himmel seine Schleusen geöffnet. Von lautem Donner begleitet schüttete es plötzlich wie aus Eimern, während der aufkommende Wind das Wasser gegen die Windschutzscheibe peitschte.

»Auch das noch«, stöhnte der Kommissar, während Kaller die Kollegin am anderen Ende der Leitung bat, lauter zu sprechen.

Das Prasseln der Regentropfen auf dem Autoblech dröhnte wie ein Trommelkonzert.

»Benjamin Schmidt hat ein Alibi für den Mord an Nelly Kaufmann«, schrie sie durch die Leitung, während sie kopfschüttelnd aus dem Fenster sah, froh darüber, dass sie den trockenen Polizeiposten vorerst nicht verlassen musste.

»Glaubhaft?«, wollte Kaller wissen, der besorgt feststellte, dass das Wasser schneller von oben kam, als es nach unten in die Kanalisation abfließen konnte.

»Er hat die Nacht bei Lisa Münch verbracht, der Freundin der toten Josefine.«

»Was?«, fragte Kaller fassungslos. »Wieso lässt die sich mit diesem Arschloch ein?«

»Tja«, entgegnete die Polizistin belustigt. »Offensichtlich gab es eine kleine Trauerfeier und Benjamin ist dazugestoßen, nachdem wir mit ihm fertig waren. Alkohol floss und neue Sympathien wurden entdeckt. Er hat die Nacht bei Lisa verbracht und ist dort bis Mittag geblieben.«

»Wo ist er jetzt?«, wollte Kaller wissen.

»Kollege Meier hat ihn vor einer halben Stunde in der Pension aufgespürt, er saß mit Lisa an der Bar, die hat alles bestätigt. Wo er jetzt ist, weiß ich nicht.«

»Und die Brüder von Melanie Rau, habt ihr da schon etwas erreicht?«

»Die geben sich gegenseitig ein Alibi für heute Morgen und waren laut den Beamten vor Ort nicht sehr hilfsbereit.«

»Außerdem haben die Kollegen aus Frankfurt angerufen. Es geht um Regina Dreiner …«

* * *

Ungefähr zur gleichen Zeit

Die Kniescheiben und das darüberliegende Gewebe wurden in Einmachgläser gelegt und wie gewohnt mit Formalin übergossen. »Wir hatten keine Wahl, es war doch fast so, als hätte er uns angefleht, ihn zu bestrafen und Rache zu nehmen.«

»Genau so war es, Bruder, wir hatten keine Wahl.«

Der Mörder sah an sich herunter. Das Blut seiner Opfer war getrocknet und haftete wie eine zweite Haut an ihm; das schien ihm bedeutend. »In diesem Blut liegen ihre Schuld und unser Leid. Heute fühle ich Erlösung, unsere Erlösung. Aber es ist noch nicht vorbei. Wir werden hier aufräumen.«

Mit großer Anstrengung wurden die Leichen nun transportiert. Auch wenn man sie den größten Teil des Weges durch das Gebäude schleifen konnte, bedurfte es doch einiger Kraft, sie nach draußen zu zerren und anschließend in das Fahrzeug zu hieven.

Der Regen hatte den Boden aufgeweicht, große Pfützen machten das Vorwärtskommen mit so einer Last fast unmöglich und der Wind schien wie eine undurchdringliche Mauer den Weg zu versperren. Aber schließlich gelang es doch, die Toten in den Wagen zu setzen.

»Wir werden sie segnen«, schrie ihr Mörder, aber die Worte wurden vom nächsten Donnerschlag verschluckt. Er eilte zum Haus und kehrte kurz darauf mit einem Benzinkanister zurück. Als er die Toten im Wagen übergoss, brüllte er begeistert ein Gebet. Anschließend löste er die Handbremse. Erschwert durch Regen und Sturm entzündete er nun ein Feuerzeug. Zuerst entstand lediglich ein kleines Flämmchen, das drohte, gleich wieder zu erlöschen, aber dann breitete sich das Feuer über die Polster aus und schnell loderten im Fahrzeuginnenraum hohe Flammen. Ein letzter kräftiger Stoß setzte den Wagen in Bewegung.

* * *

Zur gleichen Zeit in Kallers Dienstfahrzeug

»Was ist mit Regina Dreiner?«, brüllte Kaller gegen das Unwetter an.

»Es hat etwas gedauert, aber die fromme Pfarrerschwester ist im Milieu bekannt. Allerdings nicht als Regina Dreiner, sondern als die *Regentin.*«

»Prostitution?«, folgerte Kaller und Wilma antwortete: »Die Dame war bis vor einem Jahr eine gefragte Domina mit erlesener Kundschaft. Wir konnten nicht gleich etwas finden, weil sie nie aktenkundig wurde. Die letzte Anschrift lautete auf Wiesbaden, aber einer der Kollegen von der Sitte hat sie auf einem Foto erkannt. Sie hatte in Frankfurt ihr Atelier, wie es so schön heißt. Immer unauffällig, kein Ärger mit der Polizei, dafür hat sie einige Leute um eine Menge Geld beschissen. Sollten die sie in die Finger kriegen, dann …«

»Regina Dreiner hat also ihre Zuhälter beklaut und sich dann in Neurach verkrochen. Sie hat ganz offensichtlich keine Hemmungen, was Gewalt angeht, und womöglich ist ihr Bruder gerade auf einem Rachetrip, das würde einiges erklären«, spekulierte Kaller laut. »Auch gut möglich, dass er sie zwingt, ihm zu helfen, immerhin kann sie nirgendwohin, wenn sie sich gegen ihn stellt und nicht tut, was er sagt.«

»Warum sollte er sie überhaupt bei sich aufnehmen?«, warf Meinfeld ein, der nun auch noch mit dem Gebläse kämpfen musste, weil die Scheiben beschlugen. »Ihren Lebenswandel wird er ja kaum gutheißen.«

Wilmas Stimme erklang aus dem Lautsprecher: »Vielleicht wollte er damit seine Fehler aus der Vergangenheit wiedergutmachen. Melanie hat er quasi die Hilfe versagt, jetzt vergibt er seiner Schwester großzügig und dafür muss sie ihm bei den Morden assistieren.«

»Wir haben keine Beweise für diese Theorie«, erinnerte

Meinfeld seinen Vorgesetzten und fuhr langsam die letzten Serpentinen nach oben zum Internat.

Kaller ärgerte sich. »Wir hätten ins Pfarrhaus hineingehen müssen.«

»Ohne Beschluss?«, hielt sein Kollege dagegen.

»Ich könnte noch mal vorbeifahren«, schlug Wilma vor, wurde aber von Kaller sofort ermahnt, das nicht zu tun. »Keine Alleingänge, wir sind gleich beim Internat und kommen dann zurück …«

Weiter kam Kaller nicht.

Meinfeld schrie auf und riss das Lenkrad herum. Die Kurve war eng, der andere Wagen hielt direkt auf sie zu, so als wollte er sie rammen. Der Kommissar reagierte instinktiv, steuerte gegen, erinnerte sich an Fahrtraining und Schulungen und schließlich gelang es ihm, den Wagen, der bei dem plötzlichen Ausweichmanöver auf der nassen Fahrbahn ins Schleudern gekommen war, am Straßenrand zum Stehen zu bringen. Das andere Fahrzeug war an ihnen vorbeigeschossen und in den Abgrund gestürzt. Flammen hatten dabei den Innenraum erfüllt, aber trotzdem noch den Blick auf zwei Personen freigegeben, die mit starrem Gesichtsausdruck in den Sitzen lehnten.

Kaller, der den Kopf zu Meinfeld drehte, um sich zu überzeugen, dass dieser unverletzt war, sprang nun aus dem Dienstwagen und rannte zu der Absturzstelle. Der Wagen lag zwischen den Rebstöcken. Er brannte lichterloh und auch wenn Kaller wusste, dass Autos nicht so schnell explodierten, wie einem das Kino manchmal weismachen wollte, befürchtete er, dass das Feuer irgendwann auch den Tank erreichen konnte.

Mittlerweile stand Meinfeld neben ihm, sah nach unten und murmelte, immer noch unter Schock: »War das nicht der Wagen des Pfarrers?«

Währenddessen kam sich Wilma Janson wie eine hängende Schallplatte vor, da sie unaufhörlich ins Mikrofon brüllte: »Kaller, was ist denn bei Ihnen los?«

Die Minuten vergingen, dann hörte sie den Hauptkommissar endlich antworten: »Wir brauchen sofort Verstärkung, schicken Sie die Kollegen hoch zur Schule!« Mit wenigen Worten erklärte er ihr, was eben passiert war. »Die Rettungskräfte müssen das Fahrzeug des Pfarrers bergen. Vermutlich saß Dreiner in dem Wagen und er war nicht allein. Ich konnte leider nur einen flüchtigen Blick in den brennenden Innenraum werfen. Eine eindeutige Identifizierung war unmöglich, aber die Vermutung liegt nahe, dass seine Schwester dabei war«, fügte er noch an.

»Gemeinsamer Selbstmord?«, fragte Wilma verwirrt.

»Nein«, rief Kaller gegen den Sturm an, »das kann ich mir irgendwie nicht vorstellen. Ich bin ziemlich sicher, dass man die beiden ermordet hat und unser Mörder noch oben in der Schule ist.«

»Oh Gott! Womöglich hat er Stefan in seiner Gewalt«, stieß Wilma geschockt aus.

»Wir sind auf dem Weg«, würgte sie Kaller ab und gab Meinfeld das Zeichen schnellstens den Wagen zu starten. Während der letzten Meter hatten die Beamten nicht viel Zeit, sich zu überlegen, wie sie weiter vorgehen sollten. »Wir müssen davon ausgehen, dass sich Altendorf, die Schmidts und Olaf Rotach momentan in der Schule aufhalten«, überlegte Kaller laut. »Womöglich werden sie von dem oder den Mördern festgehalten.«

»Die Brüder von Melanie Rau scheinen am wahrscheinlichsten. Manchmal ist die einfachste Lösung eben doch die richtige«, antwortete Meinfeld verbissen. »Kaufmann und Schuster haben immerhin ein Alibi für den Mord an Nelly.«

»Der Gerichtsmediziner hat sich noch nicht auf zwei Täter festgelegt. Genauso gut könnten wir es mit einem Mörder zu tun haben, der das Skalpell einmal mit der linken und einmal mit der rechten Hand geführt hat. Vielleicht ist das auch nur ein geschickter Versuch, uns in die Irre zu führen, uns glauben zu lassen, es gäbe zwei.«

»Ja«, antwortete Meinfeld, der die letzte tiefe Pfütze passierte, bevor er den Parkplatz der Schule erreichte. »Oder es ist jemand, der glaubt, er wäre nicht allein. Jemand, der mit Personen spricht, die nicht da sind, zum Beispiel …«

»Mit seinem toten Bruder«, ergänzte Kaller den Satz, der sich an seine Begegnungen mit Olaf Rotach erinnerte.

»Genau. Jemand wie Olaf Rotach, den Hausmeister. Wir haben in ihm bisher keinen Verdächtigen gesehen, obwohl wir es hätten besser wissen müssen. Es sind immer die Unauffälligen, In-sich-Gekehrten, in denen die größte Wut und der leidenschaftlichste Hass brodelt. Womöglich ist er von Maurice Lehbach bei dessen letztem Besuch in Neurach enttäuscht worden. Er hat gesagt, er hätte Maurice verehrt. Was, wenn der ihn nicht erkannt oder unfreundlich behandelt hat? Manchmal sind es Kleinigkeit, die das Fass zum Überlaufen bringen. Rotach, ein Mensch mit einer latenten Geistesstörung, verliert sich zwischen der Realität und seiner Fantasiewelt und eines Tages wird er zum Mörder.«

Der Wagen kam zum Stehen. Kaller entsicherte seine Waffe und wandte sich eindringlich an den Kollegen. »Wir werden kein Risiko eingehen. Noch haben wir keine Ahnung, was uns da drin erwartet und vor allem wer.«

Als Hauptkommissar Kaller und sein Kollege kurz darauf das Internat betraten, klebte ihnen die nasse Kleidung schwer an der Haut. Die Schuhe hatten sich mit Wasser vollgesaugt und wie nach einer ausgiebigen Dusche hinterließen sie bei jedem Schritt kleine Pfützen. Die große Eingangstür stand offen. Der Gang war hell erleuchtet und so waren die blutigen Schleifspuren auf dem Boden unübersehbar. Die beiden Polizisten warfen sich einen Blick zu. Ihre schlimmsten Befürchtungen wurden eben bestätigt.

Zur gleichen Zeit verständigte Wilma Janson die Rettungskräfte und machte sich mit dem Kollegen Meier auf den Weg zum Internat. »Wir müssen da hoch«, trieb sie ihn an.

»Und der Unfall, der brennende Wagen?«, fragte der junge Mann irritiert.

»Dort können wir nicht helfen, aber Kaller braucht dringend Verstärkung, wir sind am nächsten dran.« Sie fühlte Panik in sich aufsteigen. »Keiner weiß, was da oben vor sich geht, deshalb müssen wir sofort los.« Sie rannte Richtung Dienstfahrzeug und Lukas Meier konnte kaum mit ihr Schritt halten. Dann startete sie den Motor, ließ die Sirene aufheulen und trat gegen ihre Gewohnheit kräftig aufs Gaspedal.

* * *

Während Kaller langsam mit gezogener Waffe durch die Räume des Internats ging, dachte er an Meinfelds Schlussfolgerungen. Der Hausmeister hatte unumwunden zugegeben, gelegentlich mit seinem toten Bruder zu sprechen, hätte der Hauptkommissar da schon hellhörig werden und einen wahnsinnigen Killer in ihm sehen müssen? Im Augenblick zweifelte Kaller mehr denn je an sich und seinen Instinkten.

»Wohin jetzt?«, riss ihn Meinfelds Flüstern aus den Gedanken. Sie hatten das Stockwerk durchquert und außer den Blutspuren nichts entdeckt.

»Zu den Wohnungen«, signalisierte ihm Kaller.

Sollte Meinfeld richtigliegen, mussten sie als Erstes versuchen, Stefan Altendorf, Tanja Schmidt und deren Bruder zu finden, und hoffen, dass die noch am Leben waren.

Aber eine Etage höher konnten sie weder die drei noch

sonst jemanden entdecken. Altendorfs Wohnungstür stand offen, die Räume waren leer. Auch die Unterkunft der Schmidts schien verlassen.

* * *

Gefesselt auf einer Werkbank lag sein nächstes Opfer. Die Platzwunde am Kopf zeugte von dem Schlag, mit dem er es wehrlos gemacht hatte, der Knebel dämpfte das Schreien und Flehen.

»Tanja ist tot, hat sich selbst gerichtet«, sagte der Mörder ohne Bedauern. »Die noble Geste einer schuldigen Frau, die mir und meinem Bruder sehr gelegen kommt.«

Die fragenden Blicke der angstvoll aufgerissenen Augen ließen den Mann mit der Axt in der Hand lachen. »Ach so, ihr kennt euch ja noch nicht.« Und mit einer fast schon tänzerischen Bewegung drehte sich der Mann um, ließ eine leichte Verbeugung folgen und sagte: »Darf ich vorstellen, mein Bruder.«

Ein erstickter Schrei drang aus der Kehle des Gefesselten. Im nächsten Augenblick wurde ihm die blutgetränkte Klinge der Axt an den Hals gehalten. »Du willst etwas sagen?« Und tatsächlich wurde der Knebel nach unten geschoben.

»Ich dachte, wir sind Freunde«, brachte der zum Tode Verurteilte keuchend hervor, in der Hoffnung, damit an den Rest Menschlichkeit im Herzen seines Peinigers zu appellieren.

Der Knebel wurde ihm wieder über den Mund gerückt.

»Freunde zu haben, kann sehr gefährlich sein, das müsstest du doch mittlerweile wissen. Und jetzt wird es Zeit, dich zum Schweigen zu bringen. Du hättest vor dreiunddreißig Jahren sprechen sollen, aber da warst du feige und jetzt, wo es besser wäre, den Mund zu halten, da willst du deine Lippen nicht zusammenhalten.«

Die Axt wurde wie ein Golfschläger geschwungen, so als wäre das Kinn des gefesselten Mannes der kleine weiße Ball, der weit über das Grün geschlagen werden musste. Ein lautes Knirschen erfüllte den Raum, als die Klinge eindrang. Sie durchtrennte den Unterkiefer des Opfers und wieder verteilte sich warmes Blut über dem Körper des Mörders. Doch es war ihm auch dieses Mal nicht genug – dem bereits tödlichen Schlag folgten weitere. Brustkorb und Oberarme wurden getroffen und tiefe, weit auseinanderklaffende Wunden zeugten von der Kraft, mit der die Waffe geführt worden war. Dann trennte man die Lippen ab. »Die Untere ist für mich, die Obere für dich«, sagte der Mörder gerade vergnügt, als ihn ein Geräusch hochfahren ließ.

»Olaf Rotach, hier spricht die Polizei!«, drangen deutliche Worte an sein Ohr.

»Zu früh, Bruder, sie sind zu früh«, hörte er die leise verzweifelte Stimme hinter sich. »Was tun wir jetzt?«

Aber es blieb keine Zeit mehr zu antworten, denn im nächsten Moment flog die Tür auf und Hauptkommissar Kaller betrat mit gezogener Waffe den Raum. Dicht hinter ihm folgte Meinfeld, dessen Blick auf die Leiche fiel und dem neben all den grausamen Verletzungen vor allem die halb abgetrennten Lippen, die wie blutige Plastikschnüre an den Mundwinkeln herunterbaumelten, den Atem stocken ließen. Olaf Rotach war tot.

»Stefan Altendorf, ich verhafte Sie wegen mehrfachen Mordes. Lassen Sie das Messer fallen«, hörte Meinfeld seinen Kollegen sagen und registrierte erst jetzt, dass der Mann neben der Leiche der Internatsleiter war.

Altendorf stand mit nacktem Oberkörper im Raum, Blut bedeckte seine Haut. Er wirkte wie ein Krieger, ein Gladiator, und schien sich auch so zu fühlen. Seine Muskeln waren angespannt und seine ganzen Gebärden signalisierten die Bereitschaft zu kämpfen. Offensichtlich hatte er sich in den letzten Jahren körperlich fit gehalten und wäre nicht die leicht gebückte Haltung, verursacht durch die Missbildung seiner Wirbelsäule gewesen, hätte ihn sicher der ein oder andere um seinen durchtrainierten Oberkörper beneidet.

»Messer fallen lassen«, wiederholte Kaller seine Aufforderung und zielte weiterhin mit der Dienstwaffe auf den Mann.

Altendorf grinste. »Und dabei haben wir uns alles so schön ausgemalt. Aber Sie sind zu früh gekommen, jetzt werden wir am Ende doch noch improvisieren müssen.«

Kaller, der vermutete, dass es seinem Gegenüber wie vielen Straftätern ein Bedürfnis war zu gestehen, ging darauf ein. »Was soll das heißen?«, fragte er deshalb.

»Ich hätte es Tanja in die Schuhe geschoben. Ein Selbstmord, nachdem sie all die Morde begangen und dann auch noch ihren Komplizen Olaf Rotach umgebracht hat. Das Erhängen wurde mir bereits abgenommen, Sie werden sie auf dem Dachboden finden.«

»Und Sie gehen davon aus, wir hätten das geglaubt?«, erwiderte Kaller sarkastisch.

»Wer weiß das schon? Ein abgebranntes Gebäude, Reste einer pikanten Sammlung, ein verletzter Krüppel. Und eine Tote, die Sie als Täterin bereits im Visier hatten. Ich war selbst auf dem Revier an jenem Abend. Ich gebe zu, die Neugier hat mich angetrieben. Deshalb, ja, Sie hätten es geglaubt und Spuren wären keine übrig geblieben. Ich bin ein gründlicher Mensch, das werden Sie ja sicher schon bemerkt haben.«

Kaller hielt es nicht für nötig, mit Altendorf über Wahrscheinlichkeiten zu diskutieren, ihn interessierte momentan vielmehr das Warum.

Als könnte Altendorf die Gedanken des Hauptkommissars erraten, sagte er unvermittelt: »Maurice hatte es verdient und die anderen auch.«

»Ich vermute, es ging um Melanie Rau.«

»Sie hat sich seinetwegen erhängt«, brach es aus Altendorf

heraus. »Er hätte alle haben können. Sie haben sich ihm an den Hals geworfen, aber es musste die unschuldige Melanie sein. Sie war ein guter Mensch, eine Freundin, wir waren uns sehr zugetan. Vielleicht, eines Tages ...« Der Internatsleiter stockte, schien kurz in die Vergangenheit zurückzureisen, und sein Blick verlor sich.

Kaller, der die Unaufmerksamkeit des Mannes ausnutzen wollte, machte einen Schritt auf ihn zu, aber Altendorf war sofort wieder konzentriert und fuchtelte mit dem Messer herum.

Der Hauptkommissar hätte schießen können, aber er zögerte, wollte keinen weiteren Toten, sondern den Fall mit einer Verhaftung und einem Schuldspruch abschließen.

»Ich wusste nichts von Melanie und Maurice. Erst nach ihrem Selbstmord erzählte mir Nicklas davon. Eine seiner Beichten im Suff. Er pries sich immer damit, Geheimnisse bewahren zu können, aber wenn Alkohol im Spiel war ... Jedenfalls habe ich Maurice daraufhin zur Rede gestellt. Ich war wütend, aber er hat nur gelacht. Mich daran erinnert, dass ich den Mund halten sollte, sonst würde er dafür sorgen, dass mein Vater davon erfährt, welche Gefälligkeiten ich ihm erwiesen habe.« Altendorf seufzte. »Er hat mich ausgenutzt und ich war dumm genug, das nicht zu bemerken. Ich war feige, hatte Angst und ging daher einen anderen Weg. Ich dachte, das Graffiti würde Fragen aufwerfen und Maurice vielleicht einschüchtern, aber mein Vater hat einfach einen Schrank davorgeschoben. So wie er immer alles, was unangenehm war, versteckt hat. Und ich habe es so hingenommen – bis jetzt.«

»Bis sich Maurice nach über dreißig Jahren wieder bei Ihnen gemeldet hat«, gab ihm Kaller das Stichwort.

»Das letzte Schuljahr war eine Qual, ich zog mich zurück und war froh, als Maurice und die anderen verschwanden.« Er verbesserte sich. »Tanja kam jedoch zurück. Bisher dachte ich, sie wäre besser, aber ich habe ihren Abschiedsbrief gelesen. Sie war feige gewesen.« Er sah mit echtem Bedauern zu Olaf. »Rotach war ein guter Kerl, nur hat er nicht gewusst, wann es notwendig ist zu schweigen und wann zu sprechen. Warum hat er damals nichts von dem Graffiti erzählt? Es hätte die Runde gemacht.«

»Vielleicht weil er noch ein halbes Kind war und nicht wusste, um was es ging. Sie hatten doch selbst nicht den Mut dazu«, konnte Kaller nicht anders.

Altendorf überging den Einwurf, sagte stattdessen: »Sie hatten es alle verdient, diejenigen, die Maurice zu Füßen gelegen haben, waren so schuldig wie er. Ich habe Melanie nie vergessen, aber erst als nach all den Jahren Maurice' Anruf kam, da wusste ich, was zu tun war. Dieser ekelhafte Parasit besaß die Frechheit, sich bei mir zu melden.« Wütend gab er das Telefonat wieder: »Er habe sich an unsere Schulzeit erinnert, einige Dinge würde er heute bereuen. Wie die Sache mit Melanie, die aus dem Ruder gelaufen wäre«, Altendorf stöhnte auf. »Aus dem Ruder gelaufen … ich dachte, der Zorn würde mich zerreißen. Dann schlug er das Stipendium vor und meinte offenbar, sich so von seiner Schuld freikaufen zu können. Ich ließ ihn in dem Glauben. Er machte es mir einfach, berichtete mir am Telefon von Armins Tod und Nicklas' Absturz, kannte sogar dessen Stammkneipe. So wusste ich genau, wo ich ihn finden würde. Er hätte Maurice damals davon abhalten können. Abgesehen davon musste ich ihn vor der Polizei in die Finger bekommen. Er hätte sonst ausgeplaudert, dass ich durch ihn Bescheid gewusst habe. Ich hoffe, Sie verzeihen mir meine Lüge.« Seine Entschuldigung wirkte erschreckenderweise ehrlich. Danach fuhr er geringschätzig fort: »Maurice konnte selbst bei unserem letzten Telefonat nicht ohne Angeberei auskommen. Großkotzig prahlte er damit, dass er wie früher zum Internat hinaufjoggen wollte.« Altendorf lachte gekünstelt auf. »Ich ermunterte ihn dazu, stachelte ihn sogar ein wenig an, neckte ihn und behauptete, dass er das niemals schaffen würde. Dann musste ich nur warten. Als ich ihn vom Dachfenster aus sah, ging ich ihm entgegen. Natürlich war ihm die Puste ausgegangen. Er saß auf einer Bank wie ein alter Mann. Ihn zu töten, war wirklich einfach und so befreiend.«

»Warum Leon Wiegand und Josefine Cordes?«, fragte Kaller, dem daran gelegen war, so viele Informationen wie möglich von dem Mann zu bekommen.

»Wiegand hat versucht mich zu erpressen, dieser elende Wicht. Er hat mich gesehen, wie ich mit der Axt den Fußweg entlangging. Erst hat er sich nichts dabei gedacht, aber dann … Der frische Beton auf der Baustelle war kein Geheimnis und ich lockte den Idioten in die Falle. Wer hätte denn ahnen können, dass dieser dämliche Bautrupp alles noch einmal aufreißt? Was Josefine angeht, sie war eine Schlampe, die mich ständig beleidigt hat. Außerdem habe ich natürlich mitbekommen, dass Benjamin das Geld seiner Schwester dieser Kröte mit vollen Händen in den Rachen warf. Ein gieriges kleines Miststück, das den Tod verdient hatte.«

»Und Nelly Kaufmann, was hat die Ihnen getan?«

»Das fragen Sie ernsthaft?« Altendorf war aufgebracht. »Dieses dumme Geschöpf hat Blumen für ihn niedergelegt, selbst nachdem die Wahrheit über ihn bekannt wurde. Ich habe sie zufällig von oben gesehen.« Dann entspannte er sich, wirkte wieder ganz wie der sympathische Direktor und sagte: »Vielleicht wäre es danach vorbei gewesen, aber dann tauchte Dreiner hier auf. Dieser Heuchler hat offensichtlich ebenfalls sein Gewissen entdeckt, genau wie Maurice. Er wollte mit mir über das neue Gemeindehaus sprechen. Suchte meine Unterstützung, sprich mein Geld, um zum Gedenken an Melanie einen kleinen Garten mit Brunnen zu errichten. Sprach davon, dass das ein Zeichen für die Öffentlichkeit wäre, jetzt, wo alle über Melanies Selbstmord redeten. Faselte etwas von Anteilnahme. Er beschrieb mir genau, wie das Areal aussehen sollte, jedes Detail hatte er schon geplant, bis hin zu dem goldenen Täfelchen mit Melanies Namen. Erst hielt ich es für eine schöne Geste, war gerne bereit, mich an den Kosten zu beteiligen, aber dann, er war schon fast aus der Tür, da rutschte ihm heraus, dass er sich schuldig fühlte, weil er ihr nicht hatte beistehen können, als sie sich an ihn gewandt hatte. Ich wusste sofort, was das bedeutete. Da konnte ich ihn doch nicht mehr gehen lassen ...«

»Was ist mit Regina Dreiner?«

»Überraschenderweise hatte sie ihn begleitet und wartete im Wagen. Als er nicht kam, hat sie ihn gesucht. Ich war gezwungen zu handeln. Genauso wie bei Olaf, der plötzlich auftauchte und die Polizei rufen wollte ...« Wieder glitt sein Blick traurig zu dem Leichnam, dann sah er zu Kaller. »Sie nehmen mir übel, dass ich mir Andenken mitgenommen habe? Nun, ich entfernte nur, was sie in Schwierigkeiten gebracht hatte. Maurice verlor seine Männlichkeit, Nicklas sein Recht zu atmen, Wiegand seine neugierigen Augen, Nelly Kaufmann ihre tauben Ohren, Josefine die gierigen Finger, Regina die Füße, die sie dem falschen Mann folgen ließen, ihr Bruder seine Knie, denen es an Demut fehlte, und Olaf den Mund, den er nicht zu nutzen gewusst hatte.« Der überhebliche Ausdruck auf seinem Gesicht und das irre Glitzern in den Augen des Mannes zeugten von dem Wahnsinn, der Altendorf mittlerweile heimgesucht hatte.

»Ich sehe Ihnen an, dass Sie nicht verstehen. Sie sind der Meinung, dass Melanie es nicht wert gewesen sei, aber da irren sie sich. Durch sie verstand ich und durch sie war ich nicht mehr allein. Sehen Sie mich an, was, denken Sie, empfindet ein Kind mit dieser Missbildung?«

Kaller ließ sich zu einer Antwort hinreißen: »Nichts rechtfertigt Mord!«

»Oh doch, Melanie hat mir mein Leben zurückgegeben. Durch sie ergab alles einen Sinn. Wir kannten uns gerade erst ein paar Tage, da sagte sie zu mir, ich müsse darauf vertrauen, dass nichts ohne Grund geschehe. Mein Buckel sei kein Anlass zu verzweifeln, sondern etwas, das mir geschenkt wurde. Zuerst habe ich das nicht verstanden, aber als ich bereit war mich zu öffnen, da begriff ich. Kennen Sie den Ausdruck ›Foetus in foeto‹?«

Altendorf wartete keine Antwort ab, sondern sprach aufgeregt weiter: »Ein Kind, das in einem anderen wächst, eine Verschmelzung zweier Föten, zwei Brüder in einem Körper, etwas Besonderes, etwas, das mir geschenkt wurde. Er ist immer bei mir, ich kann ihn hören und fühlen.« Plötzlich drehte sich Altendorf um.

Die Polizisten starrten auf seinen verformten, nackten Rücken. Die Haut war faltig, bildete dicke Wülste, die in dem trüben Licht wie die Gesichtszüge eines sehr alten Mannes aussahen. Mit jedem Atemzug Altendorfs bewegten sich zwei übereinanderliegende Hautlappen und wirkten dabei wie Lippen, die sich zu einem kurzen Grinsen auseinanderzogen. Aber noch erschreckender war das direkt unter Altendorfs Nacken hervortretende dunkle Mal. Die ungleichmäßige Pigmentierung erweckte den Anschein, dass ein aufgerissenes Auge jede ihrer Bewegungen beobachten würde. Eine Empfindung, die durch die langen schwarzen Haare, die an den Rändern wuchsen und Wimpern nicht unähnlich waren, noch verstärkt wurde.

»Viele Jahre habe ich es vermieden, meinen Rücken im Spiegel zu betrachten«, fuhr Altendorf fort und wandte sich ihnen wieder zu, »aber dann, nach Melanies Tod, habe ich es das erste Mal gewagt, ihn mit anderen Augen zu sehen. Als ich meinen Bruder entdeckte, da wusste ich, dass meine Einsamkeit vorbei war. Ich habe im Schatten gelebt, im Schatten gelitten, und im Schatten getötet. Aber ich war dabei nie alleine, und darauf kommt es doch an. Wir sind eine Stimme, meine Hände führen seine Wünsche aus, mein Herz ist das seine. Eine Erkenntnis, die wir nur Melanie zu verdanken haben, und deshalb waren wir verpflichtet, die, die sich an ihr versündigt hatten, zu bestrafen.«

Noch bevor Kaller reagieren konnte, holte Altendorf mit dem Messer aus und stach zu. Er verletzte sich an der Brust, zog die Klinge zurück, spürte, dass die Wunde noch nicht tief genug war, und riss daher die Waffe weit zurück, um mehr Schwung zu bekommen. Obwohl die Polizisten zu dem Mann stürmten, gelang es ihm erneut, sich zu verletzen. In völliger Raserei entzog er sich den Beamten und rammte das Messer tief in seinen Hals. Blut spritzte wie eine Fontäne aus der Wunde, er hatte die Halsschlagader getroffen. Endlich konnten ihn Kaller und Meinfeld überwältigen.

Altendorf stürzte zu Boden, er keuchte. Kaller versuchte sofort die Blutung zu stoppen und sah dabei ein letztes Mal in die Augen des Mannes, der röchelte: »Ich bleibe im Schatten, dort ist mein Leid und mein Glück«, dann sank sein Kopf zur Seite, das Zucken der Gliedmaßen endete und seine Gesichtszüge entspannten sich auf geradezu unheimliche Weise, so als läge Freude darin, weil er ein lang ersehntes Ziel endlich erreicht hatte. Stefan Altendorf war tot.

* * *

Epilog

»Foetus in foeto, das gibt es wirklich«, sagte Meinfeld und kam wieder einmal auf den Bericht des Gerichtsmediziners zu sprechen, der Altendorf obduziert hatte. »Allerdings hat das nicht auf Altendorf zugetroffen. Bei ihm handelte es sich einfach nur um eine Fehlbildung, aber im ersten Moment sah es doch wirklich so aus, als hätte er auf dem Rücken ein zweites Gesicht.«

Er dachte immer noch mit Schrecken an die Nacht im Internat. Daran, wie Wilma Janson beim Anblick der Leiche zusammengebrochen war und wie anschließend alle entsetzt gewesen waren. Eindeutige Beweise gab es genug. Außerdem hatten sie die Trophäen gefunden. Der Anblick der aufgereihten Einmachgläser hatte selbst den alten Hasen unter den Kollegen zugesetzt.

Neurach war anschließend in einen Zustand der Lähmung verfallen – seit Kurzem versuchte man allerdings, den Schaden für die Region zu beheben. Erste Gerüchte verbreiteten sich. Man sprach von einer ausländischen Investorengruppe, die ein Hotel aus dem Internat machen wollte. Manche behaupteten, es würde eine dieser modernen Themenunterkünfte entstehen, ein Horrorhotel mit integriertem Museum. Aber vermutlich musste diese Idee dem lukrativeren Modell »Wellnesstempel« weichen. Kaller war froh gewesen, Neurach hinter sich lassen zu können.

Wilma Janson hatte gut mit ihm zusammengearbeitet. Unter anderen Umständen wäre sicher eine Freundschaft daraus geworden; aber obwohl sie wusste, dass das unfair war, gab sie dem Hauptkommissar tief in ihrem Inneren die

Schuld an allem, was in ihrer Heimatstadt passiert war. Ihre Wege dürften sich daher nicht mehr kreuzen. Das Letzte, was er noch aus Neurach gehört hatte, war, dass Benjamin sich bei Lisa eingenistet hatte und diese nun vermutlich bis ans Ende seiner Tage ausnutzen würde. Mit schlechtem Gewissen fragte er sich gelegentlich, warum Altendorf ausgerechnet Benjamin überleben ließ, aber vermutlich hatte ihm einfach nur die Gelegenheit für einen weiteren Mord gefehlt. Dafür bedauerte Kaller umso mehr den Tod von Tanja Schmidt. Sie hätte seiner Meinung nach eine zweite Chance verdient gehabt.

Einige Wochen waren seither vergangen. Sarah bekam langsam einen kleinen Bauch und beim ersten Ultraschalltermin, bei dem Kaller eigentlich nichts außer einem krisseligen Bildschirm gesehen hatte, waren ihm die Tränen gekommen. Bisher hatte er geglaubt, die Polizeiarbeit wäre sein Leben, doch mittlerweile hielt er das für einen Irrtum. Meinfeld erzählte gerade von einem neuen Fall, aber Kaller hörte nicht zu, sondern begann auf der Formularvorlage mit der Überschrift: »Antrag auf Elternzeit« seinen Namen einzutragen.

Ende

Schlusswort und Anmerkungen

Alle Personen, Institutionen und Handlungen in meinem Buch, nebst Namen und Bezeichnungen, sind frei erfunden. Ähnlichkeiten mit lebenden oder toten Personen und deren Handlungen sind rein zufällig und nicht beabsichtigt.

Mein Psychothriller »Schattenleid« spielt vor allem in der Stadt Neurach, einer Erfindung von mir. Allerdings ist meine badische Heimat bekannt für ihre Weinbaugebiete und die malerischen Städte und Dörfer, die sie umgeben. Somit werden Sie bei etwaigen Ausflügen im Karlsruher Raum sicherlich Gemeinden entdecken, die Sie an mein Neurach erinnern werden.

Noch eine Anmerkung: Der Begriff »Foetus in foeto« existiert und beschreibt tatsächlich den Einschluss eines Fötus in einen anderen. Allerdings kommt jene Art der Fehlbildung sehr selten vor. Bei diesem Phänomen entwickelt sich eines der Kinder im Mutterleib ganz normal, während aus den einverleibten Zellen des Zwillingsfötus nur deformiertes Gewebe entsteht. Oft befindet sich das eingeschlossene Zellgewebe im Bauchraum des gesunden Kindes und wird frühzeitig entdeckt. Es gibt jedoch auch Fälle, in denen das fremde Gewebe über Jahrzehnte unbemerkt blieb.

Vielen Dank, dass Sie sich die Zeit für meinen Psychothriller »Schattenleid« genommen haben. Nach »Der

Todesprinz« ist es das zweite Buch mit Hauptkommissar Kaller und seinem Kollegen Kommissar Meinfeld. Ich hoffe, Sie hatten auch dieses Mal wieder spannende Stunden mit meinem ungleichen Ermittlerduo!

Herzliche Grüße
Ihre Ilona Bulazel

Weitere Bücher der Autorin

Alle Bände der Reihen sind in sich abgeschlossen und können unabhängig voneinander gelesen werden.

Der Schmerzjäger
(Psychothriller, Hauptkommissar Stutter Band 3)
www.amazon.de/dp/B07PDHYYBR

Blutschwarz
(Psychothriller, Sepsis Band 7)
www.amazon.de/dp/B07KGH17H7

Der Todesprinz
(Psychothriller, Hauptkommissar Kaller Band 1)
www.amazon.de/dp/B07G3GXWYM

Heimtückische Schuld
(Psychothriller, Hauptkommissar Stutter Band 2)
www.amazon.de/dp/B07D3BHYMC

Blutmosaik
(Psychothriller, Sepsis Band 6)
www.amazon.de/dp/B079S59SCX

Der Sündenfänger
(Psychothriller, Hauptkommissar Stutter Band 1)
www.amazon.de/dp/B077ZMB5QW

Verdorbene Ernte
(Psychothriller)
www.amazon.de/dp/B07494DKKH

Bitterblutige Wahrheit
(Kriminalroman)
www.amazon.de/dp/B0716MQZXZ

Ufer der Angst
(Psychothriller, Sepsis Band 5)
www.amazon.de/dp/B01NCTUIFX

Schmutzige Tränen
(Psychothriller)
www.amazon.de/dp/B01H92SI1Y

Lautloser Hass
(Psychothriller, Sepsis Band 4)
www.amazon.de/dp/B01CTAO28E

Sepsis – Showblut
(Psychothriller, Sepsis Band 3)
www.amazon.de/dp/B01ADMWI8G

Sepsis – Das Schandmaul
(Psychothriller, Sepsis Band 2)
www.amazon.de/dp/B015WUW2QM

Sepsis – Verkommenes Blut
(Psychothriller, Sepsis Band 1)
www.amazon.de/dp/B00V0R616E

Das Geheimnis von Herculaneum
(Historischer Roman)
www.amazon.de/dp/B06XR29T4J

Blutiger Schein
(Thriller)
www.amazon.de/dp/B01J2WXQ6Q

Projekt Todlicht
(Thriller)
www.amazon.de/dp/B011AKKO22

Die Akte Aljona
(Thriller)
www.amazon.de/dp/B00Q5KOL2M

Operation Castus
(Thriller)
www.amazon.de/dp/B00IDI70R2

world: reset – Nach den Aschentagen
(Krimi/Science-Fiction-Thriller)
www.amazon.de/dp/B00CG8G79W

Mystery-Geschichten
(Kurzgeschichten)
www.amazon.de/dp/B00LOVB5K8

Scifi-Geschichten
(Kurzgeschichten)
www.amazon.de/dp/B00M4E48P8

Alle Titel erhalten Sie als E-Book (die Shops finden Sie auf der Website der Autorin unter www.autorib.de) oder als Taschenbuch über Amazon!

45535242R00160

Printed in Poland
by Amazon Fulfillment
Poland Sp. z o.o., Wrocław